CASTALIA
DIDÁCTICA
15

NOVELAS
EJEMPLARES

RINCONETE Y CORTADILLO
LA ESPAÑOLA INGLESA
EL LICENCIADO VIDRIERA

COLECCIÓN DIRIGIDA POR
PEDRO ÁLVAREZ DE MIRANDA

MIGUEL DE CERVANTES

NOVELAS
EJEMPLARES

RINCONETE Y CORTADILLO
LA ESPAÑOLA INGLESA
EL LICENCIADO VIDRIERA

EDICIÓN DE
JUAN MANUEL OLIVER

CASTALIA
DIDÁCTICA

CASTALIA EDICIONES es un sello propiedad de edhasa

Avda. Diagonal, 519-521
08029 Barcelona
Tel. 93 494 97 20
E-mail: info@edhasa.es

Consulte nuestra página web:
http://www.castalia.es
http://www.edhasa.es

Edición original en Castalia: 1987
Primera edición: julio de 2012
Primera edición, segunda reimpresión: mayo de 2016

© de la edición: Juan Manuel Oliver Cabañes
© de la presente edición: Edhasa (Castalia), 2012

Ilustración de cubierta: Anónimo español: *Vista de Sevilla* (h. 1600, detalles). Museo Nacional del Prado, Madrid.
Diseño gráfico: RQ

ISBN: 978-84-9740-426-6
Depósito legal: B.27394-2011

Impreso en Encuadernaciones Huertas
Impreso en España

SUMARIO

A Marisa

CERVANTES
Y SU TIEMPO

CERVANTES Y SU TIEMPO

Año	Acontecimientos históricos	Vida cultural y artística
1547	Batalla de Mühlberg. En Francia muere Francisco I y le sucede Enrique II. Muere Hernán Cortés.	Nacen Mateo Alemán y Juan Rufo. Se publica *Belianís de Grecia*.
1551		
1556	Carlos I cede el trono a Felipe II. Enrique II de Francia, los turcos y el Papa Paulo IV se alían contra España.	En Roma muere San Ignacio de Loyola. Fr. Luis de Granada, *Guía de pecadores*. Se imprime el *Cancionero de Upsala*.
1563	Clausura del Concilio de Trento. Comienzan los disturbios en Flandes con la Liga del Príncipe de Orange.	Se inicia la construcción del Monasterio de El Escorial.
1564		Gil Polo, *Diana enamorada*. Nacen Christopher Marlowe, W. Shakespeare y Galileo. Muere Calvino.
1566	Insurrección político-religiosa en los Países Bajos contra Felipe II. Muere Solimán el Magnífico y le sucede Selim II.	Muere Fr. Bartolomé de las Casas. Luis de Zapata, *Carlo Famoso*.
1568	El Duque de Alba ejecuta a los insurgentes flamencos detenidos. Felipe II hace detener a su hijo don Carlos, que muere en prisión a fin de año, por conspirar con los flamencos. Se inicia la guerra de las Alpujarras con los moriscos de Abén Humeya. Muere la reina Isabel de Valois.	Nace Campanella. Bernal Díaz del Castillo, *Historia verdadera de la conquista de la Nueva España*.
1569		Nace Guillén de Castro. Ercilla, *Araucana*, Primera parte. Arias Montano inicia la *Biblia políglota*.

Vida y obra de Miguel de Cervantes
Nace Miguel de Cervantes Saavedra en Alcalá de Henares, hijo del cirujano Rodrigo de Cervantes y de Leonor de Cortinas, posiblemente el día 29 de septiembre, festividad de San Miguel. Se le bautiza el 9 de octubre en Santa María la Mayor.
La familia Cervantes se traslada a Valladolid.
Rodrigo de Cervantes, vecino de Sevilla; Leonor de Cortinas reside en Castilla la Nueva. No sabemos de cierto con cuál de los dos vivía Miguel de Cervantes.
La familia Cervantes se reúne y vive en Madrid.
Cervantes compone poemas de circunstancias a la muerte de Isabel de Valois, publicados en 1569 por Juan López de Hoyos.
Juan López de Hoyos edita un libro de homenaje funerario a la reina Isabel de Valois con varios poemas de Miguel de Cervantes. A fines de año, Cervantes se halla en Roma, posiblemente fugitivo de la justicia por haber malherido en desafío a un tal Antonio de Sigura. Allí sirve breve tiempo como camarero en el palacio del futuro Cardenal Acquaviva. A 22 de diciembre, en Madrid, su familia tramita un expediente de «limpieza de sangre» para él, pues quiere ingresar en el ejército español de Roma.

Año	Acontecimientos históricos	Vida cultural y artística
1570	Felipe II casa en cuartas nupcias con Ana de Austria. Túnez es tomado por los turcos. Se forma la Liga Santa en que se alían el Papa, Venecia y España.	Nace Francisco de Medrano. Santa Teresa de Jesús, *Las Moradas*. Fr. Bernardino de Sahagún, *Historia General de las cosas de Nueva España*.
1571	Batalla de Lepanto. Fundación de Manila por Legazpi. Finaliza la guerra de las Alpujarras. Se abre la Bolsa de Londres.	Herrera, *Canción a la batalla de Lepanto*. Nace Kepler.
1572	En París se produce la matanza de protestantes de la Noche de San Bartolomé. Ruptura de relaciones diplomáticas entre Inglaterra y España. Ejecución de Tupac Amaru.	Fr. Luis de León es encarcelado por el Santo Oficio. Camoens, *Los Lusiadas*. Nace Ben Jonson.
1573	Don Juan de Austria toma Túnez y La Goleta.	Nacen Rodrigo Caro y Caravaggio. Huarte de San Juan, *Examen de ingenios*. Se concluye la *Biblia políglota*, de Arias Montano.
1574	Vuelven a perderse Túnez y La Goleta. En Flandes se sustituye la represión del Duque de Alba por la reconciliación de Luis de Requesens. Muere Carlos IX de Francia y le sucede su hermano Enrique III.	Garcilaso, anotado por El Brocense. Se funda el Corral de Comedias de la Pacheca, en Madrid.
1575	Segunda bancarrota de Felipe II.	
1576	En la pacificación de Gante, España pierde las provincias Bajas de Flandes.	Fray Luis de León es puesto en libertad. Muere Tiziano.
1577	Álvaro Mendaña llega a las Islas Salomón.	San Juan de la Cruz, apresado por el Santo Oficio. Nace Rubens.

Vida y obra de Miguel de Cervantes
Cervantes forma parte del ejército español, en la compañía de Diego de Urbina del Tercio de Miguel de Moncada.
En Lepanto, lucha valerosamente y es herido de gravedad en el pecho y en el brazo y mano izquierdos, de los cuales queda inútil. Se hallaba a bordo de la galera «Marquesa» y aquel día padecía fiebre alta, no queriendo, pese a todo, dejar de combatir.
Forma parte de la compañía de Manuel Ponce de León, del Tercio de don Lope de Figueroa, general inmortalizado por Calderón en *El alcalde de Zalamea*. Participa en la expedición naval de Navarino en el Peloponeso.
Participa en las expediciones a Túnez y La Goleta.
A fines de año se cita a Cervantes como «soldado aventajado», con paga mejorada y destino en la guarnición de Palermo.
Miguel de Cervantes y su hermano Rodrigo zarpan en la goleta «Sol», rumbo a España, a la busca de un ascenso militar. Trae importantes cartas de recomendación del propio don Juan de Austria y del duque de Sessa. Frente a las costas catalanas del golfo de Rosas, a la altura de Palamós, son capturados por naves corsarias turcas mandadas por Arnaute Mamí y llevados a Argel. A lo largo de su cautiverio intenta escapar cuatro veces.
Primer intento de evasión de Cervantes. Se dirigían a Orán y fueron abandonados por el moro que los guiaba en el primer día de la fuga; hubieron de regresar a Argel y fueron nuevamente capturados.
Segundo intento de fuga de Cervantes: él y otros quince cautivos huyen y esperan la llegada de una fragata que iba a liberarlos; son delatados por un esclavo, «el Dorador», y tanto ellos como los de la fragata son capturados. Aunque le perdonan la vida, le encierran en un «baño» o prisión muy dura. Escribe dos sonetos en elogio de un libro escrito por otro cautivo, Bartolomeo Ruffino di Chiambery, titulado *Sobre la desolación de La Goleta y el fuerte de Túnez*.

Año	Acontecimientos históricos	Vida cultural y artística
1578	Escobedo, secretario de Juan de Austria, es asesinado por orden de Felipe II, engañado por intrigas de Antonio Pérez. Nace Felipe III. Muere Juan de Austria. Alejandro Farnesio, gobernador de Flandes. Muere don Sebastián de Portugal en Alcazarquivir.	Muere Francisco de Aldana en Alcazarquivir. Ercilla, *Segunda Parte de la Araucana*. Herrera, *Canción por la pérdida del rey don Sebastián*.
1579	Felipe II decreta la prisión de Antonio Pérez y de la Duquesa de Éboli. En Flandes se configura la división confesional de los Países Bajos: el Sur católico y el Norte protestante, por medio de la Unión de Arrás y de la Unión de Utrecht, respectivamente.	Nace Luis Vélez de Guevara. Se funda el Corral de Comedias de la Cruz, en Madrid.
1580	Felipe II ocupa Lisboa y es proclamado rey de Portugal.	Nace Quevedo. Garcilaso, comentado por Herrera. Tasso, *La Jerusalén liberada*.
1581	El norte de Flandes proclama su independencia.	Muere la condesa de los Gelves, y Herrera deja de componer poesías por entonces.
1582	Nace Richelieu.	Reforma del calendario por Gregorio XIII. Muere Santa Teresa de Jesús. Nace Villamediana. Herrera, *Algunas obras*.
1583	Expedición de conquista a la Isla Terceira, en que participa Lope de Vega.	Nace Jáuregui. Muere Juan de Timoneda. Fr. Luis de León, *De los nombres de Cristo*. Fr. Luis de Granada, *Introducción al símbolo de la fe*. Sta. Teresa, *Camino de perfección* (póstumo).

Vida y obra de Miguel de Cervantes
Tercer intento de fuga: intentaba llegar a Orán por tierra. El moro fiel, que iba como mensajero hacia el general de dicha plaza española, fue hecho prisionero.
Cervantes compone un poema en octavas, elogiando el cancionero dedicado a *Celia* por un compañero suyo cautivo, Antonio Veneziano.
En mayo efectúa su cuarto intento de fuga: había comprado, apoyado por comerciantes, una fragata, y en ella iba a escapar, acompañado por muchos cautivos. Uno de ellos, el ex dominico Manuel Blanco de Paz, le delata al rey de Argel. Es capturado de nuevo y se le perdona la vida por milagro, pero se le encarcela severamente en el propio palacio. El 19 de septiembre es liberado por los frailes trinitarios, cuando ya le iban a llevar los turcos a Constantinopla. El 24 de octubre desembarca en Denia, Valencia.
Cervantes visita la Corte en Portugal, buscando algún puesto con que organizar su vida y sanear la economía familiar. Obtiene una intrascendente comisión en Orán que concluye en breve tiempo.
A 17 de febrero, en Madrid, escribe una carta a Antonio Erasc, secretario en el Consejo de Indias, donde solicita la obtención de algún cargo administrativo en América y dice que se ocupa en escribir *La Galatea*. A lo largo de este año o del siguiente debió tener relaciones amorosas con Ana Franca (o Villafranca) de Rojas, de quien reconoció tener una hija natural, llamada Isabel de Saavedra.
Pedro de Padilla publica su *Romancero*, que contiene un soneto de Cervantes.

Año	Acontecimientos históricos	Vida cultural y artística
1584	Ruptura de relaciones diplomáticas entre Inglaterra y España. Guerra con Francia; Felipe II reclama el trono francés para su hija Isabel Clara Eugenia. Guillermo de Orange es asesinado. Los ingleses fundan su primera colonia: Virginia.	Concluye la construcción de El Escorial. Nacen Soto de Rojas, Saavedra Fajardo y Castillo Solórzano. Juan Rufo, *La Austriada*. Ronsard, *Obras completas* (última ed.).
1585	Una pequeña flota española sale en ayuda de los irlandeses rebeldes a Inglaterra.	Muere Ronsard.
1586		Muere Philip Sidney.
1587	María Estuardo es ejecutada. Nace el futuro Conde-Duque de Olivares.	
1588	Desastre de la Armada Invencible.	Mueren Fray Luis de Granada y Veronés. Lope de Vega, desterrado en Valencia. Montaigne, *Ensayos*. Santa Teresa, *Libro de la Vida* y *Las Moradas* (póstumos).
1590	Antonio Pérez escapa de la cárcel de Madrid y se refugia en Aragón.	
1591	Alborotos en Aragón por la causa de Antonio Pérez; entra un ejército del rey y ejecuta al Justicia Mayor.	Mueren Fray Luis de León, San Juan de la Cruz y Huarte de San Juan.
1592	Las Cortes de Tarazona· ceden al rey la facultad de nombrar al Justicia Mayor de Aragón. Clemente VIII accede al papado.	Muere Montaigne.

Vida y obra de Miguel de Cervantes

Cervantes vende a un librero el privilegio de impresión de su obra *La Galatea*, en junio. Colabora con un soneto elogioso en los preliminares de *La Austriada*, de Juan Rufo. En diciembre, el día 12, casa con Catalina Palacios Salazar, diecinueve años más joven que él, en Esquivias.

Publica *La Galatea*. El *autor* o empresario de comedias Gaspar de Porres le encarga dos obras de teatro. Pedro de Padilla publica su *Jardín espiritual*, con tres poemas preliminares de Cervantes.

López Maldonado publica su *Cancionero*, con dos poemas preliminares de Cervantes.

Cervantes establece su domicilio en Sevilla, después de haber sido nombrado comisario de abastos para la Armada Invencible, dependiendo de Diego de Valdivia y de Antonio de Guevara. Viaja frecuentemente a Madrid. Pedro de Padilla y Alonso de Barros publican, respectivamente, *Grandezas y excelencias de la Virgen* y *Filosofía cortesana moralizada*, con sendos poemas preliminares de Cervantes.

Compone sus dos odas a la Armada Invencible. Publica un soneto preliminar en Dr. Francisco Díaz, *Tratado de las enfermedades de los riñones*.

En mayo solicita de nuevo un puesto en la administración de América, que nuevamente le es negado. En Lisboa se reedita *La Galatea*.

Aparece en Valencia la *Flor de varios y nuevos romances*, recopilados por Andrés de Villalta, en que se incluye uno de Cervantes, el de «los celos».

En Sevilla firma un contrato teatral con Rodrigo Osorio, comprometiéndose a entregarle seis comedias y ofreciendo no cobrar nada por ellas si no resultan de las mejores que se hayan representado. En Castro del Río se le encarcela brevemente, acusado por el Corregidor de Écija de haber requisado trigo de modo indebido; se le declaró inocente. En Burgos se publica *Cuarta y Quinta parte de Flor de romances*, recopilados por Sebastián Vélez de Guevara, con un romance de Cervantes: «El desdén».

Año	Acontecimientos históricos	Vida cultural y artística
1593	Enrique IV de Francia pronuncia el «París bien vale una misa».	Muere Christopher Marlowe.
1595	Enrique IV de Francia declara la guerra a Felipe II. Álvaro Mendaña llega a las Islas Marquesas y de Santa Cruz.	Mueren Barahona de Soto y Torcuato Tasso. Ginés Pérez de Hita, *Historia de las guerras civiles de Granada* (1.ª parte).
1596	Tercera bancarrota de Felipe II. Los ingleses, al mando del duque de Essex y del almirante Howard, saquean Cádiz e incendian la ciudad.	Alfonso López Pinciano, *Filosofía antigua poética.*
1597	Alianza anglo-franco-holandesa. Felipe II cede Flandes a su hija Isabel Clara Eugenia y a su esposo, bajo la condición de que vuelvan a tutela española si el matrimonio no deja descendencia.	Muere Fernando de Herrera. Diego de Zúñiga defiende el sistema de Copérnico.
1598	Felipe II firma con Enrique IV de Francia la paz de Vervins. Muere Felipe II en septiembre. Felipe III le sucede y casa con Margarita de Austria por poderes.	Lope de Vega, *La Arcadia* y *La Dragontea.* Nace Zurbarán.
1599	Comienza la privanza del Duque de Lerma. La reina Margarita de Austria llega a España.	Nace Velázquez. Mueren Van Dyck y Edmund Spenser. Mateo Alemán, primera parte del *Guzmán de Alfarache.* Lope de Vega, *Isidro.*
1600	Derrota del Archiduque Alberto en la batalla de las Dunas. Se funda la Compañía de las Indias Orientales por los ingleses.	Nace Calderón de la Barca. En Roma es quemado Giordano Bruno.

Vida y obra de Miguel de Cervantes

En junio, y en Sevilla, declara a favor del mesonero Tomás Gutiérrez, amigo suyo, acusado de cristiano nuevo.

El 7 de mayo gana las justas poéticas de la canonización de San Jacinto, organizadas por los dominicos en Zaragoza; su composición eran cinco coplas reales, glosando una quintilla; el premio fueron unas cucharillas de plata. Las publicó Jerónimo Martel en su *Relación de la fiesta que se ha hecho en el convento de Sto. Domingo...*, en el mismo año. También en mayo, asiste a la ordenación sacerdotal de su cuñado Francisco de Palacios. En este mismo año se publica la *Séptima parte... de Romances* por Francisco Enríquez, con su citado rómance de los celos, y quiebra el banquero Simón Freire de Lima, en cuyo poder había depositado Cervantes buena parte de los ingresos recaudados para la Tesorería Nacional; dicha quiebra llevaría a Cervantes a la cárcel dos años más tarde.

Escribe un soneto satírico dedicado al saqueo de Cádiz por los ingleses. Cristóbal Mosquera de Figueroa publica su *Comentario en breve compendio de disciplina militar*, en que se incluye un soneto de Cervantes en elogio del Marqués de Santa Cruz.

Cervantes es encarcelado en Sevilla al no poder liquidar a la Tesorería lo que había recaudado, por causa de la quiebra del banquero Simón Freire de Lima. Salió a los pocos meses. Compone un soneto en alabanza de Fernando de Herrera, con motivo de su muerte.

Cervantes escribe, de encargo, una composición en coplas reales dedicada a la muerte de Felipe II. Igualmente, compone un celebérrimo soneto satírico al túmulo erigido en Sevilla al mismo monarca.

Posiblemente sufre Cervantes un nuevo encarcelamiento en Sevilla por retrasar sus entregas a Hacienda.

En la batalla de las Dunas muere de un arcabuzazo Rodrigo de Cervantes, hermano de Miguel. Se publica el *Romancero General*, con el romance de los celos, ya mencionado, y, seguramente, con otros romances cervantinos más.

Año	Acontecimientos históricos	Vida cultural y artística
1601	La Corte se traslada a Vallado-lid. Felipe III decreta la expul-sión de los moriscos, que se mantiene en secreto hasta 1609. Se inicia el sitio de Ostende.	Nacen Gracián y Alonso Cano. Muere el Brocense.
1602	Sebastián Vizcaíno realiza una expedición a California. Nace en Fontainebleau Isabel de Bor-bón, quien casará con Feli-pe IV. En Holanda se funda la Compañía de las Indias Orien-tales.	Nace Pérez de Montalbán. Juan Martí —bajo el seudónimo Mateo Luján de Saavedra—, *Segunda Par-te del Guzmán de Alfarache* (apócri-fa). Lope de Vega, *La hermosura de Angélica.*
1604	Ostende cede al asedio español dirigido por Spínola.	Mateo Alemán, *Guzmán de Alfara-che* (2.ª parte). Lope de Vega, *Ri-mas.*
1605	Pedro Fernández de Quirós lle-ga a Australia. Nace el futuro Felipe IV.	Nace Corneille. Pedro Espinosa, *Flores de poetas ilustres.* Francisco López de Úbeda, *La pícara Justina.*
1606	La Corte se traslada nuevamen-te a Madrid. Luis Váez de To-rres descubre el estrecho de su nombre entre Nueva Guinea y Australia.	Muere Baltasar del Alcázar. Nace Rembrandt. Muere John Lyly.
1607	Nueva bancarrota en España.	Nace Rojas Zorrilla. Muere Fran-cisco de Medrano. Jáuregui, *Amin-ta,* traducida de Tasso. Gonzalo de Correas, *Vocabulario de refranes.*
1608	Se disuelve la Dieta de Ratisbo-na y se forma la Unión Evangé-lica luterana en Alemania.	Nace John Milton.

Vida y obra de Miguel de Cervantes
Publica Cervantes un soneto laudatorio a *La Dragontea*, de Lope de Vega, incluido en los preliminares a la tercera parte de *La hermosura de Angélica*. ¿Es encarcelado nuevamente en Sevilla?
Cervantes vive en Valladolid con su mujer, sus hermanas Andrea y Magdalena, su sobrina Constanza, que era hija natural de Andrea, y su hija natural Isabel de Saavedra, habida en Ana Franca de Rojas. Lope de Vega escribía en agosto en una carta: «... pero [poeta] ninguno tan malo como Cervantes ni tan necio que alabe a Don Quijote», lo cual hizo que algunos críticos pensasen en una edición de 1604 del *Quijote,* cosa hoy totalmente rechazada.
El 27 de junio, muere Gaspar de Ezpeleta en Valladolid. Cervantes y todos los vecinos de su casa son encarcelados; aunque se les pone en libertad muy pronto, durante el proceso se declara que todas las mujeres de su familia llevan una vida licenciosa que raya en la prostitución. Se publica por fin la primera parte del *Quijote,* con grandísimo éxito, alcanzando en ese mismo año cinco reimpresiones: dos furtivas en Lisboa, dos en Valencia y una en Madrid, además de la príncipe.
Cervantes se traslada a Madrid, siguiendo a la Corte.
Reedición de la primera parte del *Quijote* en Bruselas.
Cervantes firma como testigo en febrero en una fianza de un pariente suyo que pasa a América. Su hija natural, Isabel de Saavedra, casa con Diego Sanz del Águila en agosto. En Madrid se reedita la primera parte del *Quijote*.

Año	Acontecimientos históricos	Vida cultural y artística
1609	En Alemania se forma la Liga católica, contestando a la amenaza de la Unión Evangélica. En Flandes se ajusta con Holanda la Tregua de los doce años. Se decreta la expulsión de los moriscos, que concluye en 1614.	Lope de Vega, *Arte nuevo de hacer comedias* y *Jerusalén conquistada.* Inca Garcilaso, *Comentarios Reales.* Quevedo, *España defendida.* Lupercio Leonardo de Argensola, *Conquista de las islas Molucas.* Shakespeare, *Sonetos.*
1610	Enrique IV de Francia es asesinado por Ravillac. Los españoles toman Larache.	Muere Juan de la Cueva.
1611	Muere la reina Margarita de Austria.	Fr. Diego de Hojeda, *La Cristiada.* Covarrubias, *Tesoro de la Lengua Castellana.* Luis Carrillo Sotomayor, *Obras.*
1612	Se conciertan las bodas de Luis, heredero del trono francés, con Ana de Austria, y de Felipe, heredero del de España, con Isabel de Borbón.	Góngora escribe el *Polifemo* y la *Soledad primera.* Lope, *Tercera parte de comedias* y *Los pastores de Belén.* Salas Barbadillo, *La hija de Celestina.*
1613		Mueren Lupercio Leonardo de Argensola y Sebastián de Covarrubias. Se difunden *Polifemo* y *Soledades,* de Góngora. Quevedo, *Heráclito cristiano.* Nace F. La Rochefoucauld.
1614	Expedición española a la conquista de la Mamora.	Muere El Greco. Lope se hace sacerdote y publica las *Rimas Sacras.* Beatificación de Santa Teresa de Jesús.
1615	Isabel de Borbón, futura reina de España, viene a Madrid. Tomás Cardona efectúa una expedición a California.	José de Villaviciosa, *La Mosquea.* Lope de Vega, *Quinta parte de comedias.*

Vida y obra de Miguel de Cervantes
Muere Andrea de Cervantes. Miguel de Cervantes ingresa en abril en la Congregación de Esclavos del Santísimo Sacramento del Olivar.
Cervantes quiere pasar con el conde de Lemos a Nápoles, de donde éste había sido nombrado virrey, sin conseguirlo. En Milán se reedita la primera parte del *Quijote*. Publica un soneto preliminar a las *Obras* de Diego Hurtado de Mendoza.
Muere Magdalena de Cervantes, hermana de Miguel. En París se reedita *La Galatea*, y en Bruselas, la primera parte del *Quijote*.
Cervantes participa en la vida literaria madrileña y frecuenta la Academia del Conde de Saldaña. Thomas Shelton traduce al inglés la primera parte del *Quijote*.
Cervantes es hermano tercero de San Francisco en Alcalá. Publica las *Novelas ejemplares*. Publica un soneto elogioso en los preliminares al libro *Parte primera de varias aplicaciones y transformaciones,* de Diego Rosel y Fuenllana, editado en Nápoles, y una poesía en coplas castellanas en los preliminares de la *Dirección de secretarios,* impresa en Madrid, cuyo autor era Gabriel Pérez del Barrio Angulo.
Se publica el *Quijote* apócrifo de Alonso Fernández de Avellaneda, claro desafío a Cervantes y con numerosos insultos al mismo. Cervantes publica el *Viaje del Parnaso*, que alcanza dos ediciones. Las *Novelas ejemplares* se reeditan en Madrid (que quizá fuese un falso pie editorial y se hubiesen impreso fraudulentamente en Lisboa), en Pamplona y Bruselas. César Oudin traduce al francés la primera parte del *Quijote*.
Cervantes publica las *Ocho comedias y ocho entremeses nuevos nunca representados* y la segunda parte del *Quijote*. En Pamplona y Milán se reeditan las *Novelas ejemplares,* y las traducen al francés F. de Rosset y D'Audiguier. Fr. Diego de San José publica *Compendio de las solemnes fiestas que [...] se hicieron en la Beatificación de [...] Teresa de Jesús [...],* donde se incluye una canción de Cervantes.

Año	Acontecimientos históricos	Vida cultural y artística
1616		Muere Shakespeare. Ricardo del Turia, *Apologética de las comedias españolas,* en defensa del teatro de Lope.

Vida y obra de Miguel de Cervantes

El 2 de abril profesa Cervantes en la Orden Tercera de San Francisco, en Madrid, ya muy enfermo. El 18 del mismo mes recibe la extremaunción. El 19 firma la dedicatoria del *Persiles*. Fallece el día 22 y se le entierra en el convento de las Trinitarias Descalzas el 23. En Valencia y Bruselas se reimprime la segunda parte del *Quijote;* se reimprime la traducción francesa de la primera parte. Un soneto preliminar de Cervantes en Juan Yagüe de Salas, *Los amantes de Teruel;* un soneto también suyo, dedicado a D.ª Alfonsa González de Salazar, en Miguel Toledano, *Minerva Sacra*. Póstumamente (1617), aparece el *Persiles*.

Introducción

Semblanza de Cervantes

Dos polos constituyen la ambición de Cervantes a lo largo de su vida: la conquista de la gloria y la fortuna por medio del ejercicio de las armas, y la consagración en el mundo de la fama, merced al triunfo de su obra literaria. Buscaba con ello cumplir en sí mismo el ideal que para el caballero renacentista demandaba la sociedad de la etapa del emperador y que habían sintetizado ejemplarmente figuras como Garcilaso de la Vega o el capitán Aldana.

Su aspiración de progresar socialmente gracias a una trayectoria brillante en el ejército, queda truncada con el cautiverio padecido en Argel. Pese a todo, tras su captura, Cervantes no se arredra y, consecuente con su formación renacentista, asume la prisión entre los turcos como un timbre de gloria más. Si en servicio de su religión y su monarca había antes derramado su sangre, en servicio de Dios y del rey padecía ahora prisiones que acrecentarían sus méritos y su recompensa. Argel no domeñará su espíritu indómito y combativo; por el contrario, hasta cuatro veces intentará infructuosamente evadirse y liberar con él a otros cautivos, no saliendo con bien de su empeño unas veces por mala fortuna y otras por traicionera y envidiosa delación. Como los protagonistas de sus novelas, se salvará milagrosamente de la muerte al ser apresado tras las cuatro fugas, pese a la extraordinaria crueldad de los castigos que los turcos aplicaban a los prisioneros por delitos muy inferiores en importancia al de la huida. Durante su prisión —al ser liberados, muchos otros cautivos lo declararon así—, ocupaba el tiempo en confortar a los demás y los exhortaba para que mantuviesen la observancia de los preceptos cristianos y para que no desconfiasen de la piedad divina en tan estrecho trance como el de la esclavitud.

Vuelto a España, tendrá ocasión de comprobar con amargura que los viejos ideales heroicos de la etapa imperial no tienen ya lugar en la burocratizada administración de Felipe II. Ni sus méritos de héroe de Lepanto ni sus ejemplares sufrimientos de cautivo alcanzarán más recompensa que alguna fugaz ocupación sin importancia y de escaso provecho económico para él. Es la etapa más sombría de su vida, y en ella sufrirá la evidencia de que el hombre no es ya hijo de sus obras, sino esclavo de sus circunstancias. La tenebrosa realidad del mundo de los héroes de la picaresca no le abrumará, pese a todo, y en él triunfará el optimismo renacentista, como hacen patente sus obras, en que la miseria cotidiana no da pie a un desengaño metafísico, sino a una abierta ironía jovial y liberadora de las ansias de lo inmediato. Los numerosos viajes por Andalucía y Castilla la Nueva que realiza como recaudador de impuestos y, quizá, como miembro de una compañía teatral, le aportan un conocimiento minucioso y directo de los lugares y las gentes que luego proyectará en la elaboración de sus novelas. Igualmente, sus prisiones y desengaños servirán para enriquecer su perspectiva de creador y no para hundirle en un pesimismo desengañado y romo.

Puede afirmarse que los últimos años del siglo XVI serán los que configuren definitivamente el carácter de Cervantes como creador literario. En ellos su visión burlona de la realidad española, que se abre a la decadencia política y social, queda equilibrada con el ideal renacentista a que nunca renunció a lo largo de su vida. Paralelamente, también en tales fechas, el arte literario se complica y busca nuevas formas de expresión, cada vez más alejadas del ideal que marcara la época de Garcilaso. En ese campo Cervantes ocupará asimismo una posición equidistante, aceptando cuantas innovaciones considera como enriquecedoras del equilibrio renacentista y rechazando cuantas le parecen abusivos disparates. (Dicha actitud se hace evidente en sus abundantes críticas al modo de escribir comedias de Lope de Vega, de quien acepta, no obstante, buena parte de aportaciones, como manifiestan sus *Ocho comedias...*)

En 1614, Cervantes conoce una nueva desazón que le disgusta gravemente: la aparición de una continuación de su *Quijote,* firmada por Alonso Fernández de Avellaneda, seudónimo que hasta hoy mantiene en el anonimato a su verdadero autor. Fernández de Avellaneda, no obstante, debía de pertenecer al círculo de partidarios de Lope de Vega, pues este libro, en el que se insulta a Cervantes con hiriente mordacidad, supone una respuesta airada a las alusiones satíricas que éste había deslizado contra el Fénix de los Ingenios en la primera parte de *El ingenioso hidalgo.* Como consecuencia de la aparición del *pseudo-Quijote* de Fernández de Avellaneda, Cervantes aceleró la composición de su segunda parte, donde responde cumplidamente a los ataques de que había sido objeto.

La gloria cervantina se acrecentaba enormemente al tiempo de recibir tales ataques y tal vez en ellos pueda observarse el aguijón de la envidia, siempre presente en los ingenios de la época. (Para ilustrar este punto, véanse en los cuadros cronológicos los años 1605-1614, donde puede observarse una, para la época, abundantísima serie de reediciones cervantinas e incluso las traducciones inglesa y francesa de la primera parte del *Quijote.*)

Lo febril del trabajo cervantino crece al tiempo que su

fama. Parece como si el viejo héroe de Lepanto barrunta-
se lo escaso del tiempo que le restaba de vida y se afanase
en concluir cuantas obras tenía entre manos, ávido de dar-
las a conocer y de acrecentar el mérito de su nombre para
la posteridad. Con sus *Ocho comedias y ocho entremeses
nuevos,* hace pública no sólo buena parte de su obra dramática, sino también sus reparos al estado general de la
escena española que monopolizaban Lope de Vega y su
escuela. El propio año de 1615, las prensas dan a la luz la
única obra que podía superar a *El ingenioso hidalgo,* su
segunda parte, en la cual, además de responder a los ataques de Alonso Fernández de Avellaneda, cierra la historia de don Quijote, modo seguro de evitar nuevas conti-
nuaciones espurias. Tras ello, ya en 1616, consciente de su
próxima muerte, se aplica con apresuramiento a concluir
la que será su última obra, *Los trabajos de Persiles y Sigismunda,* narración de aventuras en que trabajaba desde
muchos años atrás y que terminó a 19 de abril, tres días
antes de su muerte. Un proyecto varias veces ofrecido en
sus prólogos, la continuación de *La Galatea,* quedaba sin
poder realizarse, pese a su esfuerzo creador de los últimos
años.

Cultura e ideología cervantinas

Acerca de la formación cultural de Cervantes se ha escrito mucho y con frecuencia se ha exagerado notablemente, queriendo adornarle con los conocimientos y ciencias propios de un erudito del Renacimiento. A tal efecto,
se le ha querido incluso hacer estudiante de la Universidad de Salamanca, lo cual no sólo es improbable, sino
prácticamente imposible. Podemos afirmar que el nivel de
las disciplinas que recibió en la escuela no rebasó el límite
primario de los estudios de gramática y de los rudimentos
de la lengua latina. De otra parte, su posible formación

regular hubo de quedar definitivamente interrumpida tras su marcha a Italia. Lo que sí es cierto es que gozó de una privilegiada y portentosa memoria y que gustó febrilmente de la lectura, por lo cual su formación se continuó, a lo largo de su dilatada vida, con cuantos libros caían en sus manos y con la muy enriquecedora experiencia de sus numerosos viajes por diversos lugares de diferentes países, donde su mirada perspicaz captaba las costumbres y cultura de las gentes que los habitaban, como hacen patente las variadas referencias a estos aspectos que en sus obras hallamos. Particular interés e incidencia en su producción literaria tuvo su estancia en Italia, donde sin duda se sumergió en el mundo cultural de la época y donde enriqueció al máximo su sensibilidad artística, al contacto de los más brillantes ingenios renacentistas. En dicha tierra, sin duda, devoró nuestro autor los relatos de escritores como Boccaccio y Giraldi Cinthio, dejando tales lecturas en su espíritu el germen de maravilloso narrador que mucho después florecería en sus incomparables novelas. Pero Cervantes, que ha pasado a ser el primer narrador universal indiscutible, no pensó hasta muy entrado en años que fuese a ganar la inmortalidad por tal camino, lo cual era lógico, habida cuenta del escaso prestigio que en la época gozaban tales muestras de la prosa. Su ilusión literaria primera, y que no abandonó por completo con el paso de los años, fue la de triunfar como poeta, siguiendo las huellas de su muy admirado Garcilaso. También quiso triunfar como autor dramático y en este campo nos dejó realizaciones nada despreciables, de las cuales debe entresacarse una verdadera obra maestra, *La Numancia,* como tal reconocida hoy unánimemente. Sólo tras el portentoso éxito de su *Quijote* en 1605, Cervantes comprende la inesperada dimensión que ha alcanzado con este nuevo género de producción literaria y se dedica a ella febrilmente, con la seguridad y satisfacción de quien se sabe un genio incuestionable.

No fueron la humildad ni la modestia adornos propios de Cervantes; por el contrario, es autor que consciente de su valía se enorgullece con frecuencia de sus virtudes de escritor. A este respecto debe destacarse que resalta repetidas veces su condición de inventor de argumentos verosímiles, nota en que la crítica posterior ha tenido que coincidir con él de forma unánime. Gustó también, con menor justicia, de ostentar su saber con alusiones y citas librescas que le granjeasen fama de autor culto entre sus contemporáneos, aunque en este extremo nunca llegó al límite de lo pedantesco, como otros numerosos autores coetáneos hicieron.

No cultivó abiertamente el género satírico, pero su condición irónica, que a veces llega a lo sarcástico, le llevó a encerrar en sus escritos alusiones cáusticas y críticas para con personas e instituciones de la época. Cuando esto hace, generalmente no se limita a denunciar, sino a ofrecer alternativas que pudieran mejorar lo denunciado.

La ideología personal de Cervantes se presenta de modo directo y evidente a lo largo de su obra, bien en boca del autor, bien proyectada en palabras de los personajes que va creando. Resaltan en ella los temas en que proyecta su acendrado patriotismo y su altivo orgullo de ser español. Igualmente es incuestionable su ortodoxia religiosa católica, dentro de la cual inscribe siempre su pensamiento, lo que no le impide, sin embargo, criticar al clero y sus abusos en aspectos costumbristas que para nada rozan lo doctrinal.

En su enjuiciamiento del individuo, defiende que cada hombre debe ser valorado de acuerdo con sus personales merecimientos. Para él, la virtud y el buen entendimiento son las prendas que pueden honrar a una persona, no la antigüedad o reputación de la familia a que pertenece. Ello hace que su concepto de «honor» difiera del de la época y coincida precisamente con el de «virtud». Su personal experiencia influye decisivamente en tal modo de pensar, y para comprenderlo plenamente hemos de tener en cuenta su condición de hombre disconforme con el resultado que habían tenido sus merecimientos como militar y como intelectual.

Estilo

«Llaneza, muchacho; no te encumbres, que toda afectación es mala» *(Quijote,* II, 26). En esta irónica frase se sintetiza buena parte del pensamiento de Cervantes acerca del estilo de lenguaje a que deben aspirar los creadores. En la línea misma del *Diálogo de la lengua* de Juan de Valdés, señala con frecuencia que la lengua literaria debe ser culta sin afectación y llana sin vulgaridad, tal y como puede observarse en otro explícito pasaje suyo: «El lenguaje puro, el propio, el elegante y claro, está en los discretos cortesanos, aunque hayan nacido en Majalahonda; dije *discretos* porque hay muchos que no lo son, y la discreción es la gramática del buen lenguaje, que se acompaña con el uso» *(Quijote,* II, 19). Esta doctrina puede verse escrupulosamente respetada a lo largo de la obra cervantina en los pasajes que corresponden a su actitud de narrador, porque en los restantes, aquellos en que cede la palabra a sus personajes, hallaremos una pluralidad de niveles de lenguaje y estilo que raramente se repite en nuestra historia literaria. Desde el alambicado lenguaje caballeresco y pastoril al descarnado y pintoresco del hampa, su pluma registra cuantas posibles variaciones ofrecía la lengua de la época, y en todas ellas sella con maestría la caracteriologización del personaje que habla, de forma que hasta hoy no hay autor que en tal recurso pueda igualársele. Si consecuente es el estilo de quienes en sus novelas ostentan elevada condición social y pulida educación, no menos consecuente que regocijante será el habla vulgar de sus rústicos y gentes populares. Acaso nadie mejor que él, si exceptuamos *La Celestina,* ha sabido reflejar la entraña del habla y sabiduría vulgares, valiéndose de los giros que la caracterizan, de sus incorrecciones chuscas y, sobre todo, de los lugares comunes, frases hechas y refranes, que acumulados, con sentido irónico o no, dan una sensación de realismo y verosimilitud inigualables.

Autor de transición, nunca abandona el ideal de equilibrio expositivo renacentista, aunque incorpora, sin acumularlos en exceso, recursos de agudeza conceptual que constituirán la base del estilo de los escritores barrocos. De tal modo, hallaremos en su prosa, armoniosamente distribuidos, metáforas, comparaciones, antítesis que con frecuencia se armonizan en paradojas, correlaciones, parejas de sinónimos intensificativos, elipsis, zeugmas, juegos de palabras, equívocos, diversos niveles de habla, pasos de estilo directo a indirecto realizados sin transición para agilizar lo narrado, etc.

Su gusto por la verosimilitud en la narración le lleva a combinar realismo y fantasía. Ésta corresponderá a la invención argumental; aquél, a lo minucioso de la descripción, realizada sobre modelos constatables y conocidos. Quizá donde más se evidencie su condición de narrador realista sea en la observación de ambientes y geografías, así como en la ya aludida profundidad con que construye la psicología de sus personajes.

Es asimismo digna de reseñarse en su estilo la proyección personal de su propia experiencia, unas veces insertando episodios levemente disfrazados de su misma biografía, otras enjuiciando situaciones y proponiendo alternativas correctoras de cuanto considera injusto o defectuoso. En tales ocasiones, aunque irónico y socarrón, nunca su desengaño personal desemboca en una visión pesimista de derrota y desencanto, sino, muy por el contrario, en el optimismo de vivir las satisfacciones, por humildes que sean, que pueda ofrecer cada momento.

Otro aspecto que ha llamado la atención de la crítica ha

sido el de la castidad que en general preside la redacción de toda su obra. Una excepción la constituye el desvergonzado y regocijante pasaje de la burla del marido en su *Entremés del viejo celoso,* que tiene su fuente en la *Disciplina clericalis* de Pedro Alfonso, en el *Ejemplo de la sábana.* Aunque podría pensarse que la dicha castidad narrativa de Cervantes es efecto del ambiente ascético imperante en España durante el reinado de Felipe II, parece más bien que se trata de una consecuencia del personal temperamento cervantino, como manifiestan su devoción por el platonismo de León Hebreo y su concepción de la virtud personal como único medio legítimo de adquirir reputación y honor. Todo ello se complementa con su visión de la mujer, inserta en una corriente antimisógina, que enaltece, en general, su discreción, su valor, su libertad y su honestidad, como ponen de relieve la inmensa mayoría de sus heroínas. Incluso cuando ha de reseñar la caída de alguna de ellas, jamás cede a la procacidad salaz que tanto regocijaba a los novelistas italianos y, como decía Amezúa, «las paráfrasis, rodeos y circunloquios con que Cervantes expresa el logro físico de la pasión amorosa y las caídas de sus doncellas, son felicísimos y honestos por extremo».[1]

Concepto de la narración en Cervantes

La prosa narrativa gozaba en los días de Cervantes de poca estimación entre los cultos, y esta falta de estima era compartida, incluso, por los propios escritores. Ello se debía a la atención escasa que el género había merecido de los tratadistas retóricos clásicos, quienes en sus preceptivas

---

[1] Agustín G. de Amezúa y Mayo, *Cervantes creador de la novela corta española,* Madrid, CSIC, 1982, vol. I, p. 249.

lo consideraban una manifestación literaria de rango menor, derivada del poema épico. En tales términos se habían pronunciado Aristóteles en su *Poética* y el Pinciano, máxima autoridad española en dicho campo, en su *Filosofía antigua poética*, desarrollando las doctrinas de aquél. En consecuencia, no había, como en los otros géneros literarios, un cuerpo de reglas consagradas por la autoridad de los clásicos que el narrador debiera seguir para escribir sus obras. Por todo ello, Cervantes, al componer su producción novelesca, se enfrenta al reto de abordar un género prácticamente nuevo, que consigue dignificar y elevar a la alta consideración de que ya gozaban los más sublimes, como el teatro o la poesía. Consciente de su labor, además, nuestro autor siembra sus textos de reflexiones críticas personales sobre la literatura en general y muy en particular sobre el arte narrativo.

Conviene en este punto recordar que en el Siglo de Oro se distinguían claramente varios tipos de relatos, los cuales eran tenidos por subgéneros diferentes. El primero lo constituían las narraciones largas, cuyos exponentes más significativos pueden ser los libros de caballería, el género sentimental o la picaresca; el segundo lo formaban los cuentos o patrañas breves, de frecuente filiación folklórica, en que se distinguió Juan de Timoneda; el último, de aparición más reciente, era el formado por las *novelas*, único al que se aplicaba concretamente tal nombre, de origen italiano y compuesto por obras de menor extensión que las primeras y mayor que las segundas. Precisamente es a este último grupo al que pertenecen las *Novelas ejemplares* de Cervantes, quien en su prólogo afirma, sin exageración alguna, que él ha sido el primero que ha novelado en España.

En Italia este género había conocido su esplendor con el *Decamerón* de Boccaccio, obra que alcanzó extraordinaria difusión en Europa y cuyas historias fueron traducidas e imitadas en numerosísimas ocasiones. Otros muchos

novelistas italianos alcanzaron fama y popularidad, siendo
para nosotros especialmente representativos Mateo Bandello y Giraldi Cinthio, por su pósible incidencia en la
obra cervantina. Naturalmente, su influjo no es importante en cuanto a sucesos argumentales, pero sí respecto a la
concepción del género y a las características que definen
al mismo frente a las demás manifestaciones narrativas.
Puede afirmarse, por tanto, que Cervantes tomó de estas
novelas el modelo formal y su arquitectura estructural,
aceptando su paradigma de extensión, la unidad y conti-
nuidad del argumento, y la necesidad de que éste fuese
verosímil. Con Bandello y Cinthio coincide, además, en
su exigencia de que el relato encierre intención moralizante, lo cual supone la asunción plena del precepto clásico
de que la creación literaria debe deleitar e instruir al lector al mismo tiempo.

Varios aspectos deben reseñarse en Cervantes que per-
feccionan técnicamente el género respecto de sus modelos
de Italia: la potenciación del uso del diálogo —que era
raramente utilizado por aquéllos—; la ausencia de enojo-
sos comentarios, citas eruditas y sentencias —de que abu-
saban los mismos, distrayendo a veces la atención del lector del asunto principal—; su extraordinaria pintura de la
psicología de los personajes; su preocupación por la verosimilitud de lo narrado —superior a la de los autores italianos—; su interés por la honestidad de los relatos, a los
que despoja de la salacidad excesiva que abundaba en las
novelas toscanas; su gusto por ampliar el asunto único
boccacciano, interpolando peripecias secundarias que ani-
men la narración, evitando la monotonía sin menoscabo
de su unidad; la nacionalización de asuntos y personajes,
haciendo españoles, en general, geografía y protagonistas;
la supresión de elementos maravillosos o sobrenaturales,
como modo de potenciar el realismo que genera la verosimilitud; el optimismo y generosidad vitales que le llevan a
evitar temas trágicos y finales luctuosos; etc.

Al principio de este apartado hemos señalado que Cervantes reflexionó con frecuencia sobre el hecho narrativo y las reglas que deben regirlo a lo largo de su obra. En el apéndice de *Documentos y juicios críticos* se incluirán algunos de los más jugosos de estos comentarios cervantinos, cuya doctrina ha ido quedando en buena parte reseñada en las páginas precedentes y que sintetizaremos en cuatro puntos:

1. *Invención,* puesto que la originalidad de los sucesos relatados es condición que define como tal al creador novelístico.

2. *Imitación,* concepto en que sigue el precepto aristotélico, vigente por completo en su concepción de lo literario, que consiste en plantear acordes con los que la naturaleza muestra cotidianamente los hechos, situaciones y comportamientos. El escritor debe actuar como el pintor que transcribe al lienzo lo que observa directamente de su entorno, desarrollando una técnica realista.

3. *Verosimilitud;* esta exigencia es la emanación lógica de los dos puntos anteriores, puesto que una historia inventada que se apoya en técnicas realistas y de observación de la naturaleza ha de resultar forzosamente verosímil. Este concepto supone que lo creado sea coherente y no repugne a la lógica ni al entendimiento del lector, pues la obra literaria debe someterse al imperio de la razón. La verosimilitud, de otra parte, no ha de confundirse con la realidad histórica, pues ésta tiene como objeto la representación de hechos ciertamente ocurridos y aquélla el de realizar invenciones razonables y aceptables para la lógica del lector.

4. *Finalidad que la novela persigue;* en este punto Cervantes señala repetidamente, acorde también con la preceptiva clásica, que, como el resto de los géneros literarios, la novela debe instruir y mejorar a sus lectores al tiempo que los entretiene.

Las *Novelas ejemplares*

Con este título publicó Cervantes en 1613 un volumen
que contenía once novelas, la última de las cuales, *El ca-*
samiento engañoso, encerraba dentro de su propio relato
otra distinta, titulada «Coloquio que pasó entre Cipión y
Berganza, perros del Hospital de la Resurrección», y que
constituye uno de los más conseguidos resultados narrativos cervantinos. Era el primer libro que daba a la estampa
su autor tras el éxito clamoroso de la primera parte del
Quijote, y en él se compilaban, además de las narraciones
que a tal propósito hubiera redactado después de 1605,
otras anteriores remozadas y corregidas en lo estético y en
lo moral de su contenido, según la nueva óptica de intelectual comprometido con su sociedad y dispuesto, tal y como en su prólogo establece, a colaborar con su ingenio en
la exaltación de los valores espirituales cristianos, al tiempo que a entretener honestamente a los lectores, fiel al
lema de «deleitar aprovechando» que siempre había pro-
pugnado.

Los títulos de las once novelas contenidas aparecen en
el siguiente orden: *Novela de La Gitanilla, Novela del*
amante liberal, Novela de Rinconete y Cortadillo, Novela
de la española inglesa, Novela del licenciado Vidriera, No-
vela de la fuerza de la sangre, Novela del celoso extreme-
ño, Novela de la ilustre fregona, Novela de las dos donce-
llas, Novela de la señora Cornelia y *Novela del casamiento*
engañoso, en la cual se contiene, como queda dicho, el
Coloquio de los perros.

El libro se hallaba concluso a mediados de 1612, pues
las primeras aprobaciones del mismo llevan fecha de julio
y agosto de dicho año. La impresión había terminado en
agosto de 1613, pues a tal mes corresponde la fe de erratas, último preliminar que se ponía al frente de una obra
impresa en la época. Fuera de éstos, escasísimos son los
datos que pueden considerarse fiables acerca de la cronolo-

gía interna de las novelas. Sabemos que la ordenación de las mismas no respeta, como es normal, el orden cronológico en que fueron escritas; por el contrario, su disposición obedece a un criterio de variedad alternativa en cuanto a los temas tratados, buscando con su diversidad evitar el tedio del lector. En cuanto a las fechas o datos históricos que pueden rastrearse en los relatos, en muy escasas ocasiones sirven para identificar el momento en que fueron escritas, pues de una parte Cervantes rectificó a última hora, como se ha dicho, obras de época bastante anterior, y de otra, no se ajustó al escribir a una cronología cierta de hechos históricos, sino a una serie de acontecimientos que contribuyesen a crear un ambiente verosímil en la estructura narrativa, la cual contiene con frecuencia anacronismos y contradicciones respecto del tiempo real, tal y como podemos observar, por ejemplo, en *La española inglesa*. Tampoco es aceptable establecer un criterio cronológico en función de la mayor o menor perfección de la construcción de las novelas, pues ello supondría deducir gratuitamente que Cervantes se superó obra tras obra y, además, erigir nuestro gusto actual en árbitro convencional que solucionara un problema de por sí insoluble y que no podrá resolverse si no aparece documentación nueva que nos aclare los pormenores de la historia de la redacción de las obras cervantinas.

Sabemos, eso sí, que antes de 1612 Cervantes había escrito varias novelas. Incluso deducimos razonablemente que su interés por tal género se habría despertado, si no antes, durante su estancia como soldado en Italia, época en que debió de leer buena parte de la producción de los noveladores toscanos. Lo cierto es que en *La Galatea,* su primera obra impresa, incluye dos episodios, el de Lisandro y Leonida y el de Timbrio y Silerio, que, aunque insertos en la trama pastoril general de la narración, tienen entidad casi de novelas autónomas y se inscriben claramente en la tradición novelística italiana, tanto por su estructura como por su asunto. Igualmente en la primera parte del *Quijote* hallamos novelas interpoladas y relacionadas con el argumento central, tales como la de Cardenio y la Historia del cautivo. Sin embargo no son éstas las que más relieve tienen en dicha obra para el tema que tratamos, sino la intrusión de una novela totalmente ajena al asunto que desarrolla su trama, y que con el título de *Novela del curioso impertinente* leen para su solaz varios de sus personajes, luego de sacarla de una maleta que el ventero guardaba para devolverla al anónimo viajero que en su establecimiento la había olvidado. Ella es, por tanto, la primera novela que con tal nombre imprimió el propio Cervantes, inserta en otro relato, al modo en que ya lo había hecho Mateo Alemán en su primera parte del *Guzmán de Alfarache* en 1599. También la *Novela del curioso impertinente* se inscribe dentro de la tradición novelesca toscana por los avatares argumentales, por su estructura y por el desenlace. Mayor originalidad y, por tanto, cervantismo representa la Historia del cautivo, cuya peripecia, abundantemente salpicada de rasgos autobiográficos, la acerca al mundo de las narraciones más conseguidas de la colección de 1613.

El dato que justifica no sólo la labor noveladora cervantina anterior a 1612, sino también que el autor aprovechó, corrigiéndolas, novelas suyas escritas con bastante anterioridad, lo constituye la presencia de una redacción primitiva de dos relatos de dicha colección, *Rinconete y Cortadillo* y *El celoso extremeño*, en una miscelánea manuscrita que para solaz del cardenal arzobispo de Sevilla, don Fernando Niño de Guevara, compiló el Racionero de dicha Catedral, Francisco Porras de la Cámara, probablemente entre 1604 y 1606. En ella se incluían sucesos extraños, epístolas jocosas, relaciones de viajes, loas poéticas elogiosas, cuentos divertidos, etc. Todos estos trabajos literarios llevaban al frente el nombre del autor que los había compuesto, a excepción de tres novelas manuscritas e inéditas, dos de las cuales eran las cervantinas arriba citadas y la otra *La tía fingida,* que ha sido atribuida por un importante sector de la crítica a Cervantes, basándose en aspectos estilísticos y, sobre todo, en el hecho de que acompañase en su anonimato a las suyas en dicho códice misceláneo.

Las diferencias más notables que se aprecian en ambas versiones, la del códice manuscrito y la de la impresión de 1613, deben ser consideradas en dos órdenes distintos: el primero es el relativo a la mayor depuración estilística y de técnica narrativa del texto último; el segundo, el de su adecuación a la intención honesta y moralizadora que presidía la colección impresa, tal y como el propio Cervantes afirmaba con vehemencia en su prólogo, intención que le llevó incluso a variar por completo el desenlace de la *Novela del celoso extremeño;* que gana con el cambio en moralidad, pero pierde notablemente en lógica y verosimilitud.

A la vista de cuanto antecede, renunciamos a establecer una cronología aplicable a las fechas de composición de las novelas y nos limitamos a coincidir, con la mayor parte de la crítica, en que parecen las más primitivas, o menos remozadas, tres de ellas: *El amante liberal, Las dos doncellas* y *La señora Cornelia.* Las tres sitúan la acción en escenarios no españoles y presentan una verosimilitud argumental y una penetración psicológica en los caracteres de los personajes mucho más débiles que las que son propias de la madurez creadora de Cervantes. En fin, su estilo, todavía italianizante, se asemeja más al inicial de la *Novela del curioso impertinente* que al definitivo de las restantes *Novelas ejemplares.*

Acerca del término *ejemplares* con que él mismo las denomina, la crítica se ha pronunciado encontradamente. Así, Walter Pabst [2] señala que lo moralizante en tales re-

[2] Walter Pabst, *La novela corta en la teoría y en la creación literaria,* Madrid, Gredos, 1972, pp. 187 y ss.

latos no pasa de ser un tópico de prólogo, y que tales tópicos suelen ser generalmente convencionales e hipócritas. Avalle-Arce quiere entenderlo como referido al propio género narrativo, considerado formalmente, y afirma, apoyándose en el pasaje del prólogo en que Cervantes reclama para sí la honra de ser el primer autor original de novelas en castellano, que «son *ejemplares* [...] porque pueden servir de ejemplo y modelo a las nuevas generaciones artísticas españolas»,[3] interpretando, por tanto, el calificativo *ejemplares* como 'modélicas', dignas de ser seguidas o imitadas por los autores españoles. Nosotros pensamos que si bien la afirmación de ejemplaridad moral del prólogo no puede entenderse literalmente, ya que es obvio que Cervantes no concibió la redacción de las novelas con el fin de ser ejemplo moral para sus lectores, tampoco debe ignorarse por completo su intencionalidad moral, pues ella justifica, por ejemplo, el cambio del final ya reseñado en *El celoso extremeño*, así como las numerosas alusiones de evidente intención moralizadora que salpican no sólo sus finales, sino también el interior del texto de sus relatos. El problema, tal vez, consiste en la interpretación que hoy demos al valor de lo *ejemplar* o *moralizante*, que debe entenderse en el recto sentido que los coetáneos de Cervantes lo concebían y que no era otro que el que los censores resaltan positivamente para la obra, cuando dicen: «estas *Novelas*, [...] entretienen con su novedad, enseñan con sus ejemplos a huir vicios y seguir virtudes»,[4] y «con semejantes argumentos nos pretende enseñar su autor cosas de importancia, y el cómo nos hemos de haber en ellas; y este fin tienen los que escriben novelas y

---

[3] Juan Bautista Avalle-Arce, «Introducción» a *Novelas ejemplares*, Madrid, Castalia, Clásicos Castalia, 1982, vol. I, p. 17.
[4] *Aprobación* de las *Novelas ejemplares*, por el Padre Presentado Fr. Juan Bautista, trinitario, que figura en la edición príncipe y que se transcribe en el apartado de *Documentos y juicios críticos*.

fábulas». [5] Tales juicios concuerdan con la idea que en general defendió siempre Cervantes para con la literatura toda, la cual debía deleitar y entretener al tiempo que instruir y mejorar el espíritu del lector, doctrina en que era heredero de los conceptos aristotélicos y horacianos.

En cuanto a la otra afirmación fundamental de su prólogo: «yo soy el primero que he novelado en lengua castellana», poco más queda que decir si no es refrendar su aserto, pues se refiere a *novelas* escritas al modo de las que habían compuesto Boccaccio, Bandello, Cinthio y otros autores toscanos, de las cuales, hasta las cervantinas, no había prácticamente en España paralelo alguno, fuera de las traducciones e imitaciones que sobre las extranjeras se habían realizado. Lo que se atribuye es, por tanto, haber construido estructuras narrativas similares a las italianas, pero con asuntos y argumentos originales, en la forma en que más matizadamente señalaba también en su *Viaje del Parnaso,* al decir:

> Yo he abierto en mis *Novelas* un camino
> por do la lengua castellana puede
> mostrar con propiedad un desatino.
> Yo soy aquel que en la invención excede
> a muchos...
>
> (IV, vv. 25-29)

---

[5] *Aprobación* de las *Novelas ejemplares* realizada por el Dr. Cetina, que figura en la edición príncipe.

Bibliografía

Amezúa y Mayo, Agustín G. de: *Cervantes creador de la novela corta española*, Madrid, Consejo Superior de Investigaciones Científicas, 1982, 2 vols. Obra monumental, cuyo primer volumen muestra, minuciosamente documentada, la presencia de Cervantes en su entorno y su evolución y paulatino perfeccionamiento como escritor. En el segundo, se dedica un capítulo a cada una de las novelas y sus pormenores.

Casalduero, Joaquín: *Sentido y forma de las «Novelas ejemplares»*, Madrid, Gredos, 1974. Nueva visión de la obra cervantina, que estudia en profundidad la estructura narrativa y el contenido ideológico de cada novela.

Castro, Américo: *El pensamiento de Cervantes*, Barcelona-Madrid, Noguer, 1972. Obra fundamental sobre la ideología de Cervantes, documentadísima y de fina sensibilidad, que supone el punto de arranque de la nueva crítica cervantina.

—, *Hacia Cervantes*, Madrid, Taurus, 1967 (3.ª ed.). De este libro pueden leerse provechosamente en relación con nuestro tema: *«El celoso extremeño* de Cervantes» y «La ejemplaridad de las novelas cervantinas», cuya visión complementa la ofrecida en el libro anterior.

Lapesa, Rafael: «En torno a *La española inglesa* y el *Persiles*», en *De la Edad Media a nuestros días,* Madrid, Gredos, 1967, pp. 242-263. Excelente artículo, que señala el paralelismo constructivo de ambos relatos y cómo la novela es un camino hacia la construcción definitiva del *Persiles*.

Pabst, Walter: *La novela corta en la teoría y en la creación literaria,* Madrid, Gredos, 1972. Estudio de conjunto acerca del na-

43

cimiento y expansión de la novela corta en Europa. Especial atención merece el capítulo III, dedicado a España y Portugal, en que enjuicia atinadamente las novelas cervantinas.

Riley, E. C.: *La teoría de la novela en Cervantes,* Madrid, Taurus, 1966. Recoge las ideas preceptivas cervantinas sobre la novela y las contrasta con su aplicación a la práctica, señalando fuentes teóricas y novelescas.

Rosenblat, Ángel: *La lengua del «Quijote»,* Madrid, Gredos, 1971. Sus conclusiones son igualmente válidas para la lengua, el estilo y los recursos narrativos de las *Novelas ejemplares.*

Suma Cervantina, editada por J. B. Avalle-Arce y E. C. Riley, Londres, Tamesis Books Limited, 1973. Constituye un manual cervantino fundamental y selecto. De especial interés son los artículos siguientes: Alberto Sánchez: «Estado actual de los estudios biográficos»; Peter N. Dunn: «Las *Novelas ejemplares»;* M. Bataillon: «Relaciones literarias»; E. Moreno Báez: «Perfil ideológico de Cervantes»; E. C. Riley: «Teoría literaria»; y Á. Rosenblat: «La lengua de Cervantes».

DOCUMENTACIÓN
GRÁFICA

Joan Vancell Puigcercós: *Cervantes* (1892),
alegoría en la fachada de la Biblioteca Nacional, Madrid.

Portada de la primera edición de las *Novelas ejemplares* (Madrid, Juan de la Cuesta, 1613) y, debajo, firma autógrafa del escritor.

Página siguiente (derecha):
Habitación en el Museo Casa Natal de Cervantes, en Alcalá de Henares.

Rinconete y Cortadillo en la imaginación
de dos pintores románticos.

Arriba: Arturo Montero y Calvo:
Rinconete y Cortadillo (1881, detalle).
Museo Nacional del Prado, Madrid.

Página anterior (izquierda):
Antonio Muñoz Degrain:
Rinconete y Cortadillo (1903).
Colección particular, Madrid.

A la derecha:
folio 66 de la primera edición
de las *Novelas ejemplares*.

66

NOVELA
de Rinconete, y Cor-
tadillo.

E N LA Venta del Molinillo, que está
puesta en los fines de los famosos cam
pos de Alcudia, como vamos de Casti
lla a la Andaluzia, vn dia de los calurosos del Verano se hallaron en ella a
caso dos muchachos de hasta edad de
catorze a quinze años: el vno, ni el
otro no passauan de diez y siete, ambos de buena gracia, pero muy descosidos, rotos, y maltratados : capa no la tenian : los calçones eran de lienço, y las medias de carne. Bien es verdad, que lo enmendauan los
çapatos, porque los del vno eran alpargates, tan tray-
dos como lleuados: y los del otro picados, y sin suelas, de
manera, q̃ mas le seruiá de cormas, q̃ de çapator. Traia
el vno montera verde de caçador, el otro vn sombrero
sin toquilla, baxo de copa, y ancho de falda. A la espalda,
I 2   y co-

Jacopo Robusti, «el Tintoretto»:
Episodio de una batalla entre turcos y cristianos (h. 1580-1585, detalle).
Museo Nacional del Prado, Madrid.

Arriba: Ilustración para
La española inglesa,
edición de Antonio
Sancha (Madrid, 1783).

A la derecha:
folio 87 de la primera
edición de las
Novelas ejemplares.

NOVELA
de la Española In-
glessa.

 N T R E Los despojos que los In
gleses lleuaron de la ciudad de Ca-
diz, Clotaldo vn Cauallero Ingles,
Capitan de vna esquadra de nauios,
lleuó a Londres vna niña de edad de
siete años, poco mas, ó menos,
y esto contra la voluntad, y sabiduria
del Conde de Leste, que con gran diligencia hizo buf-
car la niña, para boluersela a sus padres, que ante el fe
quexaron de la falta de su hija, pidiendole, que pues fe
contentaua con las haziendas, y dexaua libres las personas, no fuessen ellos tan desdichados, que ya que queda-
ui pobres, quedassen fin fu hija, que era la lumbre de fus
ojos, y la mas hermosa criatura que auia en toda la ciudad. Mandó el Conde echar vando por toda fu armada,

La ciudad de Salamanca.
Arriba, grabado de 1852. Debajo, mapa de principios del siglo XIX.

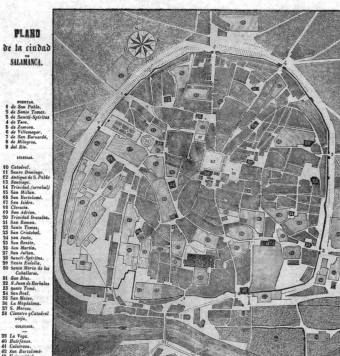

PLANO de la ciudad DE SALAMANCA.

PUERTAS.

1 de San Pablo.
2 de Santo Tomas.
3 de Sancti-Spíritus
4 de Toro.
5 de Zamora.
6 de Villamayor.
7 de San Bernardo,
8 de Milagros.
9 del Río.

IGLESIAS.

10 Catedral.
11 Santo Domingo.
12 Antigua de S. Pablo
13 Santiago.
14 Trinidad (arrabal)
15 San Millan.
16 San Bartolomé.
17 San Isidro.
18 Clerecía.
19 San Adrian.
20 Trinidad Descalza.
21 San Roman.
22 Santo Tomas.
23 San Cristóbal.
24 San Justo.
25 San Benito.
26 San Martin.
27 San Julian.
28 Sancti-Spíritus.
29 Santa Eulalia.
30 Santa María de los Caballeros.
31 San Blas.
32 S. Juan de Barbalos
33 Santo Tomé.
34 San Boal.
35 San Mateo.
36 La Magdalena.
37 S. Marcos.
38 Claustro y Catedral vieja.

COLEGIOS.

39 La Vega.
40 Huérfanos.
41 Calatrava.
42 San Bartolomé
43 Universidad.
44 Instituto.
45 El Rey.
46 Cuenca.
47 Oviedo.
48 Conciliar.

NOTA.

Todos los solares señalados con puntos, indican ruinas.

49 Los Angeles.
50 Arzobispo.
51 La Magdalena.

CONVENTOS DE FRAILES.

52 Premostratenses.
53 Carmelitas Calzado,
54 Mercenarios Descalzos.
55 Mínimos.
56 Bernardos.
57 Franciscos.
58 Agustinos.
59 Mercenarios Calzados.
60 de Santa Rita.
61 Basilios.
62 Carmelitas Descalzos
63 Benedictinos.
64 Menores.

CONVENTOS DE NONJAS.

65 San Pedro.
66 Las Dueñas.
67 Santa Clara.
68 El Jesus.
69 Las Franciscas.
70 El Corpus.
71 Santa Isabel.
72 Las Carmelitas.
73 Santa Úrsula.
74 Las Agustinas.
75 La Madre de Dios.
76 La Penitencia.
77 Santa Ana.
. . . .
78 Cárcel.
79 Hospital.
80 Hospicio.
81 Palacio Episcopal.
82 Id. de Monterey.
83 Plaza de Toros.
84 Solares de casas arruinadas por los Franceses.
85 Plaza Mayor.
86 Id. de la Verdura..
87 Id. de la Libertad.
88 Arribal del puente
89 Bloque de las salas bajas.
90 Huertas.
91 Puente sobre el río Tórmes.
Campo de S. Francisco.

Nota previa

Para la edición del texto de las tres *Novelas ejemplares* que se incluyen en el presente volumen hemos tomado como base la realizada por Juan Bautista Avalle-Arce en la colección «Clásicos Castalia», números 120-122, edición que hemos compulsado con la príncipe de 1613, corrigiendo las escasas erratas que aquélla presenta. Asimismo, hemos tenido a la vista la edición crítica de *Rinconete y Cortadillo* por Rodríguez Marín (Sevilla, 1905) y la de *El licenciado Vidriera* por Alonso Cortés (Valladolid, 1916), que son hoy todavía de una inapreciable ayuda.

NOVELA DE RINCONETE Y CORTADILLO

En la venta del Molinillo, [1] que está puesta en los fines de los famosos campos de Alcudia, [2] como vamos de Castilla a la Andalucía, un día de los calurosos del verano se hallaron en ella acaso dos muchachos de hasta edad de catorce a quince años; el uno ni el otro no pasaban de diecisiete; ambos de buena gracia, pero muy descosidos, rotos y maltratados. Capa, no la tenían; los calzones eran de lienzo, y las medias, de carne. [3] Bien es verdad que lo enmendaban los zapatos, porque los del uno eran alpargatas, tan traídos como llevados, y los del otro picados [4] y sin suelas, de manera que más le servían de cormas [5] que de zapatos. Traía el uno montera [6] verde de cazador; el

_____

[1] *la venta del Molinillo:* era una venta situada en el itinerario de Toledo a Córdoba, aproximadamente a la mitad, y que quedaba a cuatro leguas de Almodóvar del Campo. [2] *campos de Alcudia:* parte situada al sur de Ciudad Real. [3] *las medias, de carne:* afirma, irónicamente, que no las llevaban. [4] *picados:* agujereados; con ironía, pues se denominaba *picados,* en la época, a cierto tipo de zapatos lujosos con hendiduras o picaduras. [5] *cormas:* eran trozos de madera que se sujetaban a los pies de los esclavos fugitivos para evitar que huyesen de nuevo y, por el mismo motivo, en época cervantina, se los ponían a los muchachos traviesos para que no escapasen de casa; irónicamente, indica Cervantes que los dichos zapatos más dificultaban que facilitaban el andar del chico. [6] *montera:* tipo de sombrero que llevaban los monteros o cazadores.

otro, un sombrero sin toquilla, [7] bajo de copa y ancho de falda. [8] A la espalda, y ceñida por los pechos, [9] traía el uno una camisa de color de camuza, [10] encerada, [11] y recogida toda en una manga; [12] el otro venía escueto y sin alforjas, puesto que [13] en el seno se le parecía un gran bulto, que, a lo que después pareció, era un cuello de los que llaman valones, [14] almidonado con grasa, [15] y tan deshilado de roto, que todo parecía hilachas. Venían en él envueltos y guardados unos naipes de figura ovada, porque de ejercitarlos se les habían gastado las puntas, y porque durasen más se las cercenaron y los dejaron de aquel talle. Estaban los dos quemados del sol, las uñas caireladas [16] y las manos no muy limpias; el uno tenía una media espada, y el otro, un cuchillo de cachas amarillas, que los suelen llamar vaqueros. [17]

Saliéronse los dos a sestear en un portal o cobertizo que delante de la venta se hace, y sentándose frontero el uno del otro, el que parecía de más edad dijo al más pequeño:

—¿De qué tierra es vuestra merced, [18] señor gentilhombre, y para adónde bueno camina?

---

[7] *toquilla:* adorno del sombrero equivalente a la cinta de los actuales, bordeando la copa a ras del ala. [8] *falda:* ala del sombrero. [9] *A la espalda y ceñida por los pechos:* alude a la *manga* de que habla luego (véase nota 12), la cual lleva a la espalda y va ceñida al pecho por los cordones que la sujetan. [10] *camuza:* gamuza; por tanto, del color de la piel de la cabra montés. [11] *encerada:* impermeabilizada con cera, lo cual le daba el color de gamuza. [12] *manga:* especie de maleta o alforja manual que se abre por ambos extremos, los cuales se cierran por medio de cordones; en dicha manga iba rebujada la camisa aludida. [13] *puesto que:* aunque. [14] *valones:* la *valona* era un adorno que se ponía al cuello de la camisa y que consistía en una tira angosta de lienzo, que caía sobre la espalda y los hombros y que por delante caía hasta la mitad del pecho. [15] *almidonado con grasa:* expresión irónica con que se pondera la cantidad de lamparones de grasa que habían caído sobre aquel cuello. [16] *uñas caireladas:* uñas largas y negras. [17] *vaqueros:* así se llamaba a los cuchillos utilizados por los matarifes en los sacrificios de reses; eran muy grandes y sus heridas muy graves y aparatosas. [18] *vuesa merced:* variante del tratamiento de respeto *vuestra merced*, del que deriva el actual *usted*.

—Mi tierra, señor caballero —respondió el preguntado—, no la sé, ni para dónde camino, tampoco.

—Pues en verdad —dijo el mayor— que no parece vuesa merced del cielo, y que éste no es lugar para hacer su asiento en él: que por fuerza se ha de pasar adelante.

—Así es —respondió el mediano—; [19] pero yo he dicho verdad en lo que he dicho; porque mi tierra no es mía, pues no tengo en ella más de un padre que no me tiene por hijo y una madrastra que me trata como alnado; [20] el camino que llevo es a la ventura, y allí le daría fin donde hallase quien me diese lo necesario para pasar esta miserable vida.

—Y ¿sabe vuesa merced algún oficio? —preguntó el grande.

Y el menor respondió:

—No sé otro sino que corro como una liebre, y salto como un gamo, y corto de tijera muy delicadamente.

—Todo eso es muy bueno, útil y provechoso —dijo el grande—, porque habrá sacristán que le dé a vuesa merced la ofrenda de Todos Santos [21] porque para el Jueves Santo le corte florones de papel para el monumento [22].

—No es mi corte de esa manera —respondió el menor—, sino que mi padre, por la misericordia del cielo, es sastre y calcetero, y me enseñó a cortar antiparas, [23] que, como vuesa merced bien sabe, son medias calzas con avampiés, [24] que por su propio nombre se suelen llamar polainas, [25] y córtolas tan bien, que en verdad que me

---

[19] *mediano:* debe entenderse el más pequeño de los dos. [20] *alnado:* hijastro. [21] *Todos [los] Santos:* en este día se daban, como al siguiente, día de los Difuntos, numerosas ofrendas para que se dijesen misas por el alma de los familiares fallecidos; por ello la cantidad total de dichas ofrendas era elevada. [22] *monumento:* altar donde se expone el Santísimo el Jueves Santo. [22] *antiparas:* cierto tipo de medias calzas que cubrían las piernas y el empeine del pie, a modo de polainas, como el propio texto explica. [24] *avampiés:* pedazo de tela de la polaina que cubre el pie. [25] *polainas:* son las *antiparas* descritas en la nota 23.

podría examinar de maestro, sino que [26] la corta suerte me tiene arrinconado.

—Todo eso y más acontece por [27] los buenos —respondió el grande—, y siempre he oído decir que las buenas habilidades son las más perdidas; pero aún edad tiene vuesa merced para enmendar su ventura. Mas si yo no me engaño y el ojo no me miente, otras gracias tiene vuesa merced secretas, y no las quiere manifestar.

—Sí tengo —respondió el pequeño—; pero no son para el público, como vuesa merced ha muy bien apuntado. [(1)]

A lo cual replicó el grande:

—Pues yo le sé decir que soy uno de los más secretos [28] mozos que en gran parte [29] se puedan hallar; y para obligar a vuesa merced que descubra su pecho y descanse [30]

---

[26] *sino que:* de no ser porque.   [27] *por:* con el sentido de *a*.   [28] *secretos:* discretos, que no cuentan nada de lo que saben.   [29] *en gran parte:* en mucho espacio a la redonda.   [30] *descanse:* se dice conforme al tópico de que quien hace una confidencia se desahoga y descansa de la tensión que le provocaba el secreto.

---

(1)   La novela comienza situando la acción en el espacio y el tiempo, y describiendo física y psíquicamente a los protagonistas. El tono desenfadado e irónico, que ha de dominar el texto, se presenta desde su comienzo por medio del estilo narrativo empleado, cuya comicidad manifiestan expresiones como «Capa no la tenían» o «las medias, de carne», por ejemplo, las cuales no relacionamos pormenorizadamente por hallarse suficientemente aclaradas en las notas. Para describir la condición pícara de ambos jóvenes, Cervantes prefiere cederles la palabra y dejar que sean ellos mismos quienes muestren su vocación por la vida de lo marginal y lo delictivo, primero en el delicioso diálogo que mantienen a la puerta de la venta y después llevando a la práctica sus teorizaciones, mediante el engaño que consuman en el ingenuo arriero que con ellos juega a los naipes. Cumple así este largo pasaje una función de preliminar a la novela misma, cuyo desarrollo no es sino la descripción del mundo pícaro y delictivo de la ciudad de Sevilla, organizado como si de una profesión se tratase, y visto por los ojos sorprendidos y burlones de Rinconete y Cortadillo.

conmigo, le quiero obligar con descubrirle el mío primero; porque imagino que no sin misterio nos ha juntado aquí la suerte, y pienso que habemos de ser, de éste hasta el último día de nuestra vida, verdaderos amigos. Yo, señor hidalgo, soy natural de la Fuenfrida, [31] lugar conocido y famoso por los ilustres pasajeros que por él de continuo pasan; mi nombre es Pedro del Rincón; mi padre es persona de calidad, porque es ministro de la Santa Cruzada: quiero decir que es bulero, o buldero, [32] como los llama el vulgo. Algunos días le acompañé en el oficio, y le aprendí de manera, que no daría ventaja en echar las bulas al que más presumiese en ello. Pero habiéndome un día aficionado más al dinero de las bulas que a las mismas bulas, me abracé con un talego, y di conmigo y con él en Madrid, donde con las comodidades que allí de ordinario se ofrecen, en pocos días saqué las entrañas al talego, y le dejé con más dobleces que pañizuelo [33] de desposado. Vino el que tenía a cargo el dinero tras mí; prendiéronme; tuve poco favor; aunque, viendo aquellos señores mi poca edad, se contentaron con que me arrimasen al aldabilla [34] y me mosqueasen [35] las espaldas por un rato y con que saliese desterrado por cuatro años de la Corte. Tuve paciencia, encogí los hombros; sufrí la tanda y mosqueo, y

---

[31] *Fuenfrida:* Fuenfría, pequeña aldea cercana a Navacerrada, en la sierra de Guadarrama. Antes de existir el paso del puerto de Navacerrada, era Fuenfría camino obligado para ir a los palacios de Valsaín y La Granja de San Ildefonso, por lo que por allí pasaban los reyes y su séquito, a lo que alude Cervantes luego, al hablar de *ilustres pasajeros*. [32] *buldero:* así se llamaba a quienes vendían las bulas pontificias, medio de recaudar fondos para la Santa Cruzada; tenían fama de pícaros y ladrones, y así los pinta el anónimo autor del *Lazarillo de Tormes*. [33] *pañizuelo:* pañuelo. [34] *aldabilla:* en las cárceles había una aldaba a la que se ataba a los reos para ser azotados; en consideración a su corta edad, Rinconete sufrió así su castigo y no fue paseado por la ciudad para recibirlo en público. [35] *mosqueasen:* literalmente, significa espantasen las moscas; se llamaba así al tipo de azotes que no se aplicaban con demasiada saña, y en este sentido debe entenderse en el pasaje.

salí a cumplir mi destierro, con tanta prisa, que no tuve lugar de buscar cabalgaduras. Tomé de mis alhajas las que pude y las que me parecieron más necesarias, y entre ellas saqué estos naipes (y a este tiempo descubrió los que se han dicho, que en el cuello traía), con los cuales he ganado mi vida por los mesones y ventas que hay desde Madrid aquí, jugando a la veintiuna; [36] y aunque vuesa merced los ve tan astrosos y maltratados, usan de una maravillosa virtud con quien los entiende, que no alzará que no quede un as debajo. Y si vuesa merced es versado en este juego, verá cuánta ventaja lleva el que sabe que tiene cierto un as a la primera carta, que le puede servir de un punto y de once; que con esta ventaja, siendo la veintiuna envidada, [37] el dinero se queda en casa. Fuera de esto, aprendí de un cocinero de un cierto embajador ciertas tretas de quínolas, [38] y del parar, a quien también llaman el andaboba, [39] que así como vuesa merced se puede examinar en el corte de sus antiparas, así puedo yo ser maestro en la ciencia vilhanesca. [40] Con esto voy seguro de no morir de hambre, porque aunque llegue a un cortijo, hay quien quiera pasar tiempo jugando un rato. Y de esto hemos de hacer luego la experiencia los dos: armemos la red, y veamos si cae algún pájaro [41] de estos arrieros que aquí hay: quiero decir que jugaremos los dos a la veinti-

---

[36] *a la veintiuna:* tipo de juego de naipes en que ganaba quien llegaba a los veintiún puntos o estaba más cerca de dicho tanteo. [37] *envidada:* hecho envite, parado el juego para ver quién gana la puesta. [38] *quínolas:* juego de naipes en que gana quien junta cuatro cartas cada una de su palo; si dos jugadores lo hacen, gana quien más puntos sume. [39] *parar ... andaboba:* por ambos nombres se conocía un juego de naipes prohibido. [40] *vilhanesca:* de Vilhán, personaje a quien se atribuía la invención de los naipes. [41] *red ... pájaro:* metáfora irónica; a los pájaros se los caza por medio de una red, en la que caen por torpes; igualmente, Rincón tiende la trampa —red— de jugar con su amigo, para que algún arriero simplón —pájaro— se anime a ganarlos y pierda con ellos el dinero.

una como si fuese de veras; que si alguno quisiese ser tercero, él será el primero que deje la pecunia.

—Sea en buen hora —dijo el otro—, y en merced muy grande tengo la que vuesa merced me ha hecho en darme cuenta de su vida, con que me ha obligado a que no le encubra la mía, que, diciéndola más breve, es ésta: Yo nací en el piadoso lugar puesto entre Salamanca y Medina del Campo; mi padre es sastre; enseñóme su oficio, y de corte de tijera, con mi buen ingenio, salté a cortar bolsas. [42] Enfadóme la vida estrecha del aldea y el desamorado trato de mi madrastra. Dejé mi pueblo, vine [43] a Toledo a ejercitar mi oficio, y en él he hecho maravillas; porque no pende relicario de toca [44] ni hay faldriquera [45] tan escondida que mis dedos no visiten ni mis tijeras no corten, aunque le estén guardando con ojos de Argos. [46] Y en cuatro meses que estuve en aquella ciudad, nunca fui cogido entre puertas, [47] ni sobresaltado ni corrido de corchetes, [48] ni soplado de ningún cañuto. [49] Bien es verdad que habrá ocho días que una espía doble [50] dio noticia de mi habilidad al Corregidor, [51] el cual, aficionado a mis

---

[42] *bolsas:* maliciosamente, alude a aquéllas en que la gente guardaba el dinero, las cuales robaba cortándolas. [43] *vine: ir* y *venir* tenían en la lengua del Siglo de Oro el valor de 'llegar', además del actual. [44] *relicario de toca:* monedero de mujer. [45] *faldriquera:* bolsillo. [46] *Argos:* monstruo mitológico que tenía cien ojos por todo el cuerpo, los cuales dormían alternativamente de modo que podía vigilar continuamente; estaba encargado de vigilar a la joven doncella Io. [47] *cogido entre puertas:* expresión hecha, como nuestro actual *en callejón sin salida,* con que se señala que alguien ha sido acorralado en algún lugar sin escapatoria posible y ha sido castigado en tal trance. Aquí el sentido es que nunca le descubrieron. [48] *corchetes:* agentes de la justicia. [49] *soplado de ningún cañuto: soplar* es delatar, *cañuto* es chivato o delator. [50] *espía doble: espía* tenía en la época género femenino; *doble* vale como infiltrado; se trataba, por tanto, de alguien que se mezclaba entre los delincuentes para conocer sus golpes y poder facilitar información a la autoridad. [51] *Corregidor:* alcalde nombrado por el rey en algunas ciudades.

buenas partes, [52] quisiera verme; mas yo, que, por ser humilde, no quiero tratar con personas tan graves, procuré de no verme con él, y así, salí de la ciudad con tanta prisa, que no tuve lugar de acomodarme de cabalgaduras ni blancas, [53] ni de algún coche de retorno, o por lo menos de un carro [(2)].

—Eso se borre —dijo Rincón—; y pues ya nos conocemos, no hay por qué aquesas grandezas ni altiveces: confesemos llanamente que no teníamos blanca, ni aun zapatos.

—Sea así —respondió Diego Cortado, que así dijo el menor que se llamaba—; y pues nuestra amistad, como vuesa merced, señor Rincón, ha dicho, ha de ser perpetua, comencémosla con santas y loables ceremonias.

Y levantándose Diego Cortado, abrazó a Rincón, y Rincón a él, tierna y estrechamente, y luego [54] se pusieron los

---

[52] *buenas partes:* buenas cualidades; se dice, claro, irónicamente. [53] *blancas:* dineros. [54] *luego:* en el momento, en seguida.

- -

(2) Nótese la doble función de este pasaje:

Por una parte pone de relieve el prudente comportamiento de Cortadillo, quien mantiene secreta su condición de ladronzuelo y evitar dar datos sobre su origen y procedencia que puedan delatarle. Esta actitud la mantienen más adelante los dos, explicando que en el secreto de su actividad evitan ser conocidos y castigados, y en el de su procedencia eliminan la posibilidad de infamar el nombre de sus familiares. La locuacidad de Rinconete no debe entenderse como antagónica de lo anteriormente dicho, sino, muy por el contrario, como clave de la perspicacia y condición despierta del personaje, que ha detectado muy rápidamente y sin lugar a dudas la personalidad y condición de su interlocutor, por lo cual conoce que sólo con su secreto puede alcanzar el del otro.

Narrativamente, esta secuencia supone una actualización informativa para el lector de la condición y psicología de ambos protagonistas, resuelta mediante un salto atrás o relato dentro del relato, propio de las novelas bizantinas y que tan grato era a Cervantes, pues lo usó con harta frecuencia en sus obras.

dos a jugar a la veintiuna con los ya referidos naipes, limpios de polvo y de paja, mas no de grasa y malicia, y a pocas manos, alzaba tan bien por el as Cortado, como Rincón, su maestro. [3]

Salió en esto un arriero a refrescarse al portal, y pidió que quería hacer tercio. [55] Acogiéronle de buena gana, y en menos de media hora le ganaron doce reales y veinte y dos maravedís, que fue darle doce lanzadas y veinte y dos mil pesadumbres. Y creyendo el arriero que por ser muchachos no se lo defenderían, quiso quitarles el dinero; mas ellos, poniendo el uno mano a su media espada y el otro al de las cachas amarillas, le dieron tanto que hacer, que a no salir sus compañeros, sin duda lo pasara mal.

A esta sazón pasaron acaso por el camino una tropa de caminantes a caballo, que iban a sestear a la venta del Alcalde, [56] que está media legua más adelante, los cuales, viendo la pendencia del arriero con los dos muchachos, los apaciguaron, y les dijeron que si acaso iban a Sevilla, que se viniesen con ellos.

—Allá vamos —dijo Rincón—, y serviremos a vuesas mercedes en todo cuanto nos mandaren.

Y sin más detenerse, saltaron delante de las mulas y se fueron con ellos, dejando al arriero agraviado y enojado, y a la ventera admirada de la buena crianza de los pícaros, que les había estado oyendo su plática sin que ellos advirtiesen en ello. Y cuando dijo al arriero que les había oído decir que los naipes que traían eran falsos, [57] se pelaba las

---

[55] *hacer tercio:* jugar a los naipes con ellos, ser el tercero en el juego. [56] *la venta del Alcalde:* venta histórica situada media legua más adelante, como Cervantes indica, del propio camino antes señalado. [57] *falsos:* que tenían las cartas de la baraja marcadas.

---

(3) Nótese cómo Cervantes, tras el resumen informativo de las habilidades de los jóvenes, las pone ahora a la vista del lector, actualizando la acción narrativa, que realmente comienza en este momento.

barbas y quisiera ir a la venta tras ellos a cobrar su hacienda, porque decía que era grandísima afrenta y caso de menos valer [58] que dos muchachos hubiesen engañado a un
hombrazo tan grande como él. Sus compañeros le detuvieron y aconsejaron que no fuese, siquiera por no publicar
su inhabilidad y simpleza. En fin, tales razones le dijeron,
que aunque no le consolaron, le obligaron a quedarse.

En esto, Cortado y Rincón se dieron tan buena maña
en servir a los caminantes, que lo más del camino los llevaban a las ancas; y aunque se les ofrecían algunas ocasiones de tentar las valijas de sus medios amos, no las admi-
tieron, por no perder la ocasión tan buena del viaje de
Sevilla, donde ellos tenían grande deseo de verse. [4]

Con todo esto, a la entrada de la ciudad, que fue a la
oración, y por la puerta de la Aduana, [59] a causa del registro y almojarifazgo [60] que se paga, no se pudo contener
Cortado de no cortar la valija o maleta que a las ancas
traía un francés de la camarada; [61] y así, con el de sus
cachas [62] le dio tan larga y profunda herida, que se
parecían [63] patentemente las entrañas, y sutilmente le sacó dos camisas buenas, un reloj de sol y un librillo de

---

[58] *menos valor:* desestimación, desprecio. [59] *puerta de la Aduana:*
acceso a Sevilla cercano a las Atarazanas, junto a las cuales se construyó
la Aduana, terminada en 1587. [60] *almojarifazgo:* impuesto que se pagaba sobre las mercaderías que entraban o salían de la ciudad. [61] *camarada:* grupo de personas que viajan juntas y en camaradería. [62] *el
de sus cachas:* alude al cuchillo. [63] *parecían:* veían.

---

(4)   La entrada en Sevilla supone una actualización narrativa en
cuanto al espacio y al ambiente de la ciudad. Cervantes incluirá
numerosos datos de la topografía y la vida sevillanas de la época,
deseoso de mostrar su conocimiento directo de la misma y de
reforzar la verosimilitud del relato que sitúa en sus límites. Igual
que hizo al describir a sus personajes hará con la ciudad: primero la
muestra en su aspecto físico y luego nos habla de su ambiente, de su
modo de vida.

memoria, [64] cosas que cuando las vieron no les dieron mucho gusto, y pensaron que pues el francés llevaba a las ancas aquella maleta, no la había de haber ocupado con tan poco peso [65] como era el que tenían aquellas preseas, [66] y quisieran volver a darle otro tiento; pero no lo hicieron, imaginando que ya lo habrían echado menos y puesto en recaudo lo que quedaba.

Habíanse despedido antes que el salto [67] hiciesen de los que hasta allí los habían sustentado, y otro día vendieron las camisas en el malbaratillo [68] que se hace fuera de la puerta del Arenal, [69] y de ellas hicieron veinte reales. Hecho esto, se fueron a ver la ciudad, y admiróles la grandeza y suntuosidad de su mayor iglesia, el gran concurso de gentes del río, porque era en tiempo de cargazón de flota y había en él seis galeras, cuya vista les hizo suspirar, y aun temer el día que sus culpas les habían de traer a morar en ellas de por vida. [70] Echaron de ver los muchos muchachos de la esportilla que por allí andaban; informáronse de uno de ellos qué oficio era aquél, y si era de mucho trabajo, y de qué ganancia.

Un muchacho asturiano, que fue a quien le hicieron la pregunta, respondió que el oficio era descansado y de que no se pagaba alcabala, [71] y que algunos días salía con cinco y con seis reales de ganancia, con que comía y bebía y triunfaba como cuerpo de rey, libre de buscar amo a

---

[64] *librillo de memoria:* especie de agenda actual. [65] *tan poco peso:* a las ancas de la caballería debe ponerse el fardo de más peso, pues es el modo de no dañar al animal. [66] *preseas:* joyas, objetos valiosos; aquí se dice irónicamente. [67] *salto:* asalto, robo, hurto. [68] *malbaratillo:* mercadillo al aire libre que se hacía en el lugar en que hoy se asienta la plaza de toros de la Maestranza. [69] *puerta del Arenal:* la que daba al arenal o terreno que llenaban las aguas del Guadalquivir hasta la muralla en épocas de crecida. [70] *galeras ... de por vida:* los delincuentes graves eran condenados a remar en las galeras como remeros forzados hasta purgar su falta; los dos ladronzuelos temen acabar así si continúan por el camino que llevan. [71] *alcabala:* impuesto o tributo.

quien dar fianzas y seguro de comer a la hora que quisiese, pues a todas lo hallaba en el más mínimo [72] bodegón
de toda la ciudad.

No les pareció mal a los dos amigos la relación del astu-
rianillo, ni les descontentó el oficio, por parecerles que
venía como de molde [73] para poder usar el suyo con cubierta y seguridad, por la comodidad que ofrecía de entrar
en todas las casas; y luego determinaron de comprar los
instrumentos necesarios para usarle, pues lo podían usar
sin examen. Y preguntándole al asturiano qué habían de
comprar, les respondió que sendos costales pequeños, limpios o nuevos, y cada uno tres espuertas de palma, dos
grandes y una pequeña, en las cuales se repartía la carne,
pescado y fruta, y en el costal, el pan; y él los guió donde
lo vendían, y ellos, del dinero de la galima [74] del francés,
lo compraron todo, y dentro de dos horas pudieran estar
graduados en el nuevo oficio, según les ensayaban [75] las
esportillas y asentaban los costales. Avisóles su adalid [76]
de los puestos donde habían de acudir: por las mañanas, a
la Carnicería [77] y a la plaza de San Salvador; [78] los días de
pescado, a la Pescadería [79] y a la Costanilla; [80] todas las
tardes, al río; los jueves, a la Feria. [81]

Toda esta lección tomaron bien de memoria, y otro día
bien de mañana se plantaron en la plaza de San Salvador,
y apenas hubieron llegado, cuando los rodearon otros mozos del oficio, que por lo flamante de los costales y espuertas vieron ser nuevos en la plaza; hiciéronles mil pre-

---

[72] *mínimo:* ínfimo. [73] *como de molde:* equivalente a nuestro actual
como anillo al dedo. [74] *galima:* hurto, robo. [75] *ensayaban:* caían
bien. [76] *adalid:* guía. [77] *Carnicería:* la carnicería principal de Sevilla
se hallaba en la parroquia de San Isidro, hoy San Isidoro. [78] *San Salvador:* una de las dos plazas situadas junto a la iglesia que llevaba tal
nombre. [79] *Pescadería:* se situaba en una de las naves de las atarazanas. [80] *Costanilla:* plaza cercana a la iglesia de San Isidro, hoy San
Isidoro. [81] *Feria:* se celebraba alrededor de la iglesia de Todos los Santos.

guntas, y a todas respondían con discreción y mesura. En esto llegaron un medio estudiante y un soldado, y convidados de la limpieza de las espuertas de los dos novatos, el que parecía estudiante llamó a Cortado, y el soldado, a Rincón.

—En nombre sea de Dios —dijeron ambos.

—Para bien se comience el oficio —dijo Rincón—, que vuesa merced me estrena, señor mío.

A lo cual respondió el soldado:

—La estrena [82] no será mala, porque estoy de ganancia y soy enamorado, y tengo de hacer hoy banquete a unas amigas de mi señora.

—Pues cargue vuesa merced a su gusto, que ánimo tengo y fuerzas para llevarme toda esta plaza, y aun si fuere menester que ayude a guisarlo, lo haré de muy buena voluntad.

Contentóse el soldado de la buena gracia del mozo, y díjole que si quería servir, [83] que él le sacaría de aquel abatido oficio; a lo cual respondió Rincón que, por ser aquel día el primero que le usaba, no le quería dejar tan presto, hasta ver, a lo menos, lo que tenía de malo y bueno; y cuando no le contentase, él daba su palabra de servirle a él antes que a un canónigo. [84]

Rióse el soldado, cargóle muy bien, mostróle la casa de su dama para que la supiese de allí adelante y él no tuviese necesidad, cuando otra vez le enviase, de acompañarle. Rincón prometió fidelidad y buen trato. Diole el soldado tres cuartos, y en un vuelo volvió a la plaza, por no perder coyuntura; porque también de esta diligencia les advirtió el asturiano, y de que cuando llevasen pescado menudo,

---

[82] *estrena:* disemia: *a)* acción de estrenarse en el oficio; *b)* la propina que le dará por su trabajo, pues *estrena* se llamaba al aguinaldo de año nuevo. [83] *si quería servir:* si quería trabajar como criado. [84] *antes que a un canónigo:* era proverbial la buena vida, sobre todo en lo tocante a mesa y comodidades, que los clérigos llevaban; Rincón ofrece con su frase servir al soldado antes que a cualquier otro.

conviene a saber, albures, o sardinas, o acedías, bien podían tomar algunas y hacerles la salva, [85] siquiera para el
gasto de aquel día; pero que esto había de ser con toda
sagacidad y advertimiento, por que no se perdiese el crédito, que era lo que más importaba en aquel ejercicio.

Por presto que volvió Rincón, ya halló en el mismo
puesto a Cortado. Llegóse Cortado a Rincón, y preguntóle que cómo le había ido. Rincón abrió la mano y mostróle los tres cuartos. Cortado entró la suya en el seno y sacó
una bolsilla, que mostraba haber sido de ámbar [86] en los
pasados tiempos; venía algo hinchada, y dijo:

—Con ésta me pagó su reverencia [87] del estudiante, y
con dos cuartos; mas tomadla vos, Rincón, por lo que
puede suceder.

Y habiéndosela ya dado secretamente, veis [(5)] aquí
do [88] vuelve el estudiante trasudado [89] y turbado de muerte, y viendo a Cortado, le dijo si acaso había visto una
bolsa de tales y tales señas, que, con quince escudos de
oro en oro y con tres reales de a dos y tantos maravedís [90]
en cuartos y en ochavos, le faltaba, y que le dijese si la
había tomado en el entretanto que con él había andado

---

[85] *hacerles la salva:* se denominaba así al acto de probar la comida de
los reyes para evitar que éstos fuesen envenenados; aquí se alude irónicamente a sisar o hurtar una pequeña porción de la mercadería que
transportaban.   [86] *de ámbar:* se las llamaba de ámbar por estar la piel
de que se hacían tratada con tal sustancia olorosa; aquí Cervantes señala que estaba tan vieja y usada, que ya no conservaba ni restos de tal
olor.   [87] *su reverencia:* tratamiento dado a los eclesiásticos; aquí tiene
valor irónico.   [88] *do:* donde.   [89] *trasudado:* con sudor frío y destempla-
do.   [90] *maravedís:* esta moneda, en la época, lo era de cuenta, pero no
acuñada.

---

(5) Nótese la interpelación directa que Cervantes hace al lector, frecuente en su estilo y que actúa como estimulante actualización de lo narrado. Lo pormenorizado y entrecortado del estilo
supone una paródica reproducción en estilo indirecto del hablar
agitado y atropellado del sacristán despojado por Cortadillo.

comprando. A lo cual, con extraño disimulo, sin alterarse ni mudarse en nada, respondió Cortado: **(6)**

—Lo que yo sabré decir de esa bolsa es que no debe de estar perdida, si ya no es que vuesa merced la puso a mal recaudo.

—¡Eso es ello, pecador de mí —respondió el estudiante—: que la debí de poner a mal recaudo, pues me la hurtaron!

—Lo mismo digo yo —dijo Cortado—; pero para todo hay remedio, si no es para la muerte, [91] y el que vuesa merced podrá tomar es, lo primero y principal, tener paciencia; que de menos nos hizo Dios y un día viene tras otro día, y donde las dan las toman, y podría ser que, con el tiempo, el que llevó la bolsa se viniese a arrepentir y se la volviese a vuestra merced sahumada. [92]

—El sahumerio le perdonaríamos —respondió el estudiante.

Y Cortado prosiguió, diciendo:

—Cuanto más, que cartas de descomunión [93] hay, paulinas, [94] y buena diligencia, que es madre de la buena ventura; [95] aunque, a la verdad, no quisiera yo ser el llevador de tal bolsa, porque si es que vuestra merced tiene

---

[91] *para todo hay remedio, si no es para la muerte:* refrán, igual que los siguientes: *de menos nos hizo Dios, un día viene tras otro día, donde las dan las toman.* El pasaje es claramente cómico, y Cortado pretende, en él y en los que siguen, burlarse del estudiante y dejarle confuso con el embrollo de su labia. [92] *sahumada:* perfumada. [93] *descomunión:* excomunión. [94] *paulinas:* la excomunión dictada por tribunales papales y no episcopales, que necesitaba ser levantada por el pontífice. [95] *buena diligencia, que es madre de la buena ventura:* frase proverbial que se usa con la propia intención señalada en la nota 91.

---

(6) A lo largo del siguiente pasaje, Cortado se burla cruelmente de su víctima por medio de alambicados y absurdos razonamientos, en que hilvana refranes y dichos sin sentido alguno. El pasaje rezuma irónica comicidad.

alguna orden sacra, parecermehía [96] a mí que había cometido algún grande incesto, o sacrilegio. [97]

—Y ¡cómo que ha cometido sacrilegio! —dijo a esto el
adolorido estudiante—: que puesto que yo no soy sacerdote, sino sacristán de unas monjas, el dinero de la bolsa
era del tercio [98] de una capellanía, que me dio a cobrar un
sacerdote amigo mío, y es dinero sagrado y bendito.

—Con su pan se lo coma [99] —dijo Rincón a este punto—;
no le arriendo la ganancia: día de juicio hay, donde todo saldrá en la colada, y entonces se verá quién fue Callejas [100] y el atrevido que se atrevió a tomar, hurtar y
menoscabar el tercio de la capellanía. Y ¿cuánto renta cada año? Dígame, señor sacristán, por su vida.

—¡Renta la puta que me parió! Y ¿estoy yo agora para
decir lo que renta? —respondió el sacristán con algún tanto de demasiada cólera—. Decidme, hermano, si sabéis
algo; si no, quedad con Dios, que yo la quiero hacer
pregonar. [101]

—No me parece mal remedio ése —dijo Cortado—; pero advierta vuesa merced que no se le olviden las señas de
la bolsa, ni la cantidad puntualmente del dinero que va en
ella; que si yerra en un ardite, [102] no parecerá en días del
mundo, y esto le doy por hado. [103]

—No hay que temer de eso —respondió el sacristán—,
que lo tengo más en la memoria que el tocar de las cam-
panas: no me erraré en un átomo.

---

[96] *parecermehía:* me parecería. [97] *incesto, o sacrilegio:* ambos términos, en boca del joven, quieren ponderar irónicamente la enormidad del
castigo a tal robo; naturalmente, *incesto* es término cuyo significado desco-
noce y que en el relato amplifica el sentido cómico del pasaje. [98] *tercio:*
las rentas anuales se cobraban cada cuatro meses; a cada uno de estos
plazos se llamaba *tercio.* [99] *Con su pan se lo coma:* nueva sarta de
refranes y dichos similares a los vistos antes. [100] *quién fue Callejas:*
dicho coloquial con que el hablante presumía de su valor o poder, ame-
nazando a alguien: *ahora se verá quién es Calleja.* [101] *pregonar:* publicar por el pregonero su pérdida, indicando a quién debía devolverse si se
hallaba. [102] *ardite:* en un detalle mínimo. [103] *hado:* pronóstico.

Sacó, en esto, de la faldriquera un pañuelo randado [104] para limpiarse el sudor, que llovía de su rostro como de alquitara, [105] y apenas le hubo visto Cortado, cuando le marcó por suyo. [106] Y habiéndose ido el sacristán, Cortado le siguió y le alcanzó en las Gradas, [107] donde le llamó y le retiró a una parte, y allí le comenzó a decir tantos disparates, al modo de lo que llaman bernardinas, [108] cerca [109] del hurto y hallazgo de su bolsa, dándole buenas esperanzas, sin concluir jamás razón que comenzase, que el pobre sacristán estaba embelesado escuchándole. Y como no acababa de entender lo que le decía, hacía que le replicase la razón dos y tres veces.

Estábale mirando Cortado a la cara atentamente y no quitaba los ojos de sus ojos. El sacristán le miraba de la misma manera, estando colgado de sus palabras. Este tan grande embelesamiento dio lugar a Cortado que concluyese su obra, y sutilmente le sacó el pañuelo de la faldriquera, y despidiéndose de él, le dijo que a la tarde procurase de verle en aquel mismo lugar, porque él traía entre ojos que un muchacho de su mismo oficio y de su mismo tamaño, que era algo ladroncillo, le había tomado la bolsa, y que él se obligaba a saberlo, dentro de pocos o de muchos días.

Con esto se consoló algo el sacristán, y se despidió de Cortado, [(7)] el cual se vino donde estaba Rincón, que todo

---

[104] *randado:* con un adorno de encaje. [105] *alquitara:* alambique. [106] *le marcó por suyo:* decidió robárselo. [107] *las Gradas:* las de la catedral de Sevilla. [108] *bernardinas:* dichos de compleja estructura y carentes de significado, con que el hablante enreda a quien oye, al modo que hemos visto que el joven ha hecho antes con el propio sacristán. [109] *cerca:* acerca.

---

(7) La ironía del pasaje culmina en este punto, por medio de la paradoja de consolarse el sacristán justo en el momento de ser robado por segunda vez y por obra de quien le consuela.

lo había visto un poco apartado de él; y más abajo estaba otro mozo de la esportilla, [8] que vio todo lo que había pasado y cómo Cortado daba el pañuelo a Rincón, y llegándose a ellos les dijo:

—Díganme, señores galanes: ¿voacedes [110] son de mala entrada, [111] o no?

—No entendemos esa razón, señor galán —respondió Rincón.

—¿Que no entrevan, [112] señores murcios [113]? —respondió el otro.

—No somos de Teba ni de Murcia [114] —dijo Cortado—. Si otra cosa quiere, dígala; si no, váyase con Dios.

—¿No lo entienden? —dijo el mozo—. Pues yo se lo daré a entender, y a beber, con una cuchara de plata: [115] quiero decir, señores, si son vuesas mercedes ladrones. Mas no sé para qué les pregunto esto, pues sé ya que lo son.

---

[110] *voacedes:* forma evolucionada de *vuestra merced,* ya cercana al actual *usted,* en plural. [111] *mala entrada:* en la jerga de los delincuentes, *ser de mala entrada* era ser ladrón. En las notas siguientes, cuando se trate de palabras pertenecientes a esta jerga delictiva, lo indicaremos con (j.). [112] *entrevan:* (j.) entienden. [113] *murcios:* (j.) ladrones. [114] *de Teba ni de Murcia:* como no entiende la lengua de los delincuentes de Sevilla, Cortado cree que le pregunta si son de Tébar o de Murcia; es frase de valor irónico, naturalmente. [115] *con una cuchara de plata:* para ponderar lo tardos de entender que son algunos, se decía que había que introducirles con cuchara lo que se decía.

---

(8) La entrada de este personaje supone la introducción de un nuevo tema en la acción narrativa, el cual será, precisamente, el núcleo de la novela: la sociedad delincuente sevillana, organizada de modo gremial y sujeta a unas leyes propias. La *germanía* o lengua jergal que usan cumple asimismo un efecto narrativo eficaz, lleno de comicidad al no ser entendido por Rinconete y Cortadillo. Cervantes al transcribirlo potencia de nuevo la verosimilitud del relato y pone de relieve su conocimiento del ambiente y su divertida actitud ante la materia que relata.

Mas díganme: ¿cómo no han ido a la aduana [116] del señor Monipodio?

—¿Págase en esta tierra almojarifazgo [117] de ladrones, señor galán? —dijo Rincón.

—Si no se paga —respondió el mozo—, a lo menos regístranse ante el señor Monipodio, que es su padre, [118] su maestro y su amparo; [119] y así, les aconsejo que vengan conmigo a darle obediencia, o si no, no se atrevan a hurtar sin su señal, [120] que les costará caro.

—Yo pensé —dijo Cortado— que el hurtar era oficio libre, horro de pecho [121] y alcabala, [122] y que si se paga, es por junto, [123] dando por fiadores [124] a la garganta y a las espaldas; [125] pero pues así es, y en cada tierra hay su uso, guardemos nosotros el de ésta, que por ser la más principal del mundo será el más acertado de todo él. Y así puede vuesa merced guiarnos donde está ese caballero que dice, que ya yo tengo barruntos, según lo que he oído decir, (9) que es muy calificado y generoso, y además hábil en el oficio.

—¡Y cómo que es calificado, hábil y suficiente! —respondió el mozo—. Eslo tanto, que en cuatro años que ha

---

[116] *aduana:* (j.) lugar donde se refugiaban los ladrones y donde escondían sus robos. [117] *almojarifazgo:* véase nota 60; la confusión de Rincón viene propiciada por su desconocimiento del sentido de *aduana* en la jerga de su interlocutor. [118] *padre:* (j.) jefe de los ladrones. [119] *amparo:* (j.) defensor. [120] *señal:* autorización. [121] *horro de pecho:* exento de tributo. [122] *alcabala:* impuesto que los vendedores pagaban sobre un porcentaje de su comercio. [123] *por junto:* por todo el producto de cuantos robos hacen, no poco a poco según los cometen; alude, claro, a cuando los capturan y no a cuando roban. [124] *fiadores:* personas que avalan o aseguran el comportamiento de otra, haciéndose responsables de lo que ésta haga. [125] *a la garganta y a las espaldas:* a aquélla cuando les condenan a la horca, a éstas cuando a ser azotados.

---

(9) Nuevamente aparece la ironía, pues malamente podría haber oído hablar de Monipodio quien no conocía siquiera la existencia de una hermandad de ladrones en Sevilla.

: el cargo de ser nuestro mayor y padre no han
padecido sino cuatro en el *finibusterrae,* [126] y obra de
treinta envesados [127] y de sesenta y dos en gurapas. [128]

—En verdad, señor —dijo Rincón—, que así entendemos esos nombres como volar.

—Comencemos a andar, que yo los iré declarando [129]
por el camino —respondió el mozo—, con otros algunos
que así les conviene saberlos como el pan de la boca. [130]
Y así, les fue diciendo y declarando otros nombres de
los que ellos llaman *germanescos* o *de la germanía,* [131] en
el discurso de su plática, que no fue corta, porque el camino era largo. En el cual dijo Rincón a su guía:

—¿Es vuesa merced, por ventura, ladrón?

—Sí —respondió él—, para servir a Dios y a las buenas
gentes, aunque no de los muy cursados; que todavía estoy
en el año del noviciado. [132] **(10)**

A lo cual respondió Cortado:

—Cosa nueva es para mí que haya ladrones en el mundo para servir a Dios y a la buena gente.

A lo cual respondió el mozo:

—Señor, yo no me meto en tologías; [133] lo que sé es
que cada uno en su oficio puede alabar a Dios, y más con
la orden que tiene dada Monipodio a todos sus ahijados.

---

[126] *finibusterrae:* (j.) horca. [127] *envesados:* (j.) azotados. [128] *gurapas:* (j.) galeras; véase nota 70. [129] *declarando:* explicando. [130] *el pan
de la boca:* término de comparación que encarece la necesidad de algo;
el sentido es que es tan necesario como comer. [131] *germanescos o de la
germanía: germanía* era el nombre del habla de los delincuentes. [132] *noviciado:* aprendizaje. [133] *tologías:* deformación vulgar de
teologías.

---

(10) Aparece aquí por primera vez otro elemento fijo en el
ambiente de los ladrones sevillanos, potenciado irónicamente por
Cervantes: el uso sistemático de términos religiosos o eclesiásticos,
aplicados paródicamente a la actividad y organización delictiva de
los seguidores de Monipodio.

—Sin duda —dijo Rincón— debe de ser buena y santa, pues hace que los ladrones sirvan a Dios.

—Es tan santa y buena —replicó el mozo—, que no sé yo si se podrá mejorar en nuestro arte. Él tiene ordenado que de lo que hurtáremos demos alguna cosa o limosna para el aceite de la lámpara de una imagen muy devota que está en esta ciudad, y en verdad que hemos visto grandes cosas por esta buena obra; porque los días pasados dieron tres ansias [134] a un cuatrero [135] que había murciado [136] dos roznos, [137] y con estar flaco y cuartanario, [138] así las sufrió sin cantar [139] como si fueran nada. Y esto atribuimos los del arte [140] a su buena devoción, porque sus fuerzas no eran bastantes para sufrir el primer desconcierto del verdugo. [141] Y porque sé que me han de preguntar algunos vocablos de los que he dicho, quiero curarme en salud y decírselo antes que me lo pregunten. Sepan voacedes que *cuatrero* es ladrón de bestias; *ansia* es el tormento; *roznos,* los asnos, hablando con perdón; [142] *primer desconcierto* es las primeras vueltas de cordel que da el verdugo. Tenemos más: que rezamos nuestro rosario, repartido en toda la semana, y muchos de nosotros no hurtamos el día del viernes, ni tenemos conversación con mujer que se llame María el día del sábado.

—De perlas me parece todo eso —dijo Cortado—; pero dígame vuesa merced: ¿hácese otra restitución u otra penitencia más de la dicha?

---

[134] *ansias:* tormento dado por la justicia a los delincuentes para que confesasen su delito y los cómplices que los amparaban. [135] *cuatrero:* ladrón de ganado. [136] *murciado:* (j.) robado. [137] *roznos:* asnos. [138] *cuartanario:* enfermo de cuartanas o fiebres que aparecen de cuatro en cuatro días y que suelen tener origen palúdico. [139] *cantar:* (j.) decir lo que sabía, confesar un delito, delatar. [140] *los del arte:* (j.) los ladrones. [141] *desconcierto del verdugo:* las vueltas de cuerda que el verdugo daba en el suplicio del potro, en que se descoyuntaban, por medio de cuerdas ajustadas a poleas, los huesos del reo. [142] *con perdón:* se solicitaba perdón del oyente cuando se nombraba algo sucio o de baja naturaleza.

—En eso de restituir no hay que hablar —respondió el mozo—, porque es cosa imposible, por las muchas partes en que se divide lo hurtado, llevando cada uno de los ministros y contrayentes [143] la suya; y así, el primer hurtador no puede restituir nada; cuanto más que no hay quien nos mande hacer esta diligencia, a causa que nunca nos confesamos, y si sacan cartas de excomunión, [144] jamás llegan a nuestra noticia, porque jamás vamos a la iglesia al tiempo que se leen, si no es los días de jubileo, [145] por la ganancia que nos ofrece el concurso de la mucha gente.

—¿Y con sólo eso que hacen, dicen esos señores —dijo Cortadillo— que su vida es santa y buena?

—Pues ¿qué tiene de malo? —replicó el mozo—. ¿No es peor ser hereje o renegado, o matar a su padre y madre, o ser solomico? [146]

—*Sodomita* [(11)] querrá decir vuesa merced —respondió Rincón.

---

[143] *ministros y contrayentes:* nuevamente la ironía de asemejar las costumbres de los ladrones a las de la Iglesia; ahora se compara el robo con el matrimonio. Tal vez el significado sea: *ministros* para quienes cometen el delito y *contrayentes* para los demás ladrones que reciben su parte (a los cómplices de los ladrones se les llama *consortes,* igual que a los desposados). [144] *cartas de excomunión:* eran muy frecuentes, condenando a quien no restituyese lo sustraído, pero no surtían efecto alguno entre los ladrones. [145] *días de jubileo:* así se llama a determinadas fechas solemnes del calendario eclesiástico en que los fieles ganan con la bendición una indulgencia plenaria. [146] *solomico:* en su ignorancia, el ladrón deturpa las palabras; antes dijo *tología* por *teología;* ahora, *solomico* por *sodomita,* nombre que se daba a quienes cometían el pecado nefando, uno de los más gravemente castigados por la ley eclesiástica, que lo sancionaba condenando a quien lo cometía a ser quemado vivo. Por supuesto, estas corrupciones léxicas tienen valor cómico.

---

(11) Las frecuentes incorrecciones lingüísticas de los delincuentes son, además de elementos caracteriológicos de su poca cultura, resortes con que Cervantes potencia la comicidad del relato.

—Eso digo —dijo el mozo.

—Todo es malo —replicó Cortado—. Pero pues nuestra suerte ha querido que entremos en esta cofradía, [147] vuesa merced alargue el paso; que muero por verme con el señor Monipodio, de quien tantas virtudes se cuentan.

—Presto se les cumplirá su deseo —dijo el mozo—, que ya desde aquí se descubre su casa. Vuesas mercedes se queden a la puerta, que yo entraré a ver si está desocupado, porque éstas son las horas cuando él suele dar audiencia.

—En buena sea —dijo Rincón.

Y adelantándose un poco el mozo, entró en una casa no muy buena, sino de muy mala apariencia, y los dos se quedaron esperando a la puerta. Él salió luego y los llamó, y ellos entraron, y su guía les mandó esperar en un pequeño patio ladrillado, [148] que de puro limpio y aljimifrado [149] parecía que vertía carmín de lo más fino. Al un lado estaba un banco de tres pies y al otro un cántaro desbocado, [150] con un jarrillo encima, no menos falto que el cántaro; a otra parte estaba una estera de enea, y en el medio, un tiesto, que en Sevilla llaman *maceta*, de albahaca.

Miraban los mozos atentamente las alhajas [151] de la casa en tanto que bajaba el señor Monipodio; y viendo que tardaba, se atrevió Rincón a entrar en una sala baja, de dos pequeñas que en el patio estaban, y vio en ella dos espadas de esgrima y dos broqueles [152] de corcho, pendientes de cuatro clavos, y una arca grande, sin tapa ni

---

[147] *cofradía:* gremio, conjunto de personas de la misma profesión. [148] *ladrillado:* los patios de las casas sevillanas se solaban con ladrillos raspados entre las gentes humildes; las más pudientes utilizaban para ello azulejos. [149] *aljimifrado:* muy pulcro. [150] *desbocado:* con la boca rota. [151] *alhajas:* el mobiliario y la ornamentación. [152] *broqueles:* escudos pequeños, generalmente cubiertos de piel u otra materia, guarnecidos al borde de hierro y con una cazoleta en la parte interior para empuñarlos.

cosa que la cubriese, y otras tres esteras de enea tendidas por el suelo. En la pared frontera [153] estaba pegada a la pared una imagen de Nuestra Señora, de estas de mala estampa, [154] y más abajo pendía una esportilla de palma, y, encajada en la pared, una almofía [155] blanca, por do coligió Rincón que la esportilla servía de cepo para limosna, [156] y la almofía, de tener agua bendita, y así era la verdad.

Estando en esto, entraron en la casa dos mozos de hasta veinte años cada uno, vestidos de estudiantes, y de allí a poco, dos de la esportilla y un ciego; y sin hablar palabra ninguno, se comenzaron a pasear por el patio. No tardó mucho, cuando entraron dos viejos de bayeta, [157] con anteojos, que los hacían graves y dignos de ser respetados, con sendos rosarios de sonadoras cuentas en las manos. Tras ellos entró una vieja halduda, [158] y, sin decir nada, se fue a la sala, y habiendo tomado agua bendita, con grandísima devoción se puso de rodillas ante la imagen, y a cabo de una buena pieza, [159] habiendo primero besado el suelo y levantados los brazos y los ojos al cielo otras tantas, se levantó y echó su limosna en la esportilla, y se salió con los demás al patio. En resolución, en poco espacio se juntaron en el patio hasta catorce personas de diferentes trajes y oficios. Llegaron también de los postreros dos bravos y bizarros mozos, de bigotes largos, sombreros de grande falda, cuellos a la valona, medias de color, ligas de gran balumba, [160] espadas de más de marca, [161] sendos

---

[153] *frontera:* de enfrente. [154] *de mala estampa:* de impresión de mala calidad. [155] *almofía:* escudilla poco profunda y ancha. [156] *cepo para limosna:* cepillo, hucha donde los fieles depositan las limosnas dedicadas al culto de la imagen. [157] *de bayeta:* vestidos con tela de bayeta, que es un paño de lana flojo y poco tupido. [158] *halduda:* de gran falda; de falda ancha y vueluda. [159] *buena pieza:* mucho rato. [160] *balumba:* muy abultadas y de lazadas ampulosas e historiadas. [161] *de más de marca:* de mayor longitud de la permitida legalmente, que era de cinco cuartas.

pistoletes [162] cada uno en lugar de dagas, y sus broqueles pendientes de la pretina; [163] los cuales, así como [164] entraron, pusieron los ojos de través [165] en Rincón y Cortado, a modo de que los extrañaban y no conocían. Y llegándose a ellos, les preguntaron si eran de la cofradía. Rincón respondió que sí, y muy servidores de sus mercedes.

Llegóse en esto la sazón y punto en que bajó el señor Monipodio, tan esperado como bien visto de toda aquella virtuosa compañía. Parecía de edad de cuarenta y cinco a cuarenta y seis años, alto de cuerpo, moreno de rostro, cejijunto, barbinegro y muy espeso; [166] los ojos, hundidos. Venía en camisa, y por la abertura de delante descubría un bosque; tanto era el vello que tenía en el pecho. Traía cubierta [167] una capa de bayeta casi hasta los pies, en los cuales traía unos zapatos enchancletados, cubríanle las piernas unos zaragüelles [168] de lienzo, anchos y largos hasta los tobillos; el sombrero era de los de la hampa, [169] campanudo [170] de copa y tendido [171] de falda; atravesábale un tahalí [172] por espalda y pechos, a do colgaba una espada ancha y corta, a modo de las del perrillo; [173] las manos eran cortas, pelosas, y los dedos, gordos, y las uñas, hembras [174] y remachadas; las piernas no se le parecían, [175] pero los pies eran descomunales, de anchos y jua-

---

[162] *pistoletes:* antecedentes de las actuales pistolas, eran una especie de arcabuces cortos.   [163] *pretina:* cinturón.   [164] *así como:* al tiempo que.   [165] *ojos de través:* mirándolos de modo indirecto, de reojo.   [166] *muy espeso:* de barba muy poblada.   [167] *cubierta:* vestida.   [168] *zaragüelles:* calzones anchos y con numerosos pliegues.   [169] *hampa:* delincuencia.   [170] *campanudo:* elevado de copa y sin hundir el centro de ésta, que quedaba redondeada.   [171] *tendido:* amplio.   [172] *tahalí:* tira de cuero u otra materia que cruza desde el hombro derecho al lado izquierdo de la cintura, donde se cruzan y ajustan ambos cabos, y de la cual cuelga la espada.   [173] *las del perrillo:* eran las espadas que fabricaba Julián del Rey, armero toledano, llamadas así por llevar grabado un perrillo en la hoja; eran muy apreciadas y caras; Monipodio no lleva una de éstas, sino al modo de las mismas, parecida de forma, pero indiscutiblemente menos exquisita.   [174] *hembras:* anchas y cortas.   [175] *parecían:* veían.

netudos. En efecto, él representaba el más rústico y disforme [176] bárbaro del mundo. Bajó con él la guía [177] de los dos, y trabándoles de las manos, los presentó ante Monipodio, diciéndole:

—Éstos son los dos buenos mancebos que a vuesa merced dije, mi sor [178] Monipodio: vuesa merced los desamine [179] y verá cómo son dignos de entrar en nuestra congregación.

—Eso haré.yo de muy buena gana —respondió Monipodio.

Olvidábaseme de decir [(12)] que así como Monipodio bajó, al punto todos los que aguardándole estaban le hicieron una profunda y larga reverencia, excepto los dos bravos, [180] que a medio magate, [181] como entre ellos se dice, se quitaron los capelos, [182] y luego volvieron a su paseo por una parte del patio, y por la otra se paseaba Monipodio, el cual preguntó a los nuevos el ejercicio, la patria y padres.

A lo cual Rincón respondió:

—El ejercicio ya está dicho, pues venimos ante vuesa merced; la patria no me parece de mucha importancia de-

---

[176] *disforme:* enorme, desproporcionado. [177] *la guía:* el género era, en la época, femenino para este término; se refiere al esportillero que les había conducido hasta allí. [178] *sor:* contracción vulgar de *señor.* [179] *desamine:* examine (es también deformación vulgar). [180] *los dos bravos:* los descritos poco antes y que iban tan cargados de armas. [181] *magate:* a medias, con descuido, sin interesarse en la perfección del hecho. [182] *capelos:* sombreros.

---

(12) Nueva irrupción en el relato de Cervantes, quien evita rehacer el pasaje anterior mediante la adición de nuevos elementos descriptivos correspondientes a aquél. Es muy significativa esta clase de intervención del autor, pues pone de relieve su modo de trabajar, espontáneo e improvisativo, y más cercano a la técnica del narrador oral que al meditado sistema sujeto a estructuras y esquemas previos que caracteriza a los novelistas posteriores.

cirla, ni los padres tampoco, pues no se ha de hacer información para recibir algún hábito honroso. [183] [13]

A lo cual respondió Monipodio:

—Vos, hijo mío, estáis en lo cierto, y es cosa muy acertada encubrir eso que decís; porque si la suerte no corriere como debe, no es bien que quede asentado debajo de signo de escribano, ni en el libro de las entradas: «Fulano, hijo de Fulano, vecino de tal parte, tal día le ahorcaron, o le azotaron», o otra cosa semejante, que, por lo menos, suena mal a los buenos oídos; y así, torno a decir que es provechoso documento [184] callar la patria, encubrir los padres y mudar los propios nombres; aunque para entre nosotros no ha de haber nada encubierto, y sólo ahora quiero saber los nombres de los dos.

Rincón dijo el suyo, y Cortado también.

—Pues de aquí adelante —respondió Monipodio— quiero y es mi voluntad [185] que vos, Rincón, os llaméis *Rinconete*, y vos, Cortado, *Cortadillo*, [14] que son nombres

---

[183] *pues ... hábito honroso:* ironía de Rincón que alude a la costumbre por la que quienes solicitaban un hábito de caballero sufrían un proceso de información, en que había de averiguarse su genealogía para evitar que accediesen a la nobleza quienes tuvieran ascendientes judíos o moriscos, o quienes hubiesen desarrollado trabajos artesanales. [184] *documento:* aviso o doctrina que permite obrar adecuadamente a quien la pone en práctica. [185] *quiero y es mi voluntad:* fórmula de autoridad que es parodia de las que aparecían en leyes y sentencias, dispuestas por alcaldes o por el propio rey.

---

(13) Véase nuevamente la prudencia y sigilo de ambos jóvenes, ahora puesta en boca de Rincón, y téngase en cuenta lo ya señalado en 2.

(14) Este pasaje contiene numerosos elementos costumbristas que intensifican la verosimilitud del relato. Debe destacarse entre ellos la necesidad de los delincuentes de tener un *alias* o nombre supuesto, lo cual justifica el rebautizo de ambos jóvenes. Igualmente, dicho costumbrismo intensifica la condición cómica del

que asientan como de molde [186] a vuestra edad y a nuestras ordenanzas, debajo de las cuales cae tener necesidad
de saber el nombre de los padres de nuestros cofrades,
porque tenemos de costumbre de hacer decir cada año
ciertas misas por las ánimas de nuestros difuntos´y bienhechores, sacando el estupendo [187] para la limosna de quien
las dice [188] de alguna parte de lo que se garbea, [189] y estas
tales misas, así dichas como pagadas, dicen que aprovechan a las tales ánimas por vía de naufragio; [190] y caen
debajo [191] de nuestros bienhechores: el procurador que
nos defiende, el guro [192] que nos avisa, el verdugo que
nos tiene lástima, el que, cuando alguno de nosotros va
huyendo por la calle y detrás le van dando voces: «¡Al
ladrón, al ladrón! ¡Deténganle, deténganle!», uno se pone
en medio y se opone al raudal de los que le siguen, diciendo: «¡Déjenle al cuitado, [193] que harta malaventura lleva!
¡Allá se lo haya; castíguele su pecado!» Son también bien-
hechoras nuestras las socorridas [194] que de su sudor nos
socorren, así en la trena como en las guras; [195] y también
lo son nuestros padres y madres, que nos echan al mundo,

---

[186] *como de molde:* muy bien, muy ajustadamente.   [187] *estupendo:*
vulgarismo por *estipendio,* de intención jócosa y que manifiesta la ignorancia de Monipodio.   [188] *la limosna de quien las dice:* el pago al sacerdote por decir las misas.   [189] *garbea:* (j.) roba.   [190] *naufragio:* deformación de *sufragio.*   [191] *caen debajo:* caen debajo del número de nuestros bienhechores.   [192] *guro:* (j.) alguacil, agente de la justicia.   [193] *cuitado:* desdichado.   [194] *socorridas:* con valor de *socorredoras;* alude a
las prostitutas que con el dinero que obtienen de su comercio les ayudan.
[195] *así en la trena como en las guras:* frase que parodia la del padrenues-
tro: «así en la tierra como en el cielo»; *trena* y *guras* son voces de jerga
delictiva, con el valor de *cárcel* y *galeras,* respectivamente.

---

relato, en especial cuando describe el comportamiento de quienes
cooperan con los cofrades de Monipodio, sin observar públicamente conductas delictivas.

y el escribano, que si anda de buena [196] no hay delito que sea culpa ni culpa a quien se dé mucha pena; y por todos estos que he dicho hace nuestra hermandad cada año su adversario [197] con la mayor popa y solenidad [198] que podemos.

—Por cierto —dijo Rinconete, ya confirmado [199] con este nombre— que es obra digna del altísimo y profundísimo ingenio que hemos oído decir que vuestra merced, señor Monipodio, tiene. Pero nuestros padres aún gozan de la vida; si en ella les alcanzáremos, daremos luego noticia a esta felicísima y abogada [200] confraternidad, para que por sus almas se les haga ese naufragio o tormenta, [201] o ese adversario que vuesa merced dice, con la solenidad y pompa acostumbrada, si ya no es que se hace mejor con *popa y soledad,* como también apuntó vuesa merced en sus razones.

—Así se hará, o no quedará de mí pedazo [202] —replicó Monipodio. **(15)**

---

[196] *de buena:* de buena voluntad, de buena intención. [197] *adversario:* nueva deturpación vulgar, irónica, por *aniversario.* [198] *popa y solenidad:* aunque las ediciones cervantinas de las *Novelas ejemplares* dan el texto así, el original debía de decir *popa y soledad,* como irónicamente remeda Rinconete más abajo; ambas palabras se usan irónicamente por Cervantes, como rasgos caracteriológicos del habla del ignorante Monipodio, en lugar de *pompa* y *solemnidad.* [199] *confirmado:* continúa la parodia de fórmulas religiosas referidas a actitudes germanescas; al igual que el obispo que confirma puede cambiar el nombre al confirmado, Monipodio pone alias a sus cofrades. [200] *abogada:* protectora. [201] *naufragio o tormenta:* Rinconete se burla, encubiertamente, de los errores que comete Monipodio al hablar, igual que luego con *adversario, popa* y *soledad.* [202] *pedazo:* ni un pedazo.

---

(15) Sobre las numerosas incorrecciones que comete Monipodio al hablar, véase **11**. Acerca de la desmesura y fanfarronería de su discurso, debe notarse que Cervantes la potencia asimismo como elemento paródico y costumbrista que rezuma comicidad en

Y llamando a la guía, [203] le dijo:

—Ven acá, Ganchuelo; ¿están puestas las postas? [204]

—Sí —dijo la guía, que Ganchuelo era su nombre—: tres centinelas quedan avizorando, [205] y no hay que temer que nos cojan de sobresalto.

—Volviendo, pues, a nuestro propósito —dijo Monipodio—, querría saber, hijos, lo que sabéis, para daros el oficio y ejercicio conforme a vuestra inclinación y habilidad.

—Yo —respondió Rinconete— sé un poquito de floreo de Vilhán; [206] entiéndeseme el retén; [207] tengo buena vista para el humillo; [208] juego bien de la sola, [209] de las cuatro [210] y de las ocho; [211] no se me va por pies el raspadillo, [212] verrugueta [213] y el colmillo; [214] éntrome

---

[203] *la guía:* véase nota 177.   [204] *puestas las postas:* paranomasia, de intención irónica; *postas* aquí significa vigilantes que avisen de la llegada de la justicia.   [205] *avizorando:* vigilando.   [206] *floreo de Vilhán:* trampas en el juego de naipes; véase nota 40.   [207] *entiéndeseme el retén:* se me da bien el truco del retén o acción de escamotear cartas de la baraja para cambiarlas por otras que en buena ley y mala baza de azar le hubiesen correspondido al repartir.   [208] *humillo:* acción de señalar con hollín determinados naipes por el dorso, para reconocerlos y saber el juego ajeno.   [209] *sola:* fullería de algunos juegos en que se prepara la baraja con habilidad al barajar para obtener las bazas ganadoras.   [210] *cuatro:* fullería similar a la anterior.   [211] *ocho:* otro tipo de fullería parecida a las anteriores.   [212] *raspadillo:* otro modo de marcar los naipes, esta vez raspándolos disimuladamente en alguna parte para identificarlos al tacto, según se reparten.   [213] *verrugueta:* marca del naipe, obtenida por el procedimiento de apretar sobre el haz de la carta la cabeza de un alfiler para que quedase un bultito —verrugueta o verruguilla— por el envés.   [214] *colmillo:* marca en el naipe que se hacía pulimentando parcialmente su superficie por medio de un colmillo de cerdo.

---

el relato. Estas características quedarán patentes en las intervenciones de los valentones más adelante. Cervantes gustaba mucho de tratar sobre la fanfarronería y alardes de valor de los dichos valentones, y tal tema lo desarrolló frecuentemente en su obra, contraponiéndolo a la cobardía real de los mismos, igual que en esta novela hace.

por la boca de lobo [215] como por mi casa, y atreveríame a
hacer un tercio de chanza [216] mejor que un tercio de Nápoles, y a dar un astillazo [217] al más pintado mejor que dos
reales prestados. [16]

—Principios son —dijo Monipodio—; pero todas ésas
son flores de cantueso [218] viejas, y tan usadas, que no hay
principiante que no las sepa, y sólo sirven para alguno que
sea tan blanco, [219] que se deje matar de media noche
abajo; [220] pero andará el tiempo, y vernos hemos: [221] que
asentando sobre ese fundamento media docena de leccio-
nes, yo espero en Dios que habéis de salir oficial famoso,
y aun quizá maestro.

—Todo será para servir a vuesa merced y a los señores
cofrades —respondió Rinconete.

---

[215] *boca de lobo:* otra fullería, consistente en provocar una convexi-
dad en.la parte inferior de la baraja, para que quien hubiese de cortar lo
hiciese por donde el que se la ofrecía deseaba. *Boca de lobo* se llamaba a
la ranura o cavidad que quedaba entre la parte convexa de la baraja y la
que mantenía las cartas rectas.   [216] *tercio de chanza:* ser tercero en una
partida para ayudar a ganar engañosamente al tahúr frente a un inocente.   [217] *dar un astillazo:* introducir fraudulentamente una carta entre las
de la baraja, para impedir que los demás jugadores reciban las cartas
ventajosas.   [218] *flores de cantueso:* expresión disémica: *flores:* a) trampas de fullero, b) significado básico de la palabra; a este último corresponde *de cantueso:* las flores o trampas son irrelevantes como lo son las
flores del cantueso.   [219] *blanco:* (j.) inocente, incauto.   [220] *de media
noche abajo:* así se llamaba a los garitos en que se jugaba a partir de
media noche. En tales horas sólo quedaban jugadores que, picados con
el juego, buscando recuperarse, perdían cuanto les quedaba obcecados y
sin capacidad de observar las trapacerías de los tahúres.   [221] *andará el
tiempo, y vernos hemos:* refrán con que se pondera que, tomando experiencia, el aprendiz aventaja al maestro.

---

(16) Igual que antes hizo con la lengua de germanía, ahora el
autor muestra su conocimiento de la jerga específica de los jugadores profesionales de naipes; de este elemento se sirve asimismo
para dibujar a lo vivo el ambiente marginal en que la novela se
inscribe.

—Y vos, Cortadillo, ¿qué sabéis? —preguntó Monipodio.

—Yo —respondió Cortadillo— sé la treta que dicen mete dos y saca cinco, [222] y sé dar tiento a una faldriquera con mucha puntualidad y destreza.

—¿Sabéis más? —dijo Monipodio.

—No, por mis grandes pecados —respondió Cortadillo.

—No os aflijáis, hijo —replicó Monipodio—, que a puerto y a escuela habéis llegado donde ni os anegaréis ni dejaréis de salir muy bien aprovechado [223] en todo aquello que más os conviniere. Y en esto del ánimo, ¿cómo os va, hijos?

—¿Cómo nos ha de ir —respondió Rinconete— sino muy bien? Ánimo tenemos para acometer cualquier empresa de las que tocaren a nuestro arte y ejercicio.

—Está bien —replicó Monipodio—; pero querría yo que también la tuviésedes [224] para sufrir, si fuese menester, media docena de ansias [225] sin desplegar los labios y sin decir «esta boca es mía».

—Ya sabemos aquí —dijo Cortadillo—, señor Monipodio, qué quiere decir *ansias,* y para todo tenemos ánimo; porque no somos tan ignorantes que no se nos alcance que lo que dice la lengua paga la gorja, [226] y harta merced le hace el cielo al hombre atrevido, por no darle otro título, que le deja en su lengua su vida o su muerte: ¡como si tuviese más letras un *no* que un *sí*!

—¡Alto, no es menester más! —dijo a esta sazón Monipodio—. Digo que sola esta razón me convence, me obli-

---

[222] *la treta que dicen mete dos y saca cinco:* (j.) robar, metiendo dos dedos en los bolsillos ajenos y sacando cinco, es decir, obteniendo un botín que reclama sujetarlo con la mano entera. [223] *puerto ... aprovechado:* paralelismo sintáctico correlativo: «puerto donde no os anegaréis», «escuela donde no dejaréis de salir muy bien aprovechado». [224] *tuviésedes:* forma arcaizante de tuvieseis. [225] *ansias:* véase nota 134. [226] *gorja:* (j.) garganta; con el sentido de que lo que se confiesa en el tormento, se paga con la horca.

ga, me persuade y me fuerza [17] a que desde luego asentéis [227] por cofrades mayores y que se os sobrelleve el año del noviciado. [228]

—Yo soy de ese parecer —dijo uno de los bravos.

Y a una voz lo confirmaron todos los presentes, que toda la plática habían estado escuchando, y pidieron a Monipodio que desde luego les concediese y permitiese gozar de las inmunidades de su cofradía, porque su presencia agradable y su buena plática lo merecía todo.

Él respondió que, por darles contento a todos, desde aquel punto se las concedía, advirtiéndoles que las estimasen en mucho, porque eran no pagar media nata [229] del primer hurto que hiciesen; no hacer oficios menores en todo aquel año, conviene a saber: no llevar recado de ningún hermano mayor a la cárcel, ni a la casa, de parte de sus contribuyentes; piar el turco [230] puro; hacer banquete cuando, como y adonde quisieren, sin pedir licencia a su mayoral; [231] entrar a la parte, [232] desde luego, con lo que entrujasen [233] los hermanos mayores, como uno de ellos, y otras cosas que ellos tuvieron por merced señaladísima, y los demás, con palabras muy comedidas, las agradecieron mucho.

---

[227] *asentéis:* toméis plaza. [228] *se os sobrelleve el año del noviciado:* se os exima del año de aprendizaje. [229] *nata:* anata; también usado paródicamente, pues su significado real era el de renta que producían al cabo de un año los puestos políticos o los beneficios eclesiásticos; aquí, el privilegio concedido es no pagar la mitad de lo obtenido en el primer robo. [230] *piar el turco:* (j.) beber el vino; *turco* se le llamaba, irónicamente, por no haber sido *bautizado* o añadido con agua. [231] *mayoral:* encargado de los aprendices o novicios de la cofradía de ladrones. [232] *entrar a la parte:* entrar en el reparto, recibir la parte correspondiente. [233] *entrujasen:* (j.) robasen.

---

(17) Nótese la agilidad que alcanza la frase merced a la gradación intensificativa de las formas verbales, y la comicidad evidente que se obtiene por el contraste entre la solemnidad del período y el contenido picaresco del mensaje.

Estando en esto, entró un muchacho corriendo y desalentado, y dijo:

—El alguacil de los vagabundos viene encaminado a esta casa, pero no trae consigo gurullada. [234]

—Nadie se alborote —dijo Monipodio—, que es amigo y nunca viene por nuestro daño. Sosiéguense, que yo le saldré a hablar.

Todos se sosegaron, que ya estaban algo sobresaltados, y Monipodio salió a la puerta, donde halló al alguacil, con el cual estuvo hablando un rato, y luego volvió a entrar Monipodio, y preguntó:

—¿A quién le cupo hoy la plaza de San Salvador?

—A mí —dijo el de la guía.

—Pues ¿cómo —dijo Monipodio— no se me ha manifestado una bolsilla de ámbar que esta mañana en aquel paraje dio al traste con quince escudos de oro y dos reales de a dos y no sé cuántos cuartos?

—Verdad es —dijo la guía— que hoy faltó esa bolsa; pero yo no la he tomado, ni puedo imaginar quién la tomase.

—¡No hay levas [235] conmigo! —dijo Monipodio—. ¡La bolsa ha de parecer, porque la pide el alguacil, que es amigo y nos hace mil placeres al año!

Tornó a jurar el mozo que no sabía de ella. Comenzóse a encolerizar Monipodio de manera que parecía que fuego vivo lanzaba por los ojos, diciendo:

—¡Nadie se burle con quebrantar la más mínima cosa de nuestra orden, [236] que le costará la vida! Manifiéstese la cica, [237] y si se encubre por no pagar los derechos, [238] yo le daré enteramente lo que le toca, y pondré lo demás

---

[234] *gurullada:* (j.) compañía o tropa de alguaciles y corchetes. [235] *levas:* (j.) tretas, trampas. [236] *orden:* prosigue la comparación de la cofradía de ladrones con las sociedades religiosas; ahora se la compara con las órdenes religiosas. [237] *cica:* (j.) bolsa. [238] *los derechos:* la parte de cada hurto que los ladrones entregaban a la cofradía.

de mi casa, porque en todas maneras ha de ir contento el alguacil. [18]

Tornó de nuevo a jurar el mozo y a maldecirse, diciendo que él no había tomado tal bolsa ni vístola de sus ojos; todo lo cual fue a poner más fuego a la cólera de Monipodio y dar ocasión a que toda la junta se alborotase, viendo que se rompían sus estatutos y buenas ordenanzas.

Viendo Rinconete, pues, tanta disensión y alboroto, parecióle que sería bien sosegarle y dar contento a su mayor, que reventaba de rabia, y aconsejándose con su amigo Cortadillo, con parecer de entrambos, sacó la bolsa del sacristán y dijo:

—Cese toda cuestión, mis señores; que ésta es la bolsa, sin faltarle nada de lo que el alguacil manifiesta; que hoy mi camarada Cortadillo le dio alcance, con un pañuelo que al mismo dueño se le quitó, por añadidura.

Luego sacó Cortadillo el pañizuelo y lo puso de manifiesto; viendo lo cual Monipodio, dijo:

—Cortadillo *el Bueno,* que con este título y renombre ha de quedar de aquí en adelante, se quede con el pañuelo y a mi cuenta se quede la satisfacción de este servicio; y la bolsa se ha de llevar el alguacil, que es de un sacristán pariente suyo y conviene que se cumpla aquel refrán que dice: «No es mucho que a quien te da la gallina entera, tú des una pierna de ella». Más disimula este buen alguacil en un día que nosotros le podemos ni solemos dar en ciento.

---

(18) Nuevamente se informa al lector de las actividades que la cofradía de Monipodio lleva a cabo. El elemento descriptivo costumbrista sigue íntimamente fundido con el cómico y desenfadado que preside la totalidad del relato. El pasaje cumple la función de ampliar la información ya iniciada antes y que ha sido indicada en **8.** Especialmente representativa es la situación que aquí se presenta: la cólera de Monipodio ante quienes pudieran quebrantar las leyes de la agrupación delictiva, así como la declarada colaboración de los ministros de la justicia con los propios ladrones.

De común consentimiento aprobaron todos la hidalguía de los dos modernos y la sentencia y parecer de su mayoral, el cual salió a dar la bolsa al alguacil, y Cortadillo se quedó confirmado con el renombre de *Bueno,* bien como si fuera don Alonso Pérez de Guzmán *el Bueno,* que arrojó el cuchillo por los muros de Tarifa para degollar a su único hijo. [239]

Al volver que volvió [240] Monipodio, entraron con él dos mozas, afeitados [241] los rostros, llenos de color los labios y de albayalde [242] los pechos, cubiertas con medios mantos de anascote, [243] llenas de desenfado y desvergüenza: señales claras por donde, en viéndolas Rinconete y Cortadillo, conocieron que eran de la casa llana, [244] **(19)** y no se enga-

---

[239] Episodio histórico acontecido a fines del siglo XIII: el alcaide de Tarifa, a quien amenazaban los árabes con matar a su hijo si no entregaba la plaza, prefirió esto y les arrojó su propio puñal para que consumasen el infanticidio, antes que faltar a su obligación. No era su único hijo, sino el primogénito; la alteración histórica sirve a Cervantes para intensificar el valor del hecho. [240] *Al volver que volvió:* este tipo de locuciones, de apariencia pleonásmica, era frecuente en la lengua del Siglo de Oro. [241] *afeitados:* adornados con afeites; esto es, maquillados. [242] *albayalde:* carbonato básico de plomo; es de color blanco y se usaba para blanquear la piel. [243] *medios mantos de anascote:* el anascote era un tejido de lana; los medios mantos eran mantos doblados, forma en que obligatoriamente debían vestirlos las prostitutas, según las ordenanzas sevillanas, para que no se las confundiese por la calle con mujeres honradas. [244] *casa llana:* prostíbulo.

---

(19) Hasta ahora no se había dicho que la asociación de delincuentes agrupase también a las prostitutas de Sevilla. Con la llegada de éstas —y sobre todo con la posterior de Cariharta— irrumpe un nuevo tema, de los más humorísticos de la novela, que nos muestra cómo los valentones son a su vez rufianes declarados de tales mujeres públicas. Este asunto culmina con la relación particular de un subrelato dentro de la novela: el de las peripecias de Cariharta y Repolido. Precisamente estos hechos son los de mayor comicidad y desenfado en la novela, al tiempo que constituyen la única acción desarrollada en el patio de Monipodio, pues

ñaron en nada; y así como entraron se fueron con los brazos abiertos, la una a Chiquiznaque y la otra a Maniferro, que éstos eran los nombres de los dos bravos; y el de
Maniferro era porque traía una mano de hierro, en lugar
de otra que le habían cortado por justicia. [245] Ellos las
abrazaron con grande regocijo, y les preguntaron si traían
algo con que mojar la canal maestra. [246]

—Pues ¿había de faltar, diestro [247] mío? —respondió la
una, que se llamaba la Gananciosa—. No tardará mucho a
venir Silbatillo, tu trainel, [248] con la canasta de colar [249]
atestada de lo que Dios ha sido servido. [250]

Y así fue verdad, porque al instante entró un muchacho
con una canasta de colar cubierta con una sábana.

Alegráronse todos con la entrada de Silbato, y al momento mandó sacar Monipodio una de las esteras de enea
que estaban en el aposento, y tenderla en medio del patio.
Y ordenó asimismo que todos se sentasen a la redonda;
porque en cortando la cólera, [251] se trataría de lo que más
conviniese. A esto dijo la vieja que había rezado a la imagen:

—Hijo Monipodio, yo no estoy para fiestas, porque
tengo un vaguido [252] de cabeza dos días ha que me trae
loca; y más que antes que sea mediodía tengo de ir a cum

---

[245] *por justicia:* como castigo por algún delito grave.   [246] *canal maestra:* la garganta.   [247] *diestro:* se llamaba así al muy hábil en el arte de la
esgrima; aquí, naturalmente, Gananciosa lo dice para adular a su rufián.   [248] *trainel:* (j.) criado de rufián o de prostituta.   [249] *canasta de
colar:* canasta donde se ponían las ropas que habían de ser lavadas.   [250] *ha sido servido:* de proporcionarnos; fórmula elíptica.   [251] *en
cortando la cólera:* dicho equivalente a *tomar un bocado;* es decir, después de comer lo que la cesta contenía.   [252] *vaguido:* vahído, desvanecimiento, mareo.

---

todas las demás han ocurrido o van a ocurrir fuera de él, y simplemente nos son relatadas allí por quienes en tal lugar se hallan
reunidos.

plir mis devociones y poner mis candelicas a Nuestra Señora de las Aguas [253] y al Santo Crucifijo de Santo Agustín, [254] [(20)] que no lo dejaría de hacer si nevase y ventiscase. A lo que he venido es que anoche el Renegado y Centopiés llevaron a mi casa una canasta de colar, algo mayor que la presente, llena de ropa blanca, y en Dios y en mi ánima que venía con su cernada [255] y todo, que los pobretes no debieron de tener lugar de quitarla, y venían sudando la gota tan gorda, que era una compasión verlos entrar ijadeando [256] y corriendo agua de sus rostros, que parecían unos angelicos. Dijéronme que iban en seguimiento de un ganadero que había pesado ciertos carneros en la Carnicería, por ver si le podían dar un tiento en un grandísimo gato [257] de reales que llevaba. No desembanastaron [258] ni contaron la ropa, fiados en la entereza de mi conciencia; y así me cumpla Dios mis buenos deseos y nos libre a todos de poder de justicia que no he tocado a la canasta y que se está tan entera como cuando nació. [259]

—Todo se le cree, señora madre [260] —respondió Moni-

---

[253] *Nuestra Señora de las Aguas:* imagen de la Virgen, venerada en la iglesia sevillana de San Salvador. [254] *Santo Crucifijo de Santo Agustín:* imagen que se veneraba en la iglesia de su nombre y hoy se conserva en la de San Roque. [255] *cernada:* ceniza con que se ha hecho la lejía para lavar la ropa. [256] *ijadeando:* jadeando. [257] *gato:* (j.) bolsa donde se guardaba el dinero; la razón del nombre era que se hacían con el pellejo de esos animales. [258] *No desembanastaron:* no sacaron de la banasta o canasta. [259] *como cuando nació:* comparación jocosa: la vieja habla de la cesta como de una joven que no ha perdido su virginidad. [260] *señora madre:* fórmula de tratamiento que se daba sobre todo a las alcahuetas.

---

(20) Nuevamente la ironía potencia el uso de devociones religiosas en ladrones y prostitutas, como puede verse en boca de Pipota, Escalanta y Gananciosa. Sobre este aspecto ya hemos llamado la atención en 10. Debe resaltarse la picardía de la vieja, que realiza sus limosnas pidiendo dinero prestado a las otras.

podio—, y estése así la canasta, que yo iré allá, a boca de sorna, [261] y haré cala y cata [262] de lo que tiene, y daré a cada uno lo que le tocare, bien y fielmente, como tengo de costumbre.

—Sea como vos lo ordenáredes, [263] hijo —respondió la vieja—; y porque se me hace tarde, dadme un traguillo, si tenéis, para consolar este estómago, que tan desmayado anda de continuo.

—Y ¡qué tal lo beberéis, madre mía! —dijo a esta sazón la Escalanta, que así se llamaba la compañera de la Gananciosa.

Y descubriendo la canasta, se manifestó una bota a modo de cuero, con hasta dos arrobas [264] de vino, y un corcho [265] que podría caber sosegadamente y sin apremio hasta una azumbre; [266] y llenándole la Escalanta, se le puso en las manos a la devotísima vieja, la cual, tomándole con ambas manos, y habiéndole soplado un poco la espuma, dijo:

—Mucho echaste, hija Escalanta; pero Dios dará fuerzas para todo.

Y aplicándoselo a los labios, de un tirón, sin tomar aliento, lo trasegó del corcho al estómago, y acabó diciendo:

—De Guadalcanal [267] es, y aun tiene un es no es [268] de yeso [269] el señorico. Dios te consuele, hija, que así me has

---

[261] *a boca de sorna: sorna* en lengua germanesca era 'noche'; *boca de sorna* debe entenderse como 'al anochecer'. [262] *cala y cata:* tanteo y recuento. [263] *ordenáredes:* forma arcaica de *ordenaréis.* [264] *arrobas:* medida de peso que equivale a 25 libras y a 11,5 kilogramos aproximadamente. [265] *corcho:* escudilla o recipiente natural, hecho con la corteza que recubre un nudo de alcornoque. [266] *azumbre:* medida de capacidad equivalente a dos litros y 16 mililitros. [267] *Guadalcanal:* lugar sevillano, de los más famosos por sus vinos en la época. [268] *un es no es:* un poco, un ligero sabor. [269] *yeso:* era frecuente, pese a las prohibiciones, adobar los vinos con yeso o con cal, para mejor conservarlos.

consolado; sino que temo que me ha de hacer mal, porque
no me he desayunado.

—No hará, madre —respondió Monipodio—, porque es
trasañejo. [270]

—Así lo espero yo en la Virgen —respondió la vieja.
Y añadió:

—Mirad, niñas, si tenéis acaso algún cuarto para comprar las candelicas de mi devoción, porque con la prisa y
gana que tenía de venir a traer las nuevas de la canasta se
me olvidó en casa la escarcela. [271]

—Yo sí tengo, señora Pipota [272] —(que éste era el nombre de la buena vieja) respondió la Gananciosa—; tome:
ahí le doy dos cuartos; del uno le ruego que compre una
para mí, y se la ponga al señor San Miguel; y si puede
comprar dos, ponga la otra al señor San Blas, [273] que son
mis abogados. Quisiera otra a la señora Santa Lucía, [274]
que, por lo de los ojos, también le tengo devoción; pero
no tengo trocado; [275] mas otro día habrá donde se cumpla
con todos.

—Muy bien harás, hija, y mira no seas miserable: que
es de mucha importancia llevar la persona las candelas delante de sí antes que se muera, y no aguardar a que las
pongan los herederos o albaceas.

—Bien dice la madre Pipota —dijo la Escalanta.

Y echando mano a la bolsa, le dio otro cuarto, y le
encargó que pusiese otras dos candelicas a los santos que

---

[270] *trasañejo:* tresañejo, de tres años de vejez. [271] *escarcela:* bolsa
del dinero suelto. [272] *Pipota:* mote o alias de la vieja, alusivo a su condición de buena bebedora, pues se llamaba *pipa* a la cuba donde se
guardaba y envejecía el vino. [273] *San Miguel ... San Blas:* a San Miguel lo toma como abogado, porque él pisa al diablo, y ella, como prostituta, corre riesgo de caer en las garras de éste; a San Blas, porque era el
abogado contra los males de garganta, y estando ella y su rufián fuera de
la ley, no sería difícil que parasen en el peor de tales males: la horca. [274] *Santa Lucía:* abogada contra las enfermedades de la vista. [275] *trocado:* dinero suelto.

a ella le pareciesen que eran de los más aprovechados y agradecidos. Con esto, se fue la Pipota, diciéndoles:

—Holgaos, hijos, ahora que tenéis tiempo; que vendrá la vejez, y lloraréis en ella los ratos que perdistes en la mocedad, [276] como yo los lloro; y encomendadme a Dios en vuestras oraciones, que yo voy a hacer lo mismo por mí y por vosotros, porque Él nos libre y conserve en nuestro trato peligroso sin sobresaltos de justicia. [277]

Y con esto, se fue.

Ida la vieja, se sentaron todos alrededor de la estera, y la Gananciosa tendió la sábana por manteles; y lo primero que sacó de la cesta fue un grande haz de rábanos y hasta dos docenas de naranjas y limones, y luego una cazuela grande llena de tajadas de bacallao [278] frito. Manifestó luego medio queso de Flandes, y una olla de famosas aceitunas, y un plato de camarones, y gran cantidad de cangrejos, con su llamativo [279] de alcaparrones ahogados en pimientos, [280] y tres hogazas blanquísimas de Gandul. [281] Serían los del almuerzo hasta catorce, y ninguno de ellos dejó de sacar su cuchillo de cachas amarillas, si no fue Rinconete, que sacó su media espada. A los dos viejos de bayeta y a la guía tocó el escanciar con el corcho de colmena. [(21)] Mas apenas habían comenzado a

---

[276] Alusión al tópico del *Collige, virgo, rosas* de Ausonio. [277] *sin sobresaltos de justicia:* sin sobresaltos derivados de la actuación de la justicia. [278] *bacallao:* abadejo. [279] *llamativo:* así se denominaba al aperitivo que despertaba la sed. [280] *alcaparrones ahogados en pimientos:* a los alcaparrones en vinagre se los cubría con pimientos, para que tomasen el sabor de éstos y para que no se estropeasen al contacto con el aire. [281] *Gandul:* localidad cercana a Alcalá de Guadaira, en Sevilla, famosa en la época por su pan.

---

(21) La pormenorizada descripción de las viandas es un elemento costumbrista que resalta la verosimilitud del relato. Cervantes, de otra parte, a lo largo de toda su obra, gusta de mostrar su amplio conocimiento de los vinos y los diferentes platos de las regiones en que sitúa sus novelas.

dar asalto a las naranjas, [282] cuando les dio [283] a todos gran sobresalto los golpes que dieron a la puerta. Mandóles Monipodio que se sosegasen, y entrando en la sala baja, y descolgando un broquel, puesto mano a la espada, llegó a la puerta, y con voz hueca y espantosa preguntó:

—¿Quién llama?

Respondieron de fuera:

—Yo soy, que no es nadie, [284] señor Monipodio: Tagarete soy, centinela de esta mañana, y vengo a decir que viene aquí Juliana la Cariharta, toda desgreñada y llorosa, que parece haberle sucedido algún desastre.

En esto llegó la que decía, sollozando, y sintiéndola Monipodio, abrió la puerta, y mandó a Tagarete que se volviese a su posta, y que de allí adelante avisase lo que viese con menos estruendo y ruido. Él dijo que así lo haría. Entró la Cariharta, que era una moza del jaez de las otras y del mismo oficio. Venía descabellada y la cara llena de tolondrones, [285] y así como entró en el patio se cayó al suelo desmayada. Acudieron a socorrerla la Gananciosa y la Escalanta, y desabrochándola el pecho, la hallaron toda denegrida [286] y como magullada. Echáronle agua en el rostro, y ella volvió en sí, diciendo a voces:

—¡La justicia de Dios y del Rey [287] venga sobre aquel ladrón desuellacaras, sobre aquel cobarde bajamanero, [288] sobre aquel pícaro lendroso, [289] que le he quitado más veces de la horca que tiene pelos en las barbas! ¡Desdichada

---

[282] *asalto a las naranjas:* era costumbre empezar la comida por la fruta. [283] *les dio:* solecismo; el verbo debería ir en plural. [284] *que no es nadie:* juego de palabras irónico; el hablante quiere dar a entender que no es nadie de peligro. [285] *tolondrones:* señales, moratones. [286] *denegrida:* amoratada, llena de cardenales. [287] *La justicia de Dios y del Rey:* jocosa fórmula imprecatoria y de maldecir puesta en boca de quien la pronuncia; el mismo orden *(de Dios y del Rey)* es significativo, pues es a la del Rey a la que más temen, y con motivo. [288] *bajamanero:* (j.) ratero de ínfima condición, novato entre los ladrones; es término muy insultante aplicado a un valentón de los de mayor jerarquía en la cofradía. [289] *lendroso:* con liendres.

de mí! ¡Mirad por quién he perdido y gastado mi mocedad
y la flor de mis años, sino por un bellaco desalmado, faci-
neroso e incorregible! [22]

—Sosiégate, Cariharta —dijo a esta sazón Monipodio—,
que aquí estoy yo, que te haré justicia. Cuéntanos tu
agravio, que más estarás tú en contarle que yo en hacerte
vengada; dime si has habido algo [290] con tu respeto, [291]
que si así es y quieres venganza, no has menester más que
boquear. [292]

—¿Qué respeto? —respondió Juliana—. Respetada [293]
me vea yo en los infiernos si más lo fuere de aquel león
con las ovejas y cordero [294] con los hombres. ¿Con aquél
había yo de comer pan a manteles, ni yacer en uno? [295]
Primero me vea yo comida de adivas [296] estas carnes, que
me ha parado [297] de la manera que ahora veréis.

Y alzándose al instante las faldas hasta la rodilla, y aun
un poco más, las descubrió llenas de cardenales.

—De esta manera —prosiguió— me ha parado aquel
ingrato del Repolido, debiéndome más que a la madre
que le parió. Y ¿por qué pensáis que lo ha hecho?

---

[290] *habido algo:* tenido algún disgusto, alguna pelea. [291] *respeto:* (j.)
el rufián o protector de una prostituta. [292] *boquear:* (j.) hablar, decirlo,
acusarle. [293] *respeto ... respetada:* juego de palabras a base del significado básico del término y del explicado en la nota 291. [294] *león ...
cordero ...:* correlación paralelística antitética, referida al rufián de que
se habla, al que nuevamente insulta, llamándole cobarde que sólo es
capaz de golpear a las mujeres, denominadas *ovejas* por su condición de
indefensas. [295] *comer pan a manteles, ni yacer en uno:* comer a la misma mesa y tener relación carnal; es frase que trae a la memoria dos
versos de un romance viejo, en que Jimena demanda justicia al rey contra el Cid: «Rey que non face justicia / non debiera de reinare, / ... / ni
con la Reina folgare / ni comer pan a manteles...». [296] *adivas:* adives,
chacales. [297] *parado:* dejado.

---

(22) Nótese la potencia cómica del pasaje, que es clara parodia
de las imprecaciones trágicas de las doncellas ultrajadas. El recurso
jocoso se intensifica por medio de correlaciones sintácticas reitera-
tivas.

¡Montas, [298] que le di yo ocasión para ello! No, por cierto, no lo hizo más sino porque estando jugando y perdiendo, me envió a pedir con Cabrillas, su trainel, [299] treinta reales, y no le envié más de veinticuatro, que el trabajo y afán con que yo los había ganado ruego yo a los cielos que vayan en descuento de mis pecados. Y en pago de esta cortesía y buena obra, creyendo él que yo le sisaba algo de la cuenta que él allá en su imaginación había hecho de lo que yo podía tener, esta mañana me sacó al campo, detrás de la Güerta del Rey [300] y allí, entre unos olivares, me desnudó, y con la petrina, [301] sin excusar ni recoger [302] los hierros, que en malos grillos y hierros [303] le vea yo, me dio tantos azotes, que me dejó por muerta. De la cual verdadera historia son buenos testigos estos cardenales que miráis.

Aquí tornó a levantar las voces, aquí volvió a pedir justicia, y aquí se la prometió de nuevo Monipodio y todos los bravos que allí estaban.

La Gananciosa tomó la mano a consolarla, diciéndole que ella diera de muy buena gana una de las mejores preseas que tenía porque le hubiera pasado otro tanto con su querido.

—Porque quiero —dijo— que sepas, hermana Cariharta, si no lo sabes, que a lo que se quiere bien se castiga; y cuando estos bellacones nos dan, y azotan, y acocean, [304] entonces nos adoran; si no, confiésame una verdad, por tu vida: después que te hubo Repolido castigado y brumado, [305] ¿no te hizo alguna caricia?

---

[298] *Montas:* interjección equivalente a ¡anda!, ¡a fe mía! [299] *trainel:* véase nota 248. [300] *Güerta del Rey:* la Huerta del Rey estaba a la salida de la ciudad, junto a los caños de Carmona. [301] *petrina:* pretina, cinturón. [302] *sin excusar ni recoger:* sin evitar golpearla con ellos. [303] *grillos y hierros:* cadenas a que se sujetaban por medio de abrazaderas los que cumplían condena; nótese el juego de palabras que forma con *hierros,* por medio de la disemia. [304] *acocean:* dan patadas. [305] *brumado:* magullado, molido a palos.

—¿Cómo una? —respondió la llorona—. Cien mil me hizo, y diera él un dedo de la mano por que me fuera con él a su posada; y aun me parece que casi se le saltaron las lágrimas de los ojos después de haberme molido.

—No hay dudar en eso —replicó la Gananciosa—. Y lloraría de pena de ver cuál te había puesto: que estos tales hombres, y en tales casos, no han cometido [306] la culpa cuando les viene el arrepentimiento. Y tú verás, hermana, si no viene a buscarte antes que de aquí nos vamos, y a pedirte perdón de todo lo pasado, rindiéndosete como un cordero.

—En verdad —respondió Monipodio— que no ha de entrar por estas puertas el cobarde envesado [307] si primero no hace una manifiesta penitencia del cometido delito. ¿Las manos había él de ser osado ponerlas en el rostro de la Cariharta, ni en sus carnes, siendo persona que puede competir en limpieza y ganancia con la misma Gananciosa que está delante, que no lo puedo más encarecer?

—¡Ay! —dijo a esta sazón la Juliana—. No diga vuesa merced, señor Monipodio, mal de aquel maldito: que con cuán malo es, le quiero más que a las telas de mi corazón, y hanme vuelto el alma al cuerpo las razones que en su abono me ha dicho mi amiga la Gananciosa, y en verdad que estoy por ir a buscarle.

—Eso no harás tú por mi consejo —replicó la Gananciosa—, porque se extenderá y ensanchará [308] y hará tretas [309] en ti como en cuerpo muerto. Sosiégate, hermana, que antes de mucho le verás venir tan arrepentido co-

---

[306] *no han cometido...:* apenas si la han cometido: fórmula que pondera la prontitud del arrepentimiento.   [307] *envesado:* azotado; se dice como insulto.   [308] *se extenderá y ensanchará:* se crecerá, se atreverá a más.   [309] *tretas:* así se llamaba a las figuras que los esgrimidores hacían con las espadas al ejercitarse en la esgrima contra maniquíes; aquí quiere decir Gananciosa que Cariharta, si va a buscarle, recibirá en adelante mayores castigos.

mo he dicho, y si no viniese, escribirémosle un papel en coplas, que le amargue.

—¡Eso sí —dijo la Cariharta—; que tengo mil cosas que escribirle!

—Yo seré el secretario cuando sea menester —dijo Monipodio—; y aunque no soy nada poeta, todavía, si el hombre [310] se arremanga, se atreverá a hacer dos millares de coplas en daca las pajas; [311] y cuando no salieren como deben, yo tengo un barbero amigo, gran poeta, que nos henchirá las medidas [312] a todas horas; y en la de ahora acabemos lo que teníamos comenzado del almuerzo, que después todo se andará. [23]

Fue contenta la Juliana de obedecer a su mayor, y así, todos volvieron a su *gaudeamus*, [313] y en poco espacio vieron el fondo de la canasta y las heces del cuero. Los viejos bebieron *sine fine;* [314] los mozos, adunia; [315] las señoras, los quiries. [316] Los viejos pidieron licencia para irse. Diósela luego Monipodio, encargándoles viniesen a dar noticia con toda puntualidad de todo aquello que viesen ser útil y conveniente a la comunidad. Respondieron que ellos se lo tenían bien en cuidado, y fuéronse.

---

[310] *el hombre:* modo fanfarrón de hablar de sí mismo en tercera persona. [311] *en daca las pajas:* en un instante. [312] *las medidas:* los versos. [313] *gaudeamus:* 'gocemos, alegrémonos', en latín; aquí con el significado jocoso de 'fiesta, banquete'. [314] *sine fine:* 'sin fin', en latín. [315] *adunia:* en abundancia. [316] *los quiries: beber los kiries* es beber mucho, beber nueve veces, tantas como los kiries se decían en la misa.

---

(23) La condición fanfarrona de Monipodio, ya señalada en **15,** se resalta aquí cómicamente, como anticipo de lo que ha de venir por causa del pique verbal entre Chiquiznaque y Maniferro con Repolido. Nótese, además, que quien se ofrece como escribiente de las coplas es analfabeto, pues así ha quedado asentado anteriormente; tal contradicción puede interpretarse como un descuido del autor, o bien como una nueva hipérbole de la jactancia desmesurada del personaje.

Rinconete, que de suyo era curioso, pidiendo primero perdón y licencia, preguntó a Monipodio que de qué servían en la cofradía dos personajes tan canos, tan graves y apersonados. [317] A lo cual respondió Monipodio que aquéllos, en su germanía y manera de hablar, se llamaban *avispones*, [318] y que servían de andar de día y por toda la ciudad avispando en qué casas se podía dar tiento [319] de noche, y en seguir los que sacaban dinero de la Contratación, [320] o Casa de la Moneda, [321] para ver dónde lo llevaban, y aun dónde lo ponían; y en sabiéndolo, tanteaban la groseza del muro de la tal casa y diseñaban el lugar más conveniente para hacer los guzpátaros —que son agujeros— para facilitar la entrada. En resolución, dijo que era la gente de más o de tanto provecho que había en su hermandad, y que de todo aquello que por su industria [322] se hurtaba llevaban el quinto, [323] como su Majestad de los tesoros; y que, con todo esto, eran hombres de mucha verdad, y muy honrados, y de buena vida y fama, temerosos de Dios y de sus conciencias, que cada día oían misa con extraña devoción.

—Y hay de ellos tan comedidos, especialmente estos dos que de aquí se van ahora, que se contentan con mucho menos de lo que por nuestros aranceles [324] les toca. Otros dos que hay son palanquines, [325] los cuales, como por momentos mudan casas, saben las entradas y salidas

---

[317] *apersonados:* de buena presencia.   [318] *avispones:* (j.) aquellos que ojeaban los lugares aptos para robar y los medios que se podían usar para conseguirlo, y luego lo comunicaban a los ladrones para que lo ejecutasen.   [319] *dar tiento:* robar.   [320] *Contratación:* la Casa de la Contratación o Lonja se situaba en el lugar que hoy ocupa el Archivo de Indias.   [321] *Casa de la Moneda:* situada cerca de la plaza de Santo Tomás.   [322] *por su industria:* gracias a su maña.   [323] *el quinto:* la quinta parte.   [324] *aranceles:* tarifas, normas.   [325] *palanquines:* 'ladrones' significaba en la jerga delictiva, pero aquí debe entenderse como 'mozos de cuerda', que trabajaban efectuando mudanzas, lo cual les servía para conocer la disposición de las entradas y salidas de las casas.

de todas las de la ciudad, y cuáles pueden ser de provecho y cuáles no.

—Todo me parece de perlas —dijo Rinconete—, y querría ser de algún provecho a tan famosa cofradía.

—Siempre favorece el cielo a los buenos deseos —dijo Monipodio.

Estando en esta plática, llamaron a la puerta; salió Monipodio a ver quién era, y preguntándolo, respondieron:

—Abra voacé, sor [326] Monipodio, que el Repolido soy.

Oyó esta voz Cariharta, y alzando al cielo la suya, dijo:

—No le abra vuesa merced, señor Monipodio; no le abra a ese marinero de Tarpeya, a ese tigre de Ocaña. [327]

No dejó por esto Monipodio de abrir a Repolido; pero viendo la Cariharta que le abría, se levantó corriendo y se entró en la sala de los broqueles, y cerrando tras sí la puerta, desde dentro, a grandes voces decía:

—Quítenmele de delante a ese gesto de por demás, [328] a ese verdugo de inocentes, asombrador de palomas duendas. [329]

Maniferro y Chiquiznaque tenían [330] a Repolido, que en todas maneras quería entrar donde la Cariharta estaba; pero como no le dejaban, decía desde afuera:

—¡No haya más, [331] enojada mía: por tu vida que te sosiegues, así te veas casada!

—¿Casada yo, maligno? —respondió la Cariharta—. ¡Mirá en qué tecla toca! ¡Ya quisieras tú que lo fuera con-

---

[326] *voacé, sor:* contracciones de *vuestra merced* y *señor,* respectivamente.   [327] *marinero de Tarpeya, tigre de Ocaña:* deturpaciones vulgares e hilarantes de las expresiones: «mira Nero de Tarpeya» —primer verso de un famoso romance en que se habla de Nerón mirando el incendio de Roma— y «tigre de Hircania»; con ellas pondera Cariharta la crueldad de su rufián.   [328] *gesto de por demás:* gesto despreciativo y malhumorado.   [329] *palomas duendas:* palomas mansas y caseras, pero también —pues *palomar* era en lengua germanesca lo mismo que prostíbulo— prostituta.   [330] *tenían:* sujetaban, detenían.   [331] *No haya más:* expresión elíptica con valor de 'no haya más disgusto'.

tigo, y antes lo sería yo con una sotomía [332] de muerte que contigo!

—¡Ea, boba —replicó Repolido—, acabemos ya, que es tarde, y mire no se ensanche [333] por verme hablar tan manso y venir tan rendido; porque, ¡vive el Dador!, [334] si se me sube la cólera al campanario [335] que sea peor la recaída que la caída! Humíllese, y humillémonos todos, y no demos de comer al diablo.

—Y aun de cenar le daría yo —dijo la Cariharta— por que te llevase donde nunca más mis ojos te viesen.

—¿No os digo yo? —dijo Repolido—. ¡Por Dios que voy oliendo, señora trinquete, [336] que lo tengo de echar todo a doce, [337] aunque nunca se venda!

A esto dijo Monipodio:

—En mi presencia no ha de haber demasías: la Cariharta saldrá, no por amenazas, sino por amor mío, y todo se hará bien: que las riñas entre los que bien se quieren son causa de mayor gusto cuando se hacen las paces. ¡Ah Juliana! ¡Ah niña! ¡Ah Cariharta mía! Sal acá fuera, por mi amor, que yo haré que el Repolido te pida perdón de rodillas.

—Como él eso haga —dijo la Escalanta—, todas seremos en su favor y en rogar a Juliana salga acá fuera.

—Si esto ha de ir por vía de rendimiento que güela a menoscabo de la persona —dijo el Repolido—, no me rendiré a un ejército formado de esguízaros; [338] mas si es por vía de que la Cariharta gusta de ello, no digo yo hincarme de rodillas, pero un clavo me hincaré por la frente en su servicio.

Riéronse de esto Chiquiznaque y Maniferro, de lo cual

---

[332] *sotomía*: notomía o anatomía; es decir, esqueleto. [333] *ensanche*: envanezca. [334] *Dador*: Dios. [335] *campanario*: (j.) cabeza. [336] *trinquete*: debe entenderse prostituta, por usar éstas los trinquetes o camas de cordeles. [337] *echar todo a doce*: ofuscarse y armar bulla o escándalo con algún asunto. [338] *esguízaros*: suizos.

se enojó tanto el Repolido, pensando que hacían burla de él, que dijo con muestra de infinita cólera:

—Cualquiera que se riere o se pensare reír de lo que la Cariharta contra mí, o yo contra ella, hemos dicho o dijéremos, digo que miente [339] y mentirá todas las veces que se riere o lo pensare, como ya he dicho.

Miráronse Chiquiznaque y Maniferro de tan mal garbo y talle, que advirtió Monipodio que pararía en un gran mal si no lo remediaba; y así, poniéndose luego en medio de ellos, dijo:

—No pase más adelante, caballeros; cesen aquí palabras mayores, y desháganse entre los dientes; y pues las que se han dicho no llegan a la cintura, nadie las tome por sí.

—Bien seguros estamos —respondió Chiquiznaque— que no se dijeron ni dirán semejantes monitorios [340] por nosotros: que si se hubiera imaginado que se decían, en manos estaba el pandero que lo supieran bien tañer. [341]

—También tenemos acá pandero, sor Chiquiznaque —replicó el Repolido—, y también, si fuere menester, sabremos tocar los cascabeles, y ya he dicho que el que se huelga, [342] miente; y quien otra cosa pensare, sígame, que con un palmo de espada menos [343] hará el hombre [344] que sea lo dicho dicho.

Y diciendo esto, se iba a salir por la puerta afuera.

Estábalo escuchando la Cariharta, y cuando sintió que se iba enojado, salió diciendo:

---

[339] *miente:* aunque el sentido parezca poco coherente en este contexto, debe tenerse en cuenta que se trata de una fórmula de desafío y que entre tales valentones era uno de los peores insultos el hecho de decirles que mentían, a pesar de que lo hiciesen continuamente. [340] *monitorios:* admonitorios, advertencias. [341] *pandero ... tañer:* el asunto, el desafío, estaba en manos que sabrían responder a la ofensa. [342] *se huelga:* se divierte. [343] *un palmo de espada menos:* bravuconería, en ella afirma que incluso con una espada menos larga que la que tiene haría valer lo que dice. [344] *el hombre:* véase nota 310.

—¡Ténganle, [345] no se vaya, que hará de las suyas! ¿No ven que va enojado, y es un Judas Macarelo [346] en esto de la valentía? ¡Vuelve acá, valentón del mundo y de mis ojos!

Y cerrando con él, le asió fuertemente de la capa, y acudiendo también Monipodio, le detuvieron. Chiquiznaque y Maniferro no sabían si enojarse o si no, y estuviéronse quedos esperando lo que Repolido haría; el cual, viéndose rogar de la Cariharta y de Monipodio, volvió diciendo:

—Nunca los amigos han de dar enojo a los amigos ni hacer burla de los amigos, y más cuando ven que se enojan los amigos.

—No hay aquí amigo —respondió Maniferro— que quiera enojar ni hacer burla de otro amigo; y pues todos somos amigos, dense las manos los amigos.

A esto dijo Monipodio:

—Todos voacedes han hablado como buenos amigos, y como tales amigos se den las manos de amigos.

Diéronselas luego, y la Escalanta, quitándose un chapín, [347] comenzó a tañer en él como un pandero; la Gananciosa tomó una escoba de palma nueva, que allí se halló acaso, y, rascándola, hizo un son que, aunque ronco y áspero, se concertaba con el del chapín. Monipodio rompió un plato e hizo dos tejoletas, [348] que, puestas entre los dedos y repicadas con gran ligereza, llevaba el contrapunto al chapín y a la escoba.

Espantáronse Rinconete y Cortadillo de la nueva invención de la escoba, porque hasta entonces nunca la habían visto. Conociólo Maniferro, y díjoles:

—¿Admíranse de la escoba? Pues bien hacen, pues música más presta y más sin pesadumbre, ni más barata, no

---

[345] *ténganle:* deténganle. [346] *Judas Macarelo:* deformación jocosa y vulgar de *Judas Macabeo,* héroe bíblico famoso por su valentía. [347] *chapín:* calzado sin talón, con suela de corcho y que tenía bastante altura. [348] *tejoletas:* instrumento que produce un son semejante al de las castañuelas.

se ha inventado en el mundo; y en verdad que oí decir el
otro día a un estudiante que ni el Negrofeo, [349] que sacó a
la Arauz [350] del infierno; ni el Marión, [351] que subió sobre
el delfín y salió del mar como si viniera caballero sobre
una mula de alquiler; ni el otro gran músico [352] que hizo
una ciudad que tenía cien puertas y otros tantos postigos,
nunca inventaron mejor género de música, tan fácil de
deprender, [353] tan mañera [354] de tocar, tan sin trastes, cla-
vijas ni cuerdas, y tan sin necesidad de templarse; y aun
voto a tal que dicen que la inventó un galán de esta ciudad, que se pica de ser un Héctor en la música. [355]

—Eso creo yo muy bien —respondió Rinconete—; pero
escuchemos lo que quieren cantar nuestros músicos, que
parece que la Gananciosa ha escupido, señal de que quiere cantar.

Y así era la verdad, porque Monipodio le había rogado
que cantase algunas seguidillas de las que se usaban; mas

---

[349] *Negrofeo:* deformación jocosa y vulgar de *Orfeo,* aludiendo al mito del mismo, en que dicho personaje, por virtud de su maravillosa música, obtuvo de las divinidades infernales recuperar del reino de la muerte
a su adorada esposa Eurídice, bajo la condición de no volverse a mirarla
durante el tiempo que durase el trayecto de retorno al mundo de los
vivos. Orfeo así lo iba cumpliendo, hasta que al final, temiendo que
los dioses se hubieran burlado de él y no hubiesen liberado a su
amada, miró hacia atrás para comprobar si ella le seguía. Al romper
de este modo la condición que le había sido impuesta, su esposa Eurídice
desapareció para siempre.   [350] *Arauz:* deformación de Eurídice (véase
nota anterior).   [351] *Marión:* deformación de Arión, aludiendo al mito
del maravilloso cantor de este nombre, que cuando iba a ser asesinado
por los marineros del barco en que viajaba, solicitó le dejasen cantar por
última vez; al oírle, acudieron los delfines y él se arrojó al mar, desde
donde uno de los delfines lo llevó a tierra sobre su lomo.   [352] *el otro
gran músico:* alude ahora a Anfión, tañedor extraordinario de arpa, a
cuya música se pusieron en el orden necesario las piedras de Tebas, la
ciudad de las cien puertas, en Beocia.   [353] *deprender:* aprender.
[354] *mañera:* fácil.   [355] *Héctor en la música:* tan buen músico como
valeroso guerrero fue Héctor, héroe troyano de la *Ilíada;* se trata de
una disparatada y cómica ponderación.

la que comenzó primero fue la Escalanta, y con voz sutil y quebradiza [356] cantó lo siguiente:

> Por un sevillano rufo [357] a lo valón [358]
> tengo socarrado todo el corazón.

Siguió la Gananciosa cantando:

> Por un morenico de color verde,
> ¿cuál es la fogosa que no se pierde?

Y luego Monipodio, dándose gran prisa al meneo de sus tejoletas, dijo:

> Riñen dos amantes; hácese la paz:
> si el enojo es grande, es el gusto más.

No quiso la Cariharta pasar su gusto en silencio, porque tomando otro chapín, se metió en danza, y acompañó a las demás diciendo:

> Detente, enojado, no me azotes más:
> que si bien lo miras, a tus carnes das.

—Cántese a lo llano [359] —dijo a esta sazón Repolido—, y no se toquen estorias pasadas, que no hay para qué: lo pasado sea pasado, y tómese otra vereda, y basta.

Talle [360] llevaban de no acabar tan presto el comenzado cántico, si no sintieran que llamaban a la puerta aprisa, y

---

[356] *quebradiza:* apta para hacer quiebros en el canto.   [357] *rufo:* (j.) rufián.   [358] *a lo valón: valones* eran los habitantes del ducado de Borgoña; esta expresión es poco clara, pero debe entenderse como intensificadora de *rufo* y tal vez valga por 'muy valentón'.   [359] *a lo llano:* llanamente, sin alusiones que puedan molestar a alguno de los que escuchan.   [360] *Talle:* trazas.

con ella salió Monipodio a ver quién era, y la centinela [361] le dijo como al cabo de la calle había asomado el alcalde de la justicia, y que delante de él venían el Tordillo y el Cernícalo, corchetes neutrales. Oyéronlos los de dentro, y alborotáronse todos de manera que la Cariharta y la Escalanta se calzaron sus chapines al revés, dejó la escoba la Gananciosa, Monipodio sus tejoletas, y quedó en turbado silencio toda la música; enmudeció Chiquiznaque, pasmóse el Repolido y suspendióse Maniferro, y todos, cuál por una y cuál por otra parte, desaparecieron, subiéndose a las azoteas y tejados, para escaparse y pasar por ellos a otra calle. Nunca ha disparado arcabuz a deshora, ni trueno repentino espantó así bandada de descuidadas palomas, como puso en alboroto y espanto a toda aquella recogida compañía y buena gente la nueva de la venida del alcalde de la justicia. [24] Los dos novicios, Rinconete y Cortadillo, no sabían qué hacerse, y estuviéronse quedos, esperando ver en qué paraba aquella repentina borrasca, que no paró en más de volver la centinela a decir que el alcalde se había pasado de largo, sin dar muestra ni resabio de mala sospecha alguna.

Y estando diciendo esto a Monipodio, llegó un caballero mozo [25] a la puerta, vestido, como se suele decir, de

---

[361] *la centinela:* en la lengua de la época esta palabra tenía género femenino.

(24) Todo este pasaje supone un contraste de efectivísima comicidad con las bravatas y protestas de valentía efectuadas por los rufianes hasta ahora; a la sola mención del paso de los alguaciles de la justicia, todos huyen y buscan escondrijos con ansiedad y pavor. Debe señalarse que la bravuconería de tales valentones no está hiperbólicamente descrita por Cervantes, quien, más bien, copia del natural su comportamiento, como muestran numerosos documentos de la época.

(25) La aparición de este caballero sirve para introducir un nuevo tema en la historia: el de los señores que encargan venganzas

barrio; [362] Monipodio le entró consigo, y mandó llamar a Chiquiznaque, a Maniferro y al Repolido, y que de los demás no bajase alguno. Como se habían quedado en el patio Rinconete y Cortadillo, pudieron oír toda la plática que pasó Monipodio con el caballero recién venido, el cual dijo a Monipodio que por qué se había hecho tan mal lo que le había encomendado. Monipodio respondió que aún no sabía lo que se había hecho; pero que allí estaba el oficial [363] a cuyo cargo estaba su negocio, y que él daría muy buena cuenta de sí.

Bajó en esto Chiquiznaque, y preguntóle Monipodio si había cumplido con la obra que se le encomendó de la cuchillada de a catorce. [364]

—¿Cuál? —respondió Chiquiznaque—. ¿Es la de aquel mercader de la encrucijada?

—Ésa es —dijo el caballero.

—Pues lo que en eso pasa —respondió Chiquiznaque— es que yo le aguardé anoche a la puerta de su casa, y él vino antes de la oración; lleguéme cerca de él, marquéle el rostro con la vista, y vi que le tenía tan pequeño que era imposible de toda imposibilidad caber en él cuchillada de catorce puntos; y hallándome imposibilitado de poder cumplir lo prometido y de hacer lo que llevaba en mi destruición...

---

[362] *de barrio:* sin etiqueta ni formalidad. [363] *oficial:* persona diestra en un oficio; naturalmente, Monipodio imita el hablar de otros gremios serios, y ello es buen recurso paródico. [364] *de a catorce:* de catorce puntos de sutura.

- -

por su cuenta a los cofrades de Monipodio, no atreviéndose a realizarlas por sí mismos. No menos cómico que los anteriores, da pie a la lectura de la memoria de los diversos encargos que los delincuentes tienen apuntados, como cualquier comerciante haría con los pedidos de sus clientes.

—*Instrucción* querrá decir vuestra merced —dijo el caballero—, que no *destruición*.

—Eso quise decir —respondió Chiquiznaque—. Digo que viendo que en la estrecheza y poca cantidad de aquel rostro no cabían los puntos propuestos, por que no fuese mi ida en balde, di la cuchillada a un lacayo suyo, que a buen seguro que la pueden poner por mayor de marca.

—Más quisiera —dijo el caballero— que se la hubiera dado al amo una de a siete que al criado la de a catorce. En efecto, conmigo no se ha cumplido como era razón, pero no importa; poca mella me harán los treinta ducados que dejé en señal. Beso a vuesas mercedes las manos.

Y diciendo esto, se quitó el sombrero y volvió las espaldas para irse; pero Monipodio le asió de la capa de mezcla [365] que traía puesta, diciéndole:

—Voacé se detenga y cumpla su palabra, pues nosotros hemos cumplido la nuestra con mucha honra y con mucha ventaja: veinte ducados faltan, y no ha de salir de aquí voacé sin darlos, o prendas que lo valgan.

—Pues ¿a esto llama vuesa merced cumplimiento de palabra —respondió el caballero—: dar la cuchillada al mozo habiéndose de dar al amo?

—¡Qué bien está en la cuenta el señor! —dijo Chiquiznaque—. Bien parece que no se acuerda de aquel refrán que dice: «Quien bien quiere a Beltrán, bien quiere a su can.»

—¿Pues en qué modo puede venir aquí a propósito ese refrán? —replicó el caballero.

—¿Pues no es lo mismo —prosiguió Chiquiznaque— decir: «Quien mal quiere a Beltrán, mal quiere a su can.»? Y así, Beltrán es el mercader, voacé le quiere mal, su lacayo es su can, y dando al can se da a Beltrán, y la deuda queda líquida y trae aparejada ejecución: por eso

---

[365] *mezcla:* paño tejido con hilos de diversos colores.

no hay más sino pagar luego sin apercibimiento de remate. [366]

—Eso juro yo bien —añadió Monipodio—, y de la boca me quitaste, Chiquiznaque amigo, todo cuanto aquí has dicho; y así, voacé, señor galán, no se meta en puntillos [367] con sus servidores y amigos, [368] sino tome mi consejo y pague luego lo trabajado y si fuere servido que se le dé otra al amo, de la cantidad que pueda llevar su rostro, haga cuenta que ya se la están curando.

—Como eso sea —respondió el galán—, de muy entera voluntad y gana pagaré la una y la otra por entero.

—No dude en esto —dijo Monipodio— más que en ser cristiano: que Chiquiznaque se la dará pintiparada, de manera que parezca que allí se le nació.

—Pues con esa seguridad y promesa —respondió el caballero—, recíbase esta cadena en prendas de los veinte ducados atrasados y de cuarenta que ofrezco por la venidera cuchillada. Pesa mil reales, y podría ser que se quedase rematada, porque traigo entre ojos [369] que serán menester otros catorce puntos antes de mucho.

Quitóse, en esto, una cadena de vueltas [370] menudas del cuello, y diósela a Monipodio, que al color y al peso bien vio que no era de alquimia. [371] Monipodio la recibió con mucho contento y cortesía, porque era en extremo bien criado; [372] la ejecución quedó a cargo de Chiquiznaque, que sólo tomó término [373] de aquella noche. Fuese muy satisfecho el caballero, y luego Monipodio llamó a todos

---

[366] *líquida ... ejecución ... apercibimiento de remate:* términos judiciales propios de la época en que Cervantes se ocupó del cobro de contribuciones; naturalmente tienen sentido cómico, puestos en boca del ignorante rufián que habla. [367] *puntillos:* desacuerdos, discusiones. [368] *servidores y amigos:* alude a los miembros de la cofradía que preside, y su intervención tiene valor amenazante. [369] *traigo entre ojos:* sospecho. [370] *vueltas:* eslabones. [371] *de alquimia:* de latón, de metal sin valor, de bisutería; quiere decirse que era realmente de oro. [372] *bien criado:* bien educado. [373] *término:* plazo.

los ausentes y azorados. Bajaron todos, y poniéndose Monipodio en medio de ellos, sacó un libro de memoria que traía en la capilla [374] de la capa, y dióselo a Rinconete que leyese, porque él no sabía leer. Abrióle Rinconete, y en la primera hoja vio que decía:

MEMORIA DE LAS CUCHILLADAS QUE SE HAN DE DAR ESTA SEMANA

La primera, al mercader de la encrucijada: vale cincuenta escudos. Están recibidos treinta a buena cuenta. Ejecutor, Chiquiznaque.

—No creo que hay otra, hijo —dijo Monipodio—; pasá adelante, y mirá [375] donde dice: *Memoria de palos.*

Volvió la hoja Rinconete, y vio que en otra estaba escrito: *Memoria de palos.* Y más abajo decía:

Al bodegonero de la Alfalfa, [376] doce palos de mayor cuantía a escudo cada uno. Están dados a buena cuenta ocho. El término, seis días. Ejecutor, Maniferro.

—Bien podía borrarse esa partida —dijo Maniferro—, porque esta noche traeré finiquito de ella.

—¿Hay más, hijo? —dijo Monipodio.

—Sí, otra —respondió Rinconete— que dice así:

Al sastre corcovado que por mal nombre [377] se llama el Silguero, seis palos de mayor cuantía, a pedimiento de la dama que dejó la gargantilla. Ejecutor, el Desmochado.

—Maravillado estoy —dijo Monipodio— cómo todavía está esa partida en ser. [378] Sin duda alguna debe de estar mal dispuesto [379] el Desmochado, pues son dos días pasados del término y no ha dado puntada [380] en esta obra.

---

[374] *capilla:* capucha sujeta al cuello de la capa. [375] *pasá ... mirá:* formas arcaicas de imperativo y tratamiento de *vos*, equivalentes a *pasad* y *mirad.* [376] *Alfalfa:* de la plaza de la Alfalfa. [377] *mal nombre:* alias, mote. [378] *en ser:* sin cumplirse. [379] *mal dispuesto:* indispuesto, enfermo. [380] *no ha dado puntada:* no la ha iniciado siquiera.

—Yo le topé ayer —dijo Maniferro—, y me dijo que por haber estado retirado por enfermo el corcovado no había cumplido con su débito.

—Eso creo yo bien —dijo Monipodio—, porque tengo por tan buen oficial al Desmochado, que si no fuera por tan justo impedimento, ya él hubiera dado al cabo con mayores empresas. ¿Hay más, mocito?

—No, señor —respondió Rinconete.

—Pues pasad adelante —dijo Monipodio—, y mirad donde dice: *Memorial de agravios comunes.*

Pasó adelante Rinconete, y en otra hoja halló escrito: *Memorial de agravios comunes, conviene a saber: redomazos,* [381] *untos de miera,* [382] *clavazón de sambenitos y cuernos,* [383] *matracas,* [384] *espantos, alborotos y cuchilladas fingidas, publicación de nibelos,* [385] *etcétera.*

—¿Qué dice más abajo? —dijo Monipodio.

—Dice —dijo Rinconete— *unto de miera en la casa...*

—No se lea la casa, que ya yo sé dónde es —respondió Monipodio—, y yo soy el *tuáutem* [386] y ejecutor de esa niñería, y están dados a buena cuenta cuatro escudos, y el principal es ocho.

—Así es la verdad —dijo Rinconete—, que todo eso está aquí escrito; y aún más abajo dice: *Clavazón de cuernos.*

—Tampoco se lea —dijo Monipodio— la casa ni adónde: que basta que se les haga el agravio, sin que se diga en público: que es un gran cargo de conciencia. A lo menos, más querría yo clavar cien cuernos y otros tantos sambeni-

---

[381] *redomazos:* golpes dados con una redoma llena de algo maloliente.   [382] *miera:* aceite de enebro, maloliente y pegajoso.   [383] *clavazón de sambenitos y cuernos:* esta *clavazón* era en la puerta de la casa en que vivía aquel a quien se agraviaba; con el *sambenito* se les llamaba públicamente judíos, con los *cuernos* se les acusaba de cornudos.   [384] *matracas:* palabras burlonas, dichas en público y muy hirientes.   [385] *nibelos:* vulgarismo por *libelos.*   [386] *tuáutem:* persona imprescindible para llevarlo a cabo.

tos, como se me pagase mi trabajo, que decirlo sola una vez, aunque fuese a la madre que me parió.

—El ejecutor de esto es —dijo Rinconete— el Narigueta.

—Ya está eso hecho y pagado —dijo Monipodio—. Mirad si hay más, que, si mal no me acuerdo, ha de haber ahí un espanto de veinte escudos; está dada la mitad, y el ejecutor es la comunidad toda, y el término es todo el mes en que estamos, y cumpliráse al pie de la letra, sin que falte una tilde, y será una de las mejores cosas que hayan sucedido en esta ciudad de muchos tiempos a esta parte. Dadme el libro, mancebo, que yo sé que no hay más, y sé también que anda muy flaco el oficio; pero tras este tiempo vendrá otro y habrá que hacer más de lo que quisiéremos: que no se mueve la hoja sin la voluntad de Dios, y no hemos de hacer nosotros que se vengue nadie por fuerza, cuanto más que cada uno en su casa suele ser valiente y no quiere pagar las hechuras de la obra que él se puede hacer por sus manos.

—Así es —dijo a esto el Repolido—. Pero mire vuesa merced, señor Monipodio, lo que nos ordena y manda, que se va haciendo tarde y va entrando el calor más que de paso.

—Lo que se ha de hacer —respondió Monipodio— es que todos se vayan a sus puestos, y nadie se mude hasta el domingo, que nos juntaremos en este mismo lugar y se repartirá todo lo que hubiere caído, sin agraviar a nadie. A Rinconete *el Bueno* y a Cortadillo se les da por distrito hasta el domingo desde la Torre del Oro, por defuera de la ciudad, hasta el postigo del Alcázar, [387] donde se puede trabajar a sentadillas [388] con sus flores; [389] que yo he visto a otros de menos habilidad que ellos salir cada día con

---

[387] *postigo del Alcázar:* puerta del Alcázar. [388] *a sentadillas:* sentados a mujeriegas, esto es, como suelen hacerlo las mujeres cuando van montadas a caballo: con las dos piernas hacia un mismo lado. [389] *flores:* véase nota 218.

más de veinte reales en menudos, [390] amén de la plata,
con una baraja sola, y ésa, con cuatro naipes menos. Este
distrito os enseñará Ganchoso; y aunque os extendáis hasta San Sebastián y San Telmo, importa poco, puesto
que [391] es justicia mera mixta [392] que nadie se entre en
pertenencia de nadie. [(26)]

Besáronle la mano los dos por la merced que se les hacía, y ofreciéronse a hacer su oficio bien y fielmente, con
toda diligencia y recato.

Sacó, en esto, Monipodio un papel doblado de la capilla
de la capa, donde estaba la lista de los cofrades, y dijo a
Rinconete que pusiese allí su nombre y el de Cortadillo;
mas porque no había tintero, le dio el papel para que lo
llevase, y en el primer boticario [393] los escribiese, poniendo: «Rinconete y Cortadillo, cofrades: noviciado, ninguno, Rinconete, floreo; Cortadillo, bajón», [394] y el día,
mes y año, callando padres y patria. Estando en esto, entró uno de los viejos avispones y dijo:

—Vengo a decir a vuesas mercedes como ahora,
ahora, [395] topé en Gradas [396] a Lobillo el de Málaga, y
díceme que viene mejorado en su arte de tal manera, que
con naipe limpio quitará el dinero al mismo Satanás; y que
por venir maltratado no viene luego a registrarse y a dar

---

[390] *menudos:* monedas de poco valor, calderilla. [391] *puesto que:* aunque; deducimos, por tanto, que el territorio hasta San Sebastián y San
Telmo no estaba asignado a cofrade alguno. [392] *justicia mera mixta:*
justicia con derecho a castigar; es expresión jurídica, impropia de la incultura de Monipodio, y con valor cómico. [393] *boticario:* (j.) mercero,
comercio de mercería, donde vendían tintas. [394] *bajón:* (j.) igual que
bajamanero, ladrón callejero y principiante. [395] *ahora, ahora:* repetición
intensificativa con el valor de 'hace un instante'. [396] *Gradas:* las gradas
de la catedral.

---

(26) Muestra de la organización de los ladrones es la distribución por zonas que hacen de la ciudad, correspondiéndole a cada
uno de ellos robar en alguna y teniendo prohibido terminantemen-
te actuar en la que a otro le cupiera en suerte.

la sólita [397] obediencia; pero que el domingo será aquí sin falta.

—Siempre se me asentó a mí —dijo Monipodio— que este Lobillo había de ser único en su arte, porque tiene las mejores y más acomodadas manos para ello que se pueden desear; que para ser uno buen oficial en su oficio, tanto ha menester los buenos instrumentos con que le ejercita como el ingenio con que le aprende.

—También topé —dijo el viejo— en una casa de posadas, de la calle de Tintores, al Judío, en hábito de clérigo, que se ha ido a posar allí por tener noticia que dos peruleros [398] viven en la misma casa, y querría ver si pudiese trabar juego con ellos aunque fuese de poca cantidad, que de allí podría venir a mucha. Dice también que el domingo no faltará a la junta y dará buena cuenta de su persona.

—Ese Judío también —dijo Monipodio— es gran sacre [399] y tiene gran conocimiento. Días ha que no le he visto, y no lo hace bien, pues a fe que si no se enmienda, que yo le deshaga la corona; [400] que no tiene más órdenes [401] el ladrón que las tiene el turco, ni sabe más latín que mi madre. ¿Hay más de nuevo?

—No —dijo el viejo—; a lo menos que yo sepa.

—Pues sea en buena hora —dijo Monipodio—. Voacedes tomen esta miseria —y repartió entre todos hasta cuarenta reales—, y el domingo no falte nadie, que no faltará nada de lo corrido.

Todos le volvieron las gracias. Tornáronse a abrazar Repolido y la Cariharta, la Escalanta con Maniferro y la Gananciosa con Chiquiznaque, concertando que aquella

---

[397] *sólita:* acostumbrada, habitual.   [398] *peruleros:* indianos enriquecidos en el Perú.   [399] *sacre:* nombre de un ave de presa, aquí vale como 'hábil y sagaz', igual que hoy se dice de quienes lo son que son *águilas.*   [400] *la corona:* la tonsura clerical; recuérdese que se ha dicho que se ha disfrazado de clérigo.   [401] *órdenes:* alude a las órdenes sacramentales: subdiácono, diácono, sacerdote, etc.

noche, después de haber alzado de obra [402] en la casa, se viesen en la de la Pipota, donde también dijo que iría Monipodio, al registro de la canasta de colar, y que luego había de ir a cumplir y borrar la partida de la miera. Abrazó a Rinconete y a Cortadillo, y echándolos su bendición, los despidió, encargándoles que no tuviesen jamás posada cierta ni de asiento, [403] porque así convenía a la salud de todos. Acompañólos Ganchoso hasta enseñarles sus puestos, acordándoles que no faltasen el domingo, porque, a lo que creía y pensaba, Monipodio había de leer una lección de oposición [404] acerca de las cosas concernientes a su arte. Con esto se fue, dejando a los dos compañeros admirados de lo que habían visto.

Era Rinconete, aunque muchacho, de muy buen entendimiento, y tenía un buen natural; y como había andado con su padre en el ejercicio de las bulas, [405] sabía algo de buen lenguaje, y dábale gran risa pensar en los vocablos que había oído a Monipodio y a los demás de su compañía y bendita comunidad, y más cuando por decir *per modum sufragii* había dicho *per modo de naufragio;* y que sacaban el *estupendo,* por decir *estipendio,* de lo que se garbeaba; [406] y cuando la Cariharta dijo que era Repolido como un *Marinero de Tarpeya* y un tigre de *Ocaña,* por decir *Hircania,* con otras mil impertinencias (especialmente le cayó en gracia cuando dijo que el trabajo que había pasado en ganar los veinticuatro reales lo recibiese el cielo en descuento de sus pecados) a éstas y a otras peores semejantes; y, sobre todo, le admiraba la seguridad que tenían y la confianza de irse al cielo con no faltar a sus devociones, estando tan llenos de hurtos, y de homicidios, y

---

[402] *alzado de obra:* acabado el trabajo.   [403] *no tuviesen jamás posada cierta ni de asiento:* no pernoctasen de modo habitual en ninguna posada.   [404] *lección de oposición:* lección magistral; es terminología de las universidades, con evidente intención paródica y cómica; Monipodio, pues, disertaría sobre las artes de los delincuentes.   [405] *ejercicio de las bulas:* véase nota 32.   [406] *garbeaba:* (j.) robaba.

...sas a Dios. Y reíase de la otra buena vieja de la Pipota, que dejaba la canasta de colar hurtada guardada en su casa y se iba a poner candelillas de cera a las imágenes, y con ello pensaba irse al cielo calzada y vestida. No menos le suspendía la obediencia y respeto que todos tenían a Monipodio, siendo un hombre bárbaro, rústico y desalmado. Consideraba lo que había leído en su libro de memoria y los ejercicios en que todos se ocupaban. Finalmente, exageraba [407] cuán descuidada justicia había en aquella tan famosa ciudad de Sevilla, pues casi al descubierto vivía en ella gente tan perniciosa y tan contraria a la misma naturaleza, y propuso en sí de aconsejar a su compañero no durasen mucho en aquella vida tan perdida y tan mala, tan inquieta, y tan libre y disoluta. Pero, con todo esto, llevado de sus pocos años y de su poca experiencia, pasó con ella adelante algunos meses, en los cuales le sucedieron cosas que piden más luenga escritura, y así se deja para otra ocasión contar su vida y milagros, con los de su maestro Monipodio, y otros sucesos de aquéllos de la infame academia, que todos serán de grande consideración y que podrán servir de ejemplo y aviso a los que las leyeren. [(27)]

---

[407] *exageraba:* encarecía.

- -

(27) En este breve epílogo, Cervantes sintetiza todo lo narrado anteriormente y recapitula sobre los datos costumbristas y cómicos en que ha basado la novela. A pesar del forzado comentario moralizante que avisa del mal fin que aguarda a quienes siguen el camino de la mala vida, no intenta el autor en la novela otra cosa que ofrecer una fresca y desenfadada pintura de las costumbres de los delincuentes y pícaros sevillanos. *Rinconete y Cortadillo* está lejos de la crítica y denuncia social que contienen las verdaderas novelas picarescas como *Lazarillo de Tormes* o *Guzmán de Alfarache;* las páginas cervantinas irradian un regocijante sentido del humor que prescinde voluntariamente de lo sórdido y reduce la materia novelada a una serie de chistosas situaciones disparatadas que se suceden vertiginosamente.

NOVELA DE
LA ESPAÑOLA
INGLESA

Entre los despojos que los ingleses llevaron de la ciudad de Cádiz, [1] Clotaldo, un caballero inglés, capitán de una escuadra de navíos, llevó a Londres una niña de edad de siete años, poco más o menos, y esto contra la voluntad y sabiduría del conde de Leste, [2] que con gran diligencia hizo buscar la niña para volvérsela a sus padres, que ante él se quejaron de la falta de su hija, pidiéndole que, pues se contentaba con las haciendas y dejaba libres las personas, no fuesen ellos tan desdichados que, ya que quedaban pobres, quedasen sin su hija, que era la lumbre de sus ojos y la más hermosa criatura que había en toda la ciudad.

Mandó el conde echar bando [3] por toda su armada que,

---

[1] *Cádiz:* en el mes de julio de 1596, los ingleses desembarcaron en la costa de Cádiz y saquearon la ciudad; la flota iba mandada por el almirante Howard y las tropas de tierra dirigidas por el conde de Essex. La expedición buscaba apoderarse de los galeones y no obtuvo el beneficio esperado; tras dominar la plaza unos días sin conseguir el rescate que exigían, incendiaron la ciudad y marcharon de nuevo en sus naves. Fueron correctos y hasta corteses con la población civil. El acontecimiento provocó sentimientos de indignación e incluso sátiras entre los españoles. [2] *Leste:* como queda dicho en la nota anterior, el conde de Essex era el general inglés. Cervantes aquí confunde su nombre con el de Leicester. [3] *echar bando:* pregonar un edicto u orden con solemnidad.

so pena de la vida, [4] volviese la niña cualquiera que la tuviese; mas ningunas penas ni temores fueron bastantes a que Clotaldo la [5] obedeciese, que la tenía escondida en su nave, aficionado, aunque cristianamente, a la incomparable hermosura de Isabel, que así se llamaba la niña. Finalmente, sus padres se quedaron sin ella, tristes y desconsolados, y Clotaldo, alegre sobre modo, llegó a Londres y entregó por riquísimo despojo a su mujer a la hermosa niña. [28]

---

[4] *so pena de la vida:* bajo pena de muerte. [5] *la:* la orden publicada en el bando.

---

(28) Inicia Cervantes su novela situándola en el espacio y en el tiempo. Los dos primeros párrafos cumplen una función de prólogo a la acción misma, la cual puede decirse que inicia sus derroteros a partir de la llegada de la niña a Londres. Este rapto inicial, así como la declarada buena intención del raptor para con su víctima, nos indican claramente que la técnica general del relato cervantino va a responder a la estructura de la novela bizantina, caracterizada por peripecias sorprendentes, viajes llenos de contratiempos, artimañas de personajes malvados dirigidas contra los protagonistas, anagnórisis o reconocimiento de personajes de modo sorprendente y con frecuencia inverosímil, y triunfo, en un final feliz, de la virtud, castidad y amor de sus protagonistas. Esta estructura de novela de aventuras le fue muy grata a Cervantes, quien no dudó en utilizarla en varias de las *Novelas ejemplares* y, sobre todo, en la mejor muestra del género y póstuma obra suya, *Los trabajos de Persiles y Sigismunda*. Cervantes, en el relato que nos ocupa, utiliza unos datos cronológicos que dan verosimilitud al discurso, pero que no tienen por qué ajustarse a la auténtica cronología de la historia y que de hecho no se ajustan casi nunca a ella. Si recordamos que la fecha del asalto a Cádiz es julio de 1596 y que entonces Isabela tenía siete años, hallaremos contradicciones graves en el texto cuando al ser presentada Isabela a la reina inglesa se nos diga que aquélla contaba catorce años, lo cual nos situaría en 1603, año de la muerte de la reina, quien en la novela vive mucho tiempo después del mismo. Con este ejemplo queremos señalar que Cervantes no

Quiso la buena suerte que todos los de la casa de Clotaldo eran católicos secretos [6], aunque en lo público mostraban seguir la opinión de su reina. Tenía Clotaldo un hijo llamado Ricaredo, de edad de doce años, enseñado de sus padres a amar y temer a Dios y a estar muy entero en las verdades de la fe católica. Catalina, la mujer de Clotaldo, noble, cristiana y prudente señora, tomó tanto amor a Isabel, que como si fuera su hija la criaba, regalaba e industriaba; [7] y la niña era de tan buen natural que con facilidad aprendía todo cuanto le enseñaban. Con el tiempo y con los regalos [8] fue olvidando los que sus padres verdaderos le habían hecho; pero no tanto que dejase de acordarse y suspirar por ellos muchas veces; y aunque iba aprendiendo la lengua inglesa, no perdía la española, porque Clotaldo tenía cuidado de traerle a casa secretamente españoles que hablasen con ella. De esta manera, sin olvidar la suya, como está dicho, hablaba la lengua inglesa como si hubiese nacido en Londres.

Después de haberle enseñado todas las cosas de labor que puede y debe saber una doncella bien nacida, la enseñaron a leer y escribir más que medianamente; pero en lo

---

[6] *católicos secretos:* católicos en secreto; la religión católica se hallaba perseguida en Inglaterra durante el reinado de Isabel I, quien había reestablecido como oficial la anglicana. [7] *industriaba:* educaba. [8] *regalos:* no debe entenderse sólo como 'obsequios', sino, preferentemente, como 'buenos tratos'.

---

ajusta su cronología a la historia; para él, las fechas son simples referencias ajenas a la acción novelada, como lo son los nombres de los personajes, correspondan o no a la figura de alguna persona real. No deben interpretarse tales situaciones como descuidos del autor, ya que éste no necesitaba ajustarse a la historia, de acuerdo con su propia preceptiva novelesca. Advertido esto, en adelante prescindiremos de señalar desconciertos cronológicos o inexactitudes en cuanto al carácter o acciones de los personajes históricos a que se alude en la novela.

que tuvo extremo [9] fue en tañer todos los instrumentos que a una mujer son lícitos, y esto con toda perfección de música, acompañándola con una voz que le dio el cielo tan extremada, que encantaba cuando cantaba. [10]

Todas estas gracias, adquiridas y puestas sobre la natural suya, poco a poco fueron encendiendo el pecho de Ricaredo, a quien ella, como a hijo de su señor, [11] quería y servía. Al principio le salteó amor con un modo de agradarse y complacerse de ver la sin igual belleza de Isabel y de considerar sus infinitas virtudes y gracias, amándola como si fuera su hermana, sin que sus deseos saliesen de los términos honrados y virtuosos. Pero como fue creciendo Isabel, que ya cuando Ricaredo ardía [12] tenía doce años, aquella benevolencia primera y aquella complacencia y agrado de mirarla se volvió en ardentísimos deseos de gozarla y de poseerla; no porque aspirase a esto por otros medios que por los de ser su esposo, pues de la incomparable honestidad de Isabela —que así la llamaban ellos— no se podía esperar otra cosa, ni aun él quisiera esperarla aunque pudiera, porque la noble condición suya y la estimación en que a Isabela tenía no consentían que ningún mal pensamiento echase raíces en su alma.

Mil veces determinó manifestar su voluntad a sus padres, y otras tantas no aprobó su determinación porque él sabía que le tenían dedicado para ser esposo [13] de una muy rica y principal doncella escocesa, asimismo secreta

---

[9] *extremo:* máximo esmero. [10] *encantaba cuando cantaba:* nótese la aliteración de esta frase. [11] *señor:* aunque criada como de la familia, Isabel no dejaba de ser una prisionera de guerra, una propiedad de Clotaldo. [12] *ardía:* ardía de amor. [13] *esposo:* en las altas clases sociales eran los padres quienes determinaban con quién habían de casar sus hijos; en las nobles, además, era preceptivo el consentimiento del monarca para el enlace. Cervantes defiende siempre la conveniencia de que sean los propios jóvenes quienes libremente elijan sus compañeros.

cristiana [14] como ellos; y estaba claro, según él decía, que
no habían de querer dar a una esclava [15] —si este nombre
se podía dar a Isabela— lo que ya tenían concertado de
dar a una señora. Y así, perplejo y pensativo, sin saber
qué camino tomar para venir al fin de su buen deseo, pasaba una vida tal, [(29)] que le puso a punto de perderla. [16]
Pero pareciéndole ser gran cobardía dejarse morir sin intentar algún género de remedio a su dolencia, [17] se animó
y esforzó a declarar su intento a Isabela.

Andaban todos los de la casa tristes y alborotados por
la enfermedad de Ricaredo, que de todos era querido, y
de sus padres con el extremo posible, así por no tener
otro, como porque lo merecía [18] su mucha virtud y su gran
valor y entendimiento. No le acertaban los médicos la enfermedad, ni él osaba ni quería descubrírsela. En fin,
puesto en romper por las dificultades que él se imaginaba,
un día que entró Isabela a servirle, viéndola sola, con desmayada voz y lengua turbada le dijo:

—Hermosa Isabela, tu valor, [19] tu mucha virtud y
grande [20] hermosura me tienen como me ves; si no quie-

---

[14] *secreta cristiana:* frecuentemente, a lo largo de la novela, Cervantes
identifica el término *cristiano* con 'católico', como en esta ocasión, y lo
enfrenta al de anglicano. [15] *esclava:* véase nota 11. [16] *perderla:* la vida, naturalmente. Nótese la zeugma. [17] *dolencia:* considerar la melan-
colía amorosa como una enfermedad es un tópico frecuentísimo a lo
largo de la literatura universal. [18] *merecía:* en la lengua del Siglo de
Oro, cuando un verbo tenía varios sustantivos abstractos como sujeto,
el verbo podía ir en singular. [19] *tu valor:* lo que tú vales. [20] *grande:*
era frecuente en el Siglo de Oro que formas adjetivas como *grande* no
se apocopasen al ir antepuestas.

---

(29) El tema de la pasión amorosa como vehículo de enfermedad es tópico de la literatura universal, pero unido a la castidad del deseo y al esfuerzo del protagonista para superar todos
los obstáculos que le impiden alcanzar la felicidad, es característica fija de las novelas de aventuras de corte bizantino como
ésta.

res que deje la vida en manos de las mayores penas que pueden imaginarse, responda el tuyo a mi buen deseo, que no es otro que el de recibirte por mi esposa a hurto de [21] mis padres, de los cuales temo que, por no conocer lo que yo conozco que mereces, me han de negar el bien que tanto me importa. Si me das la palabra de ser mía, [22] yo te la doy, desde luego, como verdadero y católico cristiano, de ser tuyo; que puesto que no llegue a gozarte, como no llegaré, hasta que con bendición de la Iglesia y de mis padres sea, aquel imaginar que con seguridad eres mía será bastante para darme salud y a mantenerme alegre y contento hasta que llegue el feliz punto que deseo. [(30)]

En tanto que esto dijo Ricaredo, estuvo escuchándole Isabela, los ojos bajos, mostrando en aquel punto que su honestidad se igualaba a su hermosura, y a su mucha discreción su recato. Y así, viendo que Ricaredo callaba, honesta, hermosa y discreta, le respondió de esta suerte:

—Después que quiso el rigor o la clemencia del cielo, que no sé a cuál de estos extremos lo atribuya, quitarme a mis padres, señor Ricaredo, y darme a los vuestros, agradecida a las infinitas mercedes que me han hecho, determiné que jamás mi voluntad saliese de la suya; y así, sin ella tendría no por buena, sino por mala fortuna la inestimable merced que queréis hacerme. Si con su sabiduría [23] fuere yo tan venturosa que os merezca, desde aquí os

---

[21] *a hurto de:* a escondidas. [22] *palabra de ser mía:* promesa de matrimonio. Hasta el Concilio de Trento, se consideraba válido el matrimonio contraído por los esposos mediante su palabra de serlo ante Dios y sin ceremonia canónica alguna; naturalmente, Cervantes ya no reputa por legítimo tal ayuntamiento, como se deduce de las siguientes palabras de Ricaredo. [23] *con su sabiduría:* sabiéndolo ellos.

....

(30) Debe notarse el excesivo retoricismo y conceptuosidad del estilo, especialmente en los pasajes que se ponen en boca de los dos jóvenes.

ofrezco la voluntad [24] que ellos me dieren; y en tanto que esto se dilatare o no fuere, entretengan vuestros deseos saber que los míos serán eternos y limpios en desearos el bien que el cielo puede daros.

Aquí puso silencio Isabela a sus honestas y discretas razones, y allí comenzó la salud de Ricaredo y comenzaron a revivir las esperanzas de sus padres, que en su enfermedad muertas estaban.

Despidiéronse los dos cortésmente: él, con lágrimas en los ojos; ella, con admiración en el alma de ver tan rendida a su amor la de Ricaredo, el cual, levantado del lecho, al parecer de sus padres por milagro, no quiso tenerles más tiempo ocultos sus pensamientos. Y así, un día se los manifestó a su madre, diciéndole en el fin de su plática, que fue larga, que si no le casaban con Isabela, que el negársela y darle la muerte era todo una misma cosa. Con tales razones, con tales encarecimientos subió al cielo [25] las virtudes de Isabela Ricaredo, que le pareció a su madre que Isabela era la engañada en llevar a su hijo por esposo. Dio buenas esperanzas a su hijo de disponer a su padre a que con gusto viniese [26] en lo que ya ella también venía; y así fue; que diciendo a su marido las mismas razones que a ella había dicho su hijo, con facilidad le movió a querer lo que tanto su hijo deseaba, fabricando excusas que impidiesen el casamiento que casi tenía concertado con la doncella de Escocia.

A esta sazón tenía Isabela catorce y Ricaredo veinte años, y en esta tan verde y tan florida edad su mucha discreción y conocida prudencia los hacía ancianos. [27] Cuatro días faltaban para llegarse aquél en el cual sus padres de Ricaredo querían que su hijo inclinase el cuello al

---

[24] *voluntad:* decisión. [25] *subió al cielo:* ponderó hiperbólicamente. [26] *viniese:* aviniese, accediese. [27] *ancianos:* sabios como ancianos; es sabida la condición de tópico universal de considerar la juventud como fuente de errores y la vejez como síntesis de la sabiduría.

yugo santo del matrimonio, teniéndose por prudentes y dichosísimos de haber escogido a su prisionera por su hija, teniendo en más la dote de sus virtudes que la mucha riqueza que con la escocesa se les ofrecía. Las galas estaban ya a punto, los parientes y los amigos convidados, y no faltaba otra cosa sino hacer a la reina sabedora de aquel concierto, [28] porque sin su voluntad y consentimiento entre los de ilustre sangre no se efectúa casamiento alguno; pero no dudaron de la licencia, y así, se detuvieron en pedirla. Digo, pues, que, estando todo en ese estado, cuando faltaban los cuatro días hasta el de la boda, una tarde turbó todo su regocijo un ministro de la reina, que dio un recado a Clotaldo que su Majestad mandaba que otro día [29] por la mañana llevasen a su presencia a la prisionera, la española de Cádiz. Respondióle Clotaldo que de muy buena gana haría lo que su Majestad le mandaba. Fuese el ministro, y dejó llenos los pechos de turbación, de sobresalto y miedo. [31]

—¡Ay —decía la señora Catalina—, si sabe la reina que yo he criado a esta niña a la católica, y de aquí viene a inferir que todos los de esta casa somos cristianos!; [30] pues si la reina le pregunta qué es lo que ha aprendido en ocho años que ha que es prisionera, ¿qué ha de responder la cuitada [31] que no nos condene, por más discreción que tenga?

Oyendo lo cual, Isabela le dijo:

—No le dé pena alguna, señora mía, ese temor, que yo confío en el cielo que me ha de dar palabras en aquel

---

[28] *concierto:* acuerdo de matrimonio. [29] *otro día:* al día siguiente. [30] *cristianos:* véase nota 14. [31] *cuitada:* desventurada, afligida.

---

(31)   Aparece en este párrafo la primera contrariedad que obstaculiza la unión matrimonial de ambos jóvenes. A ella sucederán otras varias, según era propio de las peripecias de las novelas bizantinas, como queda dicho en **28**.

instante, por su divina misericordia, que no sólo no os condenen, sino que redunden en provecho vuestro.

Temblaba Ricaredo, casi como adivino de algún mal suceso. Clotaldo buscaba modos que pudiesen dar ánimo a su mucho temor, y no los hallaba sino en la mucha confianza que en Dios tenía y en la prudencia de Isabela, a quien encomendó mucho que por todas las vías que pudiese excusase el condenarlos por católicos: que puesto que estaban prontos con el espíritu a recibir martirio, todavía la carne enferma [32] rehusaba su amarga carrera. Una y muchas veces les aseguró Isabela estuviesen seguros que por su causa no sucedería lo que temían y sospechaban, porque aunque ella entonces no sabía lo que había de responder a las preguntas que en tal caso le hiciesen, tenía tan viva y cierta esperanza que había de responder de modo que, como otra vez había dicho, sus respuestas les sirviesen de abono.

Discurrieron aquella noche en muchas cosas, especialmente en que si la reina supiera que eran católicos no les enviara recado tan manso, [33] por donde se podía inferir que sólo quería ver·a Isabela, cuya sin igual hermosura y habilidades habría llegado [34] a sus oídos, como a todos los de la ciudad; pero ya en no habérsela presentado se hallaban culpados, de la cual [35] hallaron sería bien disculparse con decir que desde el punto que entró en su poder la escogieron y señalaron para esposa de su hijo Ricaredo. Pero también en esto se culpaban, por haber hecho el casamiento sin licencia de la reina, aunque esta culpa no les pareció digna de gran castigo.

Con esto se consolaron, y acordaron que Isabela no fuese vestida humildemente, como prisionera, sino como es-

---

[32] *la carne enferma:* el cuerpo; llama *enferma* a la *carne* porque el cuerpo es débil y propenso al pecado. [33] *manso:* pacífico, poco agresivo. [34] *habría llegado:* véase nota 18. [35] *de la cual:* se sobreentiende *culpa.*

posa, pues ya lo era de tan principal esposo como su hijo. Resueltos en esto, otro día vistieron a Isabela a la española, con una saya entera [36] de raso verde acuchillada [37] y forrada en rica tela de oro, tomadas [38] las cuchilladas con unas eses de perlas, y toda ella bordada de riquísimas perlas; collar y cintura de diamantes, y con abanico a modo de las señoras damas españolas; sus mismos cabellos, que eran muchos, rubios y largos, entretejidos y sembrados de diamantes y perlas, le servían de tocado. Con este adorno riquísimo y con su gallarda disposición y milagrosa belleza se mostró aquel día a Londres sobre una hermosa carroza, llevando colgados de su vista las almas y los ojos de cuantos la miraban. Iban con ella Clotaldo y su mujer y Ricaredo, en la carroza, y a caballo, muchos ilustres parientes suyos. Toda esta honra quiso hacer Clotaldo a su prisionera, por obligar a [39] la reina la tratase como a esposa de su hijo. [(32)]

Llegados, pues, a palacio y a una gran sala donde la reina estaba, entró por ella Isabela, dando de sí la más hermosa muestra que pudo caber en una imaginación. Era la sala grande y espaciosa, y a dos pasos se quedó el acompañamiento, y se adelantó Isabela; y como quedó sola, pareció lo mismo que parece la estrella o exhalación [40] que por la región del fuego en serena y sosegada noche suele moverse, o bien así como rayo del sol que al salir del día por entre dos montañas se descubre. Todo esto pare-

---

[36] *saya entera:* falda larga. [37] *acuchillada:* con aberturas similares a las cuchilladas, que dejaban ver otra tela de diferente color. [38] *tomadas:* sujetas, rematadas. [39] *obligar a:* conseguir de la reina, presionándola con el amor que mostraban a Isabela. [40] *exhalación:* estrella fugaz, cometa.

---

(32) Nótese lo minucioso de la descripción que hace Cervantes del vestido de Isabela y del cortejo que la acompaña. Ambos detalles contribuyen a ambientar el relato dentro de las características de la verosimilitud cervantina.

ció, y aun cometa [41] que pronosticó el incendio de más de un alma de los que allí estaban, a quien Amor [42] abrasó con los rayos de los hermosos soles [43] de Isabela, la cual, llena de humildad y cortesía, se fue a poner de hinojos [44] ante la reina y en lengua inglesa le dijo:

—Dé Vuestra Majestad las manos [45] a ésta su sierva, que desde hoy se tendrá más por señora, [46] pues ha sido tan venturosa que ha llegado a ver la grandeza vuestra.

Estúvola la reina mirando por un buen espacio, sin hablarle palabra, pareciéndole, [(33)] como después dijo a su camarera, [47] que tenía delante un cielo estrellado, cuyas estrellas eran las muchas perlas y diamantes que Isabela traía, su bello rostro y sus ojos el sol y la luna, y toda ella una nueva maravilla de hermosura. Las damas que estaban con la reina quisieran hacerse todas ojos, por que no

---

[41] *cometa:* era común creencia en la época que los cometas, y otros sucesos astronómicos y semejantes, anunciaban la llegada de grandes acontecimientos y catástrofes en el mundo. Aquí, Cervantes juega metafóricamente con este concepto, identificando con el cometa a Isabela y haciendo que su presencia anuncie el inevitable enamoramiento de algunos de los que la veían. [42] *Amor:* personificación del amor, similar a las divinidades de Eros y Cupido de la mitología grecolatina. Si éstos enamoraban a quien herían con sus flechas de oro, el Amor a que alude Cervantes lo hará con la mirada de los ojos de Isabela. [43] *los rayos de los hermosos soles:* metáfora en que *rayos* vale por mirada, y *soles,* por ojos. [44] *de hinojos:* de rodillas. [45] *las manos:* besar las manos a la reina era, además de un acto de pleitesía, una honra para sus vasallos. [46] *más por señora:* hay un ingenioso juego conceptual en las palabras que pone Cervantes en labios de Isabela; efectivamente ella es *sierva* doblemente —de la reina por ser soberana de Inglaterra, donde vive, y de sus amos por haberla capturado Clotaldo—, pero, al ser recibida en audiencia por la propia portadora de la corona, se ve aupada al rango de los grandes *señores* que tienen acceso a su presencia. [47] *camarera:* servidora; era cargo sumamente honroso entre la nobleza.

---

(33) Nótese el carácter de narrador omnisciente que asume Cervantes, quien conoce lo que sienten sus personajes y lo que entre ellos comentan, aunque sea en secreto.

les quedase cosa por mirar en Isabela; cuál alababa la viveza de sus ojos, cuál la color del rostro, cuál la gallardía del cuerpo y cuál la dulzura del habla, y tal hubo que, de pura envidia, dijo:

—Buena es la española; pero no me contenta el traje. [48]

Después que pasó algún tanto la suspensión de la reina, haciendo levantar a Isabela, le dijo:

—Habladme en español, doncella, que yo le entiendo bien, y gustaré de ello.

Y volviéndose a Clotaldo, dijo:

—Clotaldo, agravio me habéis hecho en tenerme este tesoro tantos años ha encubierto; mas él es tal que os haya movido a codicia: obligado estáis a restituírmele, porque de derecho es mío.

—Señora —respondió Clotaldo—, mucha verdad es lo que Vuestra Majestad dice: confieso mi culpa, si lo es haber guardado este tesoro a que estuviese en la perfección que convenía para parecer ante los ojos de Vuestra Majestad, y ahora que lo está, pensaba traerle mejorado pidiendo licencia a Vuestra Majestad para que Isabela fuese esposa de mi hijo Ricaredo y daros, alta Majestad, en los dos, todo cuanto puedo daros.

—Hasta el nombre me contenta —respondió la reina—: no le faltaba más sino llamarse Isabela *la Española,* para que no me quedase nada de perfección que desear en ella; pero advertid, Clotaldo, que sé que sin mi licencia la teníades [49] prometida a vuestro hijo.

—Así es verdad, señora —respondió Clotaldo—; pero fue en confianza que los muchos y relevados servicios que yo y mis pasados [50] tenemos hechos a esta corona alcanzarían de Vuestra Majestad otras mercedes más dificultosas que las de esta licencia: cuanto más que aún no está desposado mi hijo.

---

[48] Nótese la estructura proverbial de esta frase. [49] *teníades:* teníais; arcaísmo ya en época cervantina. [50] *pasados:* antepasados.

—Ni lo estará —dijo la reina— con Isabela hasta que por sí mismo lo merezca. Quiero decir que no quiero que para esto le aprovechen vuestros servicios ni de sus pasados: él por sí mismo se ha de disponer a servirme y a merecer por sí esta prenda, que yo la estimo como si fuese mi hija. (34)

Apenas oyó esta última palabra Isabela, cuando se volvió a hincar de rodillas ante la reina, diciéndole en lengua castellana:

—Las desgracias que tales descuentos [51] traen, serenísima señora, antes se han de tener por dichas que por desventuras; ya Vuestra Majestad me ha dado nombre de hija: sobre tal prenda, [52] ¿qué males podré temer o qué bienes no podré esperar?

Con tanta gracia y donaire decía cuanto decía Isabela, que la reina se le aficionó en extremo y mandó que se quedase en su servicio, y se la entregó a una gran señora, su camarera mayor, [53] para que la enseñase el modo de vivir suyo. (35)

---

[51] *descuentos:* descuentos de tiempo, retraso de la boda. [52] *prenda:* garantía; objeto dado en señal de que se va a cumplir un acuerdo. [53] *camarera mayor:* véase nota 47; el de *camarera mayor* era el cargo de mayor dignidad entre los palatinos.

---

(34) Aparece aquí un nuevo obstáculo a la unión de ambos amantes, en la línea de lo anotado en **31**. Introduce, además, Cervantes un tema muy caro a su personal ideología: el de que los hombres han de ganar los honores y fortuna por sí mismos y no por la herencia de las acciones de sus antepasados; en tal pensamiento puede rastrearse la insatisfacción de un héroe de Lepanto que no **fue** debidamente recompensado por su gesta, y la idea renacentista de que el hombre ha de ser hijo de sus obras.

(35) Nueva alusión de carácter costumbrista, esta vez relacionada con los usos palaciegos, que refuerza la verosimilitud del relato.

Ricaredo, que se vio quitar la vida en quitarle a Isabela, estuvo a pique de perder el juicio; y así temblando y con sobresalto, se fue a poner de rodillas ante la reina, a quien dijo:

—Para servir yo a Vuestra Majestad no es menester incitarme con otros premios que con aquellos que mis padres y mis pasados han alcanzado por haber servido a sus reyes, pero pues Vuestra Majestad gusta que yo la sirva con nuevos deseos y pretensiones, querría saber en qué modo y en qué ejercicio podré mostrar que cumplo con la obligación en que Vuestra Majestad me pone.

—Dos navíos —respondió la reina— están para partirse en corso,[54] de los cuales he hecho general al barón de Lansac:[55] del uno de ellos os hago a vos capitán, porque la sangre de do[56] venís me asegura que ha de suplir la falta de vuestros años. Y advertid a la merced que os hago pues os doy ocasión en ella a que, correspondiendo a quien sois,[57] sirviendo a vuestra reina, mostréis el valor de vuestro ingenio y de vuestra persona y alcancéis el mejor premio que a mi parecer vos mismo podéis acertar a desearos. Yo misma os seré guarda de Isabela, aunque ella da muestras que su honestidad será su más verdadera guarda. Id con Dios, que pues vais enamorado, como imagino, grandes cosas me prometo de vuestras hazañas. Feliz fuera el rey batallador que tuviera en su ejército diez mil soldados amantes que esperan que el premio de sus victorias había de ser gozar de sus amadas. Levantaos, Ricaredo, y mirad si tenéis o queréis decir algo a Isabela, porque mañana ha de ser vuestra partida.[36]

---

[54] *en corso:* asaltando y robando las naves que topasen por los mares y pereneciesen a países enemigos de Inglaterra.   [55] *barón de Lansac:* personaje de la ficción que seguramente no tuvo correlato histórico.   [56] *do:* donde.   [57] *a quien sois:* a la familia a que pertenecéis.

- -

(36) Irrumpe ahora en la acción otro de los tópicos de los relatos bizantinos, el de los viajes, fundido con la separación de

Besó las manos Ricaredo a la reina, estimando en mucho la merced que le hacía, y luego se fue a hincar de rodillas ante Isabela, y queriéndola hablar no pudo, porque se le puso un nudo en la garganta que le ató la lengua, y las lágrimas acudieron a los ojos, y él acudió a disimularlas lo más que le fue posible. Pero con todo esto no se pudieron encubrir a los ojos de la reina, pues dijo:

—No os afrentéis, Ricaredo, de llorar, ni os tengáis en menos por haber dado en este trance tan tiernas muestras de vuestro corazón, que una cosa es pelear con los enemigos y otra despedirse de quien bien se quiere. Abrazad, Isabela, a Ricaredo y dadle vuestra bendición, que bien lo merece su sentimiento.

Isabela, que estaba suspensa y atónita de ver la humildad y dolor de Ricaredo, que como a su esposo le amaba, no entendió lo que la reina le mandaba, antes comenzó a derramar lágrimas, tan sin pensar lo que hacía y tan sesga [58] y tan sin movimiento alguno, que no parecía sino que lloraba una estatua de alabastro. Estos afectos de los dos amantes, tan tiernos y tan enamorados, hicieron verter lágrimas a muchos de los circunstantes, y sin hablar más palabra Ricaredo, y sin le haber hablado alguna a Isabela, haciendo Clotaldo y los que con él venían una reverencia a la reina, se salieron de la sala, llenos de compasión, de despecho [59] y de lágrimas.

Quedó Isabela como huérfana que acaba de enterrar sus padres, y con temor que la nueva señora quisiese que mudase las costumbres [60] en que la primera la había criado. En fin, se quedó, y de allí a dos días Ricaredo se hizo a la vela, combatido, entre otros muchos, de dos pensa-

---

[58] *sesga:* sosegada, quieta. [59] *despecho:* disgusto grave (acepción hoy en desuso). [60] *costumbres:* las costumbres religiosas católicas.

---

los enamorados, también propio de tal género, como queda dicho.

mientos que le tenían fuera de sí: era el uno el considerar
que le convenía hacer hazañas que le hiciesen merecedor
de Isabela, y el otro, que no podía hacer ninguna, si había
de responder a su católico intento, [37] que le impedía no
desenvainar la espada contra católicos; [61] y si no la desen-
vainaba, había de ser notado [62] de cristiano [63] ò de cobarde, y todo esto redundaba en perjuicio de su vida y en
obstáculo de su pretensión. Pero, en fin, determinó posponer al gusto de enamorado el que tenía de ser
católico, [64] y en su corazón pedía al cielo le deparase
ocasiones donde, con ser valiente, cumpliese con ser
cristiano, [65] dejando a su reina satisfecha y a Isabela merecida.

Seis días navegaron los dos navíos, con próspero viento,
siguiendo la derrota [66] de las islas Terceras, [67] paraje donde nunca faltan o naves portuguesas de las Indias
orientales [68] o algunas derrotadas [69] de las occidentales. [70]
Y al cabo de los seis días les dio de costado un recísimo
viento que en el mar Océano [71] tiene otro nombre que en
el Mediterráneo, donde se llama mediodía, el cual viento

---

[61] *que le impedía no desenvainar la espada contra católicos:* expresión
confusa; el sentido es, no obstante, evidente: su propósito, como católico, era el de no luchar contra católicos. [62] *notado:* señalado con des-
crédito, motejado. [63] *cristiano:* véase nota 14. [64] *posponer al gusto
de enamorado el que tenía de ser católico:* es decir, decidió pelear contra
católicos si era necesario para conseguir a Isabela y para evitar ser condenado como católico o como cobarde. [65] *cristiano:* véase nota
14. [66] *derrota:* rumbo. [67] *islas Terceras:* las islas Azores. [68] *Indias
orientales:* posesiones portuguesas situadas en el territorio de la India
actual. [69] *derrotadas:* apartadas por el viento de su rumbo origina-
rio. [70] *occidentales:* las Indias occidentales, la actual América. [71] *mar
Océano:* océano Atlántico.

---

(37) Ambos amantes quedan ahora en peligro de ser descu-
biertos como católicos. Este tipo de peligros y la convencional
salida de ellos son también característicos de la estructura bizantina.

fue tan durable y tan recio, que sin dejarles tomar las islas les fue forzoso correr a España; y junto a su costa, a la boca del estrecho de Gibraltar, descubrieron tres navíos, uno poderoso y grande, y los dos pequeños. Arribó la nave de Ricaredo a su capitán, [72] para saber de su general si quería embestir a los tres navíos que se descubrían; y antes que a ella llegase, vio poner sobre la gavia mayor [73] un estandarte negro, y llegándose más cerca, oyó que tocaban en la nave clarines y trompetas roncas, señales claras o que el general era muerto o alguna otra principal persona de la nave. Con este sobresalto llegaron a poderse hablar, que no lo habían hecho después que salieron del puerto. Dieron voces de la nave capitana diciendo que el capitán Ricaredo pasase a ella, porque el general la noche antes había muerto de una apoplejía. [74] Todos se entristecieron, si no fue Ricaredo, que le alegró, [75] no por el daño de su general, sino por ver que quedaba él libre de mandar en los dos navíos, que así era la orden de la reina, que faltando el general lo fuese Ricaredo, el cual con presteza se pasó a la capitana, donde halló que unos lloraban por el general muerto y otros se alegraban con el vivo. Finalmente, los unos y los otros le dieron luego la obediencia y le aclamaron por su general con breves ceremonias, no dando lugar a otra cosa [76] dos de los tres navíos que habían descubierto, los cuales, desviándose del grande, a las dos naves se venían.

Luego conocieron ser galeras, [77] y turquescas, por las

---

[72] *capitán:* la nave capitana, donde viajaba el jefe de ambos buques. [73] *gavia mayor:* aunque éste era el nombre de la vela mayor de las naves, también por extensión denominaba al mástil en que se sostenía; Cervantes señala que el estandarte de luto se alzó en lo más alto del palo mayor o principal. [74] *apoplejía:* derrame cerebral. [75] *le alegró:* se sobreentiende *la noticia.* [76] *no dando lugar a otra cosa:* es decir, no permitiendo mayor solemnidad a la investidura de Ricaredo. [77] *galeras:* embarcaciones de vela y remo, de larga quilla y escaso calado, que por su condición muy marinera o maniobrable eran especialmente aptas para combatir.

medias lunas que en las banderas traían, de que recibió gran gusto Ricaredo, pareciéndole que aquella presa, [78] si el cielo se la concediese, sería de consideración, sin haber ofendido a ningún católico. Las dos galeras turquèscas llegaron a reconocer los navíos ingleses, los cuales no traían insignias [79] de Inglaterra, sino de España, por desmentir [80] a quien llegase a reconocerlos, y no los tuviese por navíos de corsarios. [81] Creyeron los turcos ser naves derrotadas [82] de las Indias [83] y que con facilidad las rendirían. Fuéronse entrando [84] poco a poco, y de industria [85] los dejó llegar Ricaredo hasta tenerlos a gusto [86] de su artillería, la cual mandó disparar a tan buen tiempo, que con cinco balas dio en la mitad de una de las galeras, con tanta furia, que la abrió por medio toda. Dio luego a la banda [87] y comenzó a irse a pique sin poderse remediar. La otra galera, viendo tan mal suceso, con mucha prisa le dio cabo, [88] y le llevó a poner debajo del [89] costado del gran navío; pero Ricaredo, que tenía los suyos prestos y ligeros, y que salían y entraban [90] como si tuvieran remos, mandando cargar de nuevo toda la artillería, los fue siguiendo hasta la nave, lloviendo sobre ellos infinidad de balas. Los de la galera abierta, así como llegaron a la nave, la desampararon, y con prisa y celeridad procuraban acogerse a la nave. Lo cual visto por Ricaredo y que la galera sana se ocupaba con la rendida, cargó sobre ella con sus dos navíos, y sin dejarla rodear [91] ni valerse

---

[78] *presa:* la acción de apresar los tres barcos turcos.   [79] *insignias:* banderas, estandartes.   [80] *desmentir:* engañar, despistar.   [81] *corsarios:* los que actuaban con patente de corso; véase nota 54.   [82] *derrotadas:* véase nota 69.   [83] *Indias:* América.   [84] *entrando:* acercando, entrando en la distancia propicia para atacarlos con la artillería.   [85] *de industria:* con maña, de propósito.   [86] *a gusto:* a tiro fácil.   [87] *dio a la banda:* se inclinó sobre el costado abierto por la artillería.   [88] *le dio cabo:* le echó una cuerda y la remolcó.   [89] *debajo del:* junto al.   [90] *salían y entraban:* maniobraban las naves, entrando y saliendo del alcance artillero.   [91] *rodear:* darse la vuelta para encarar la embestida.

de los remos la puso en estrecho, [92] que los turcos se aprovecharon asimismo del refugio de acogerse a la nave, no para defenderse en ella, sino para escapar las vidas por entonces. Los cristianos de quien venían armadas [93] las galeras, arrancando las brancas [94] y rompiendo las cadenas, mezclados con los turcos, también se acogieron a la nave, y como [95] iban subiendo por su costado, con la arcabucería [96] de los navíos los iban tirando como a blanco; a los turcos no más, que a los cristianos mandó Ricaredo que nadie los tirase. De esta manera, casi todos los más turcos fueron muertos, y los que en la nave entraron, por los cristianos que con ellos se mezclaron, aprovechándose [97] de sus mismas armas, fueron hechos pedazos: que la fuerza de los valientes, cuando caen, se pasa a la flaqueza de los que se levantan. [98] Y así, con el calor que les daba a los cristianos pensar que los navíos ingleses eran españoles, hicieron por su libertad maravillas. Finalmente, habiendo muerto casi todos los turcos, algunos españoles se pusieron a borde del navío, y a grandes voces llamaron a los que pensaban ser españoles entrasen a gozar el premio del vencimiento. (38)

---

[92] *en estrecho:* en aprietos, en dificultades graves. [93] *armadas:* provistas; dichos cristianos eran los remeros. [94] *brancas:* argollas a que iban sujetas las cadenas que los amarraban al banco de remeros. [95] *como:* al tiempo que. [96] *arcabucería:* los arcabuces eran una suerte de fusiles primitivos. [97] *aprovechándose:* apoderándose. [98] *levantan:* rebelan, amotinan.

---

(38) El largo pasaje correspondiente a la navegación de Ricaredo, a la batalla naval, al rescate de los cautivos, etc., tiene el valor de ser una exposición pormenorizada de los usos, costumbres y rutas de la época; Cervantes vuelca en él su personal y amplísima experiencia de soldado y de cautivo; la memoria de Lepanto y del propio cautiverio cervantino oscila sobre estas páginas. La verosimilitud del relato cobra aquí su punto más elevado. Al tiempo, cumple el pasaje una función estructural de evi-

Preguntóles Ricaredo en español que qué navío era aquél. Respondiéronle que era una nave que venía de la India de Portugal, [99] cargada de especería, [100] y con tantas perlas y diamantes, que valía más de un millón de oro, y que con tormenta había arribado a aquella parte, toda destruida y sin artillería, por haberla echado a la mar [101] la gente, enferma y casi muerta de sed y de hambre, y que aquellas dos galeras eran del corsario Arnaute Mamí, [102] el día antes la habían rendido, sin haberse puesto en defensa, y que, a lo que habían oído decir, por no poder pasar tanta riqueza a sus dos bajeles, la llevaban a jorro [103] para meterla en el río de Larache, [104] que estaba allí cerca.

Ricaredo les respondió que si ellos pensaban que aquellos dos navíos eran españoles se engañaban, que no eran sino de la señora reina de Inglaterra, cuya nueva dio que pensar y temer a los que la oyeron, pensando, como era razón que pensasen, que de un lazo [105] habían caído en otro. Pero Ricaredo les dijo que no temiesen algún daño, y que estuviesen ciertos de su libertad, con tal que no se pusiesen en defensa.

---

[99] *India de Portugal:* véase nota 68.   [100] *especería:* conjunto de especias; se traían de Asia y eran muy apreciadas y costosas.   [101] *echado a la mar:* cuando la tormenta era muy recia y hacía correr peligro de zozobrar la nave, los tripulantes arrojaban al mar cuanto lastre podían, como modo de ayudar a mantenerla a flote.   [102] *Arnaute Mamí:* célebre corsario de Argel, capitán de los barcos que capturaron a Cervantes a bordo de la galera «Sol» en 1575; era un cristiano renegado, famoso por la crueldad que mostraba con sus prisioneros.   [103] *a jorro:* remolcándola.   [104] *el río de Larache:* Larache es una ciudad de Marruecos, situada en su costa atlántica; el río a que se hace referencia es el Lukkus.   [105] *lazo:* prisión, trampa.

---

dente adecuación al entramado de la novela bizantina, no sólo por el combate naval, sino especialmente por la intervención providencial del azar, como en seguida se verá.

—Ni es posible ponernos en ella —respondieron—, porque, como se ha dicho, este navío no tiene artillería ni nosotros armas: así que nos es forzoso acudir a la gentileza y liberalidad de vuestro general; pues será justo que quien nos ha librado del insufrible cautiverio de los turcos lleve adelante tan gran merced y beneficio, pues le podrá hacer famoso en todas las partes, que serán infinitas, donde llegare la nueva de esta memorable victoria y de su liberalidad, más de nosotros esperada que temida.

No le parecieron mal a Ricaredo las razones del español, y llamando a consejo los [106] de su navío, les preguntó cómo haría para enviar todos los cristianos a España sin ponerse a peligro de algún siniestro suceso, si el ser tantos les daba ánimo para levantarse. Pareceres hubo que los hiciese pasar uno a uno a su navío, y así como fuesen entrando debajo de cubierta, matarle y de esta manera matarlos a todos, y llevar la gran nave a Londres, sin temor ni cuidado alguno.

A eso respondió Ricaredo:

—Pues que Dios nos ha hecho tan gran merced en darnos tanta riqueza, no quiero corresponderle con ánimo cruel y desagradecido, ni es bien que lo que puedo remediar con la industria [107] lo remedie con la espada. Y así, soy de parecer que ningún cristiano católico muera; no porque los quiero bien, sino porque me quiero a mí muy bien, y querría que esta hazaña de hoy ni a mí ni a vosotros, que en ella me habéis sido compañeros, nos diese, mezclado con el nombre de valientes, el renombre de crueles, porque nunca dijo [108] bien la crueldad con la valentía. Lo que se ha de hacer es que toda la artillería de un navío de éstos se ha de pasar a la gran nave portuguesa, sin dejar en el navío otras armas ni otra cosa más del

---

[106] *los:* a los; en la lengua del Siglo de Oro era frecuente la omisión de la preposición en estos casos. [107] *industria:* astucia, inteligencia, habilidad. [108] *dijo:* concordó.

bastimento, [109] y no alejando la nave de nuestra gente, la llevaremos a Inglaterra, y los españoles se irán a España.

Nadie osó contradecir lo que Ricaredo había propuesto, y algunos le tuvieron por valiente y magnánimo y de buen entendimiento. Otros le juzgaron en sus corazones por más católico que debía. Resuelto, pues, en esto Ricaredo, pasó con cincuenta arcabuceros a la nave portuguesa, todos alerta y con las cuerdas [110] encendidas. Halló en la nave casi trescientas personas, de las que habían escapado de las galeras. Pidió luego el registro [111] de la nave, y respondiéndole aquel mismo que desde el borde le habló la vez primera, que el registro le había tomado el corsario de los bajeles, que con ellos se había ahogado. Al instante puso el torno [112] en orden, y acostando [113] su segundo bajel a la gran nave, con maravillosa presteza y con fuerza de fortísimos cabestrantes [114] pasaron la artillería del pequeño bajel a la mayor nave. Luego, haciendo una breve plática a los cristianos, les mandó pasar al bajel desembarazado, donde hallaron bastimento en abundancia para más de un mes y para más gente; y así como se iban embarcando dio a cada uno cuatro escudos [115] de oro españoles, que hizo traer de su navío, para remediar en parte su necesidad cuando llegasen a tierra, que estaba tan cerca, que las altas montañas de Abila y Calpe [116] desde allí se parecían. [117] Todos le dieron infinitas gracias por la

---

[109] *bastimento:* provisiones, avituallamiento de comida.   [110] *cuerdas:* mechas que, encendidas y aplicadas a la cámara de la pólvora, provocaban la explosión y disparo del arcabuz.   [111] *registro:* libro de registro de las mercaderías y carga del navío.   [112] *torno:* aparato que por sistema de polea hacía las funciones de una grúa primitiva.   [113] *acostando:* arrimando el costado.   [114] *cabestrantes:* cabrestantes, aparatos que se usan para mover grandes pesos.   [115] *escudos:* monedas de oro, llamadas así por estar en ellas grabado el escudo de las armas regias.   [116] *Abila:* actualmente el Djebel Musa, monte situado en el norte de África. *Calpe:* hoy Gibraltar. Para la Antigüedad, ambos promontorios eran las columnas de Hércules y, por tanto, el fin del mundo.   [117] *se parecían:* se descubrían.

merced que les hacía, y el último que se iba a embarcar fue aquel que por los demás había hablado, el cual le dijo:

—Por más ventura tuviera, valeroso caballero, que me llevaras contigo a Inglaterra que no [118] me enviaras a España, porque aunque es mi patria y no habrá sino seis días que de ella partí, no he de hallar en ella otra cosa que no sea de ocasiones de tristeza y soledades [119] mías. Sabrás, señor, que en la pérdida de Cádiz, que sucedió habrá quince años, [120] perdí una hija [(39)] que los ingleses debieron llevar a Inglaterra, y con ella perdí el descanso de mi vejez y la luz de mis ojos, que, después que no la vieron, nunca han visto otra cosa que de su gusto sea. El grave descontento en que me dejó su pérdida y la de la hacienda, que también me faltó, me pusieron de manera que ni más quise ni más pude ejercitar la mercancía, cuyo trato me había puesto en opinión de ser el más rico mercader de toda la ciudad. Y así era la verdad, pues fuera del crédito, que pasaba de muchos centenares de millares de escudos, valía mi hacienda dentro de las puertas de mi casa más de cincuenta mil ducados. [121] Todo lo perdí, y no hubiera perdido nada [122] como no hubiera perdido a mi hija.

---

[118] *que no:* que no que. [119] *soledades:* aquí debe entenderse como melancolías. [120] *quince años:* alude, claro, a la que se reseña en la nota 1. [121] *ducados:* hasta finales del siglo XVI fue una moneda de oro; en la época del relato, era ya moneda de cuenta imaginaria que equivalía a 11 reales de vellón. El real de vellón era una moneda de uso corriente, acuñada en plata. [122] *no hubiera perdido nada:* ponderación con que señala que nada le hubiese importado perder toda su fortuna si hubiera conservado a su hija.

---

(39) Nótese en este pasaje la intervención del azar, tan bizantina, que permite el reconocimiento de los padres de Isabela. Estructuralmente nos hallamos ante un salto atrás o narración actualizadora de cuanto a quien habla ha sucedido desde el punto en que la novela dio comienzo, es decir, desde el saqueo de Cádiz.

Tras esta general desgracia, y tan particular mía, acudió la necesidad a fatigarme, hasta tanto que, no pudiéndola resistir, mi mujer y yo, que es aquella triste que está allí sentada, determinamos irnos a las Indias, común refugio de los pobres generosos. Y habiéndonos embarcado en un navío de aviso [123] seis días ha, a la salida de Cádiz dieron con el navío estos dos bajeles de corsarios, y nos cautivaron, donde se renovó nuestra desgracia y se confirmó nuestra desventura. Y fuera mayor si los corsarios no hubieran tomado aquella nave portuguesa, que los entretuvo hasta haber sucedido lo que él había visto. [124]

Preguntóle Ricaredo cómo se llamaba su hija. Respondióle que Isabel. Con esto acabó de confirmarse Ricaredo en lo que ya había sospechado, que era que el que se lo contaba era el padre de su querida Isabela. Y sin darle algunas nuevas de ella, le dijo que de muy buena gana llevaría a él y a su mujer a Londres, donde podía ser hallasen nuevas de las que deseaban. Hízolos pasar luego a su capitana, poniendo marineros y guardas bastantes en la nao [125] portuguesa.

Aquella noche alzaron velas, y se dieron prisa a apartarse de las costas de España, porque el navío de los cautivos libres —entre los cuales también iban hasta veinte turcos, a quien también Ricaredo dio libertad, por mostrar que más por su buena condición y generoso ánimo se mostraba liberal que por forzarle amor que a los católicos tuviese— rogó a los españoles que en la primera ocasión que se ofreciese diesen entera libertad a los turcos, que asimismo se le mostraron agradecidos.

El viento, que daba señales de ser próspero y largo,

---

[123] *navío de aviso:* el que llevaba despachos oficiales y correo de América a España y viceversa.   [124] *lo que él había visto:* aunque todo el parlamento ha sido relatado en primera persona (estilo directo) por el mercader, dirigiéndolo a Ricaredo, en esta frase Cervantes pasa a la tercera persona (estilo indirecto).   [125] *nao:* nave.

comenzó a calmar un tanto, cuya calma levantó gran tormenta [126] de temor en los ingleses, que culpaban a Ricaredo y a su liberalidad, diciéndole que los libres podían dar aviso en España de aquel suceso, y que si acaso había galeones de armada en el puerto podían salir en su busca y ponerlos en aprieto, y en término de perderse. [127] Bien conocía Ricaredo que tenían razón; pero venciéndolos a todos con buenas razones, los sosegó; pero más los quietó [128] el viento, que volvió a refrescar de modo que, dándole en todas las velas, sin tener necesidad de amainarlas [129] ni aun de templarlas, [130] dentro de nueve días se hallaron a la vista de Londres, y cuando en él, victoriosos, volvieron, habría treinta que de él faltaban.

No quiso Ricaredo entrar en el puerto con muestras de alegría, por la muerte de su general, y así mezcló las señales alegres con las tristes; unas veces sonaban clarines regocijados; otras, trompetas roncas; unas tocaban los tambores alegres y sobresaltadas armas, [131] a quien con señas tristes y lamentables respondían los pífaros; [132] de una gavia [133] colgaba, puesta al revés, una bandera de medias lunas sembrada; en otra se veía un luengo estandarte de tafetán [134] negro, cuyas puntas besaban el agua. Finalmente, con estos tan contrarios extremos entró en el río de Londres con su navío, porque la nave no tuvo fondo en él que la sufriese; y así, se quedó en la mar a lo largo.

---

[126] *tormenta:* nótese el ingenioso juego conceptual que establece Cervantes con los términos *calmar, calma* y *tormenta;* el calmarse el viento produce lógico encrespamiento entre los marineros que al inmovilizarse la nave temen ser apresados, pero estilísticamente es paradójico que la calma produzca iras. (La calma era, de otra parte, junto con las tormentas, el gran enemigo de los marinos.) [127] *en término de perderse:* en situación de ser apresados o muertos. [128] *quietó:* aquietó, calmó. [129] *amainarlas:* recogerlas del todo o casi del todo. [130] *templarlas:* recogerlas en parte. [131] *armas:* alarmas, toques de alarma, de aprestarse al combate. [132] *pífaros:* pífanos, flautas de sonido muy agudo que se usan en las bandas militares. [133] *gavia:* véase nota 73. [134] *tafetán:* tipo de tejido de tela de seda muy delgada y tupida.

Estas tan contrarias muestras y señales tenían suspenso
el infinito pueblo que desde la ribera les miraba. Bien
conocieron por algunas insignias que aquel navío menor
era la capitana del barón de Lansac, mas no podían
alcanzar [135] cómo el otro navío se hubiese cambiado con
aquella poderosa nave que en la mar se quedaba; pero
sacólos de esta duda haber saltado en el esquife, [136] armado de todas armas, ricas y resplandecientes, el valeroso
Ricaredo, que a pie, sin esperar otro acompañamiento
que aquel de un innumerable vulgo que le seguía, se fue a
palacio, donde ya la reina, puesta [137] a unos corredores,
estaba esperando le trajesen la nueva de los navíos.

Estaba con la reina y con las otras damas Isabela, vestida a la inglesa, y parecía tan bien como a la castellana.
Antes que Ricaredo llegase, llegó otro que dio las nuevas
a la reina de cómo Ricaredo venía. Alborozóse Isabela
oyendo el nombre de Ricaredo, y en aquel instante temió
y esperó malos y buenos sucesos de su venida.

Era Ricaredo alto de cuerpo, gentil hombre y bien
proporcionado. Y como venía armado de peto, [138]
espaldar, [139] gola [140] y brazaletes [141] y escarcelas, [142] con
unas armas milanesas de once vistas, [143] grabadas y dora-
das, parecía en extremo bien a cuantos le miraban; no le
cubría la cabeza morrión [144] alguno, sino un sombrero de

---

[135] *alcanzar:* comprender. [136] *esquife:* barquichuelo con que se
viajaba desde la nave grande hasta la playa. [137] *puesta:* asoma-
da. [138] *peto:* parte de la armadura que protegía el pecho. [139] *espaldar:* parte de la armadura que protegía la espalda. [140] *gola:* pieza de la
armadura que protegía la garganta. [141] *brazaletes:* piezas de la armadura que protegían los brazos. [142] *escarcelas:* partes de la armadura que
protegían desde la cintura al muslo. [143] *armas milanesas de once vistas:*
las armas milanesas, fabricadas en Milán, gozaban de gran prestigio en la
época; *once vistas* es expresión que presenta dificultad de sentido y que
quizá signifique las once piezas de que se componían precisamente las
armaduras. [144] *morrión:* casco, pieza de la armadura que protegía la
cabeza.

gran falda, [145] de color leonado, [146] con mucha diversidad de plumas terciadas a la valona; [147] la espada, ancha; los tiros, [148] ricos; las calzas, [149] a la esguízara. [150] Con este adorno, y con el paso brioso que llevaba, algunos hubo que le compararon a Marte, [151] dios de las batallas, y otros, llevados de la hermosura de su rostro, dicen que le compararon a Venus, [152] que para hacer alguna burla a Marte de aquel modo se había disfrazado. **(40)** En fin, él llegó ante la reina. Puesto de rodillas le dijo:

—Alta Majestad, [153] en fuerza de vuestra ventura y en consecución de mi deseo, después de haber muerto de una apoplejía el general de Lansac, quedando yo en su lugar, merced a la liberalidad vuestra, me deparó la suerte dos galeras turquescas que llevaban remolcando aquella gran nave que allí se parece. [154] Acometíla, pelearon vuestros soldados como siempre, echáronse a fondo [155] los bajeles de los corsarios; en el uno de los nuestros, en vuestro real nombre, di libertad a los cristianos que del poder de los turcos escaparon; sólo traje conmigo a un hombre y a una mujer españoles, que por su gusto quisieron venir a ver la grandeza vuestra. Aquella nave es de las que vienen de la India de Portugal, [156] la cual por tormenta vino a dar en poder de los turcos, que con poco trabajo, por mejor de-

---

[145] *falda:* ala.   [146] *leonado:* rubio oscuro.   [147] *terciadas a la valona:* ladeadas o colocadas al modo de los valones.   [148] *tiros:* broches o pendientes de que se colgaba la espada.   [149] *calzas:* especie de calzón que cubría desde la cintura hasta la pierna.   [150] *a la esguízara:* al modo de los suizos.   [151] *Marte:* nombre del dios de la guerra en la mitología latina.   [152] *Venus:* nombre de la diosa de la belleza en la mitología latina.   [153] *Alta Majestad:* fórmula de tratamiento de respeto debida a los monarcas.   [154] *parece:* ve.   [155] *echáronse a fondo:* hundiéronse.   [156] *India de Portugal:* véase nota 68.

....

(40) Aprovecha ahora Cervantes la descripción física de Ricaredo para mostrar su personal y profundo conocimiento de la indumentaria militar, punto que cumple función de costumbrismo y allega verosimilitud al relato; cf. **38**.

cir sin ninguno, la rindieron, y según dijeron algunos por-
tugueses de los que en ella venían, pasa de un millón de
oro el valor de la especería y otras mercancías de perlas y
diamantes que en ella vienen. A ninguna cosa se ha tocado, ni los turcos habían llegado a ella, porque todo lo dedicó el cielo, y yo lo mandé guardar, para Vuestra Majestad, que con una joya sola que se me dé quedaré en deuda
de otras diez naves; [157] la cual joya ya Vuestra Majestad
me la tiene prometida, que es a mi buena Isabela. Con
ella quedaré rico y premiado, no sólo de este servicio,
cual él se sea, que a Vuestra Majestad he hecho, sino de
otros muchos que pienso hacer por pagar alguna parte del
todo casi infinito [158] que en esta joya Vuestra Majestad
me ofrece.

—Levantaos, Ricaredo —respondió la reina—, y creed-
me que si por precio [159] os pudiera dar a Isabela, según yo
la estimo, no la pudiérades pagar ni con lo que trae esa
nave ni con lo que queda en las Indias. Dóyosla porque os
la prometí y porque ella es digna de vos y vos lo sois de
ella; vuestro valor solo la merece. Si vos habéis guardado
las joyas de la nave para mí, yo os he guardado la joya
vuestra para vos. Y aunque os parezca que no hago mucho en volveros lo que es vuestro, yo sé que os hago
mucha merced en ello: que las prendas que se compran a
deseos [160] y tienen su estimación en el alma del compra-
dor, aquello valen que vale un alma, que no hay precio en
la tierra con que apreciarla. [161] Isabela es vuestra, veisla
allí; cuando quisiéredes podéis tomar su entera posesión,

---

[157] *quedaré en deuda de otras diez naves:* fórmula ponderativa en alabanza de Isabela; Ricaredo afirma que entregar diez naves más tan ricas
como la que lleva, apenas serviría para compensar a la reina por entregarle a la joven como esposa.   [158] *todo casi infinito:* nueva fórmula ponderativa del valor de Isabela y del favor que la reina hace a Ricaredo
dándosela como esposa.   [159] *por precio:* a cambio de dinero o bienes
materiales.   [160] *a deseos:* con desearlas, con amarlas.   [161] *apreciarla:*
darle precio, calcularle un valor.

y creo que será con su gusto, porque es discreta y sabrá
ponderar la amistad que le hacéis, que no la quiero llamar
merced, sino amistad, porque me quiero alzar con el nombre de que yo sola puedo hacerle mercedes. [162] Idos a des-
cansar y venidme a ver mañana, que quiero más particu-
larmente oír de vuestras hazañas; y traedme esos dos que
decís que de su voluntad han querido venir a verme, que
se lo quiero agradecer.

Besóle las manos Ricaredo por las muchas mercedes
que le hacía. Entróse la reina en una sala, y las damas
rodearon a Ricaredo, y una de ellas, que había tomado
grande amistad con Isabela, llamada la señora Tansi, te-
nida por la más discreta, desenvuelta y graciosa de todas,
dijo a Ricaredo:

—¿Qué es esto, señor Ricaredo, qué armas son éstas?
¿Pensábades por ventura que veníades a pelear con vuestros enemigos? Pues en verdad que aquí todas somos
vuestras amigas, si no es la señora Isabela, que como
española [163] está obligada a no teneros buena amistad.

—Acuérdese ella, señora Tansi, de tenerme alguna, que
como yo esté en su memoria —dijo Ricaredo—, yo sé que
la voluntad será buena, pues no puede caber en su mucho
valor y entendimiento y rara hermosura la fealdad de ser
desagradecida.

A lo cual respondió Isabela:

—Señor Ricaredo, pues he de ser vuestra, a vos está [164]
tomar de mí toda la satisfacción que quisiéredes para re-

---

[162] *me quiero alzar con el nombre de que yo sola puedo hacerle mercedes:* con esta frase la reina pondera igualmente el valor de Isabela al
afirmar que sólo la propia reina, máxima dignidad en la tierra, puede
hacerle favores.   [163] *como española:* la señora Tansi, irónicamente, re-
cuerda al aguerrido Ricaredo que, como ingleses, no son sus enemigos, y
que quien más puede serlo es, en todo caso, su enamorada Isabela por
su condición de española, ya que en los años del reinado de Isabel I la
enemistad de Inglaterra y España era continua.   [164] *está:* os corresponde.

compensaros de las alabanzas que me habéis dado y de las mercedes que pensáis hacerme.

Éstas y otras honestas razones pasó Ricaredo con Isabela y con las damas, entre las cuales había una doncella de pequeña edad, la cual no hizo sino mirar a Ricaredo mientras allí estaba. Alzábale las escarcelas, [165] por ver qué traía debajo de ellas, tentábale la espada, y con simplicidad de niña quería que las armas le sirviesen de espejo, llegándose a mirar de muy cerca en ellas; y cuando se hubo ido, volviéndose a las damas, dijo:

—Ahora, señoras, yo imagino que debe de ser cosa hermosísima la guerra, pues aun entre mujeres parecen bien los hombres armados.

—¿Y cómo si parecen? —respondió la señora Tansi—; si no, mirad a Ricaredo, que no parece sino que el sol se ha bajado a la tierra y en aquel hábito va caminando por la calle.

Rieron todas del dicho de la doncella y de la disparatada semejanza de Tansi, y no faltaron murmuradores que tuvieron por impertinencia el haber venido armado Ricaredo a palacio, puesto que [166] halló disculpas en otros, que dijeron que, como soldado, lo pudo hacer para demostrar su gallarda bizarría.

Fue Ricaredo de sus padres, amigos, parientes y conocidos con muestras de entrañable amor recibido. Aquella noche se hicieron generales alegrías en Londres por su buen suceso. Ya los padres de Isabela estaban en casa de Clotaldo, a quien Ricaredo había dicho quién eran, [167] pero que no les diesen nueva ninguna de Isabela hasta que él mismo se la diese. Este aviso tuvo la señora Catalina, su madre, y todos los criados y criadas de su casa. Aquella

---

[165] *escarcelas:* véase nota 142. [166] *puesto que:* aunque. [167] *quién eran:* en la lengua del Siglo de Oro, la forma *quién* era propia de singular y plural.

misma noche, con muchos bajeles, lanchas [168] y barcos, y
con no menos ojos que lo miraban, se comenzó a descargar la gran nave, que en ocho días no acabó de dar la
mucha pimienta y otras riquísimas mercaderías que en su
vientre encerradas tenía.

El día que siguió a esta noche fue Ricaredo a palacio,
llevando consigo al padre y madre de Isabela, vestidos de
nuevo [169] a la inglesa, diciéndoles que la reina quería verlos. Llegaron todos donde la reina estaba en medio de sus
damas, esperando a Ricaredo, a quien quiso lisonjear y
favorecer con tener junto a sí a Isabela, vestida con aquel
mismo vestido que llevó la vez primera, mostrándose no
menos hermosa ahora que entonces. Los padres de Isabela quedaron admirados y suspensos de ver tanta grandeza
y bizarría junta. Pusieron los ojos en Isabela, y no la conocieron, aunque el corazón, presagio del bien que tan
cerca tenían, les comenzó a saltar en el pecho, no con
sobresalto que les entristeciese, sino con un no sé qué [170]
de gusto, que ellos no acertaban a entenderle. No consin-
tió la reina que Ricaredo estuviese de rodillas ante ella;
antes le hizo levantar y sentar en una silla rasa, [171] que
para sólo esto allí puesta tenían, inusitada merced para la
altiva condición [172] de la reina, y alguno dijo a otro:

—Ricaredo no se sienta hoy sobre la silla que le han
dado, sino sobre la pimienta que él trajo. [173]

Otro acudió y dijo:

—Ahora se verifica lo que comúnmente se dice, que

---

[168] *lanchas:* barcazas que se usan en los puertos para ir de un lado a
otro y para descargar los barcos grandes.   [169] *de nuevo:* por primera
vez.   [170] *un no sé qué:* fórmula idónea para representar lo inefable, lo
indescriptible.   [171] *silla rasa:* sin respaldo, un taburete.   [172] *altiva condición:* orgullosa forma de ser, que no daba especiales señas de favor a
sus súbditos rompiendo el protocolo establecido.   [173] Expresión irónica
con que se señala que el especial favor que la reina le hace al sentarle en
su presencia se debe a las riquezas que le ha llevado.

dádivas quebrantan peñas, [174] pues las que ha traído Ricaredo han ablandado el duro corazón de nuestra reina.

Otro acudió y dijo:

—Ahora que está tan bien ensillado, [175] más de dos se atreverán a correrle. [176]

En efecto, de aquella nueva honra que la reina hizo a Ricaredo tomó ocasión la envidia para nacer en muchos pechos de aquellos que mirándole estaban; porque no hay merced que el príncipe haga a su privado que no sea una lanza que atraviesa el corazón del envidioso. Quiso la reina saber de Ricaredo menudamente cómo había pasado la batalla con los bajeles de los corsarios. Él la contó de nuevo, atribuyendo la victoria a Dios y a los brazos valerosos de sus soldados, encareciéndolos a todos juntos y particularizando algunos hechos de algunos que más que los otros se habían señalado, con que obligó a la reina a hacer a todos merced, y en particular a los particulares; y cuando llegó a decir la libertad que en nombre de su Majestad había dado a los turcos y cristianos, dijo:

—Aquella mujer y aquel hombre que allí están —señalando a los padres de Isabela— son los que dije ayer a Vuestra Majestad que, con deseo de ver vuestra grandeza, encarecidamente me pidieran los trajese conmigo. Ellos son de Cádiz, y, de lo que ellos me han contado, y

---

[174] *dádivas quebrantan peñas:* primera parte de un refrán, con el cual se significa que los regalos hacen cambiar de parecer a las personas, de forma que truecan en simpatía la antipatía más rigurosa que antes tenían por quienes los efectúan; las formas completas del refrán son: *dádivas quebrantan peñas y hacen venir a las greñas* y *dádivas quebrantan peñas y justicias, por más señas.* [175] *ensillado:* provisto de silla donde sentarse. [176] *correrle:* afrentarle, perseguirle, calumniarle. Con ésta y con la nota anterior se aclara el significado evidente (y que se corresponde con la explicación que sigue en el texto) de la frase del cortesano; sin embargo, y como era propio de las hirientes lenguas de dichos cortesanos, la expresión es disémica y su sentido irónico el siguiente: 'ahora que está ensillado (como un caballo), más de dos se atreverán a cabalgarle'; en esta interpretación se incluye, asimismo, la anterior.

de lo que en ellos he visto y notado, sé que son gente principal y de valor.

Mandóles la reina que se llegasen cerca. Alzó los ojos Isabela a mirar los que decían ser españoles, y más de Cádiz, con deseo de saber si por ventura conocían a sus padres. Así como [177] Isabela alzó los ojos, los puso en ella su madre y detuvo el paso para mirarla más atentamente, y en la memoria de Isabela se comenzaron a despertar unas confusas noticias que le querían dar a entender que en otro tiempo ella había visto aquella mujer [178] que delante tenía. Su padre estaba en la misma confusión, sin osar determinarse a dar crédito a la verdad que sus ojos le mostraban. Ricaredo estaba atentísimo a ver los afectos y los movimientos que hacían las tres dudosas y perplejas almas, que tan confusas estaban entre el sí y el no de conocerse. Conoció la reina la suspensión de entrambos, y aun el desasosiego de Isabela, porque la vio trasudar [179] y levantar la mano muchas veces a componerse el cabello.

En esto deseaba Isabela que hablase la que pensaba ser su madre: quizá los oídos la sacarían de la duda en que sus ojos la habían puesto. La reina dijo a Isabela que en lengua española dijese [(41)] a aquella mujer y a aquel hombre le dijesen qué causa les había movido a no querer gozar de la libertad que Ricaredo les había dado, siendo

---

[177] *Así como:* en cuanto, tan pronto como.   [178] *había visto aquella mujer:* véase nota 106.   [179] *trasudar:* sudar levemente, de nervios, congoja, impaciencia, etc.

---

(41)   Anteriormente se nos dijo —y ello era inexactitud histórica que no interesaba a la verosimilitud del relato— que la reina gustaba hablar la lengua española; ahora se señala que necesita usar de un intérprete para dirigirse a los padres de Isabela. Se trata de un contradicción o desajuste interno del relato, que supone un olvido de Cervantes, quien no repasaba lo escrito y frecuentemente improvisaba al redactar sus novelas.

la libertad la cosa más amada, no sólo de la gente de razón, mas aún de los animales que carecen de ella.

Todo esto preguntó Isabela a su madre, la cual, sin responderle palabra, desatentadamente [180] y medio tropezando, se llegó a Isabela, y sin mirar a respecto, [181] temores ni miramientos cortesanos, alzó la mano a la oreja derecha de Isabela, y descubrió un lunar negro que allí tenía, la cual señal acabó de certificar su sospecha. Y viendo claramente ser Isabela su hija, [(42)] abrazándose con ella dio una gran voz, diciendo:

—¡Oh, hija de mi corazón! ¡Oh, prenda cara [182] del alma mía! —y sin poder pasar adelante se cayó desmayada en los brazos de Isabela.

Su padre, no menos tierno que prudente, dio muestras de su sentimiento no con otras palabras que con derramar lágrimas, que sesgamente [183] su venerable rostro y barbas le bañaron. Juntó Isabela su rostro con el de su madre, y volviendo los ojos a su padre, de tal manera le miró que le dio a entender el gusto y el descontento [184] que de ver-

---

[180] *desatentadamente:* desatinadamente, perdiendo el tiento, sin darse cuenta del lugar donde se hallaba. [181] *respecto:* respeto. [182] *cara:* querida. [183] *sesgamente:* sosegadamente. [184] *el gusto y el descontento:* un tanto enigmática resulta esta antítesis; tal vez el descontento se justifique en dos posibilidades: la una, el temor de romperse su boda con Ricaredo —muy improbable e injustificada—; la otra —más plausible—, el dolor de saber que habían sido capturados por los turcos.

---

(42) Ricaredo ha preparado cuidadosamente la escena del reencuentro de Isabela con sus padres, desde que él mismo los reconociera al liberarlos de los turcos. Podemos establecer un paralelismo entre la actitud de dicho personaje en tal situación y la del autor, que busca sorprender al lector con ese tipo de casualidades narrativas. Este reconocimiento inesperado de un personaje por otro, generalmente pariente suyo muy próximo, se denomina *anagnórisis* y es uno de los recursos habituales de la novela bizantina. Muy habitual será que, como en este pasaje, la identificación se lleve a cabo gracias a alguna marca corporal de quien, cuando niño, había sido arrebatado a su familia.

los allí su alma tenía. La reina, admirada de tal suceso, dijo a Ricaredo:

—Yo pienso, Ricaredo, que en vuestra discreción se han ordenado estas vistas, [185] y no se os diga que han sido acertadas, pues sabemos que así suele matar una súbita alegría como mata una tristeza. —Diciendo esto, se volvió a Isabela y la apartó de su madre, la cual, habiéndole echado agua en el rostro, volvió en sí, y estando un poco más en su acuerdo, [186] puesta de rodillas delante de la reina, le dijo:

—Perdone Vuestra Majestad mi atrevimiento, que no es mucho perder los sentidos con la alegría del hallazgo de esta amada prenda.

Respondióle la reina que tenía razón, sirviéndole de intérprete, para que lo entendiese, [43] Isabela, la cual, de la manera que se ha contado, conoció a sus padres, y sus padres a ella, a los cuales mandó la reina quedar en palacio, para que despacio pudiesen ver y hablar a su hija y regocijarse con ella, de lo cual Ricaredo se holgó mucho, y de nuevo pidió a la reina le cumpliese la palabra que le había dado de dársela, si es que acaso la merecía; y de no merecerla, le suplicaba desde luego le mandase ocupar en cosas que le hiciesen digno de alcanzar lo que deseaba. Bien entendió la reina que estaba Ricaredo satisfecho de sí mismo y de su mucho valor, que no había necesidad de nuevas pruebas para calificarle; [187] y así, le dijo que de allí a cuatro días le entregaría a Isabela, haciendo a los dos la honra que a ella fuese posible.

Con esto se despidió Ricaredo, contentísimo con la esperanza propincua [188] que llevaba de tener en su poder a

---

[185] *se han ordenado estas vistas:* se ha preparado este encuentro. [186] *en su acuerdo:* en sus cabales, manteniendo un comportamiento lógico. [187] *calificarle:* determinar sus cualidades. [188] *propincua:* cercana, próxima, segura.

(43) Véase **41**.

Isabela sin sobresalto de perderla, que es el último deseo de los amantes.

Corrió el tiempo, y no con la ligereza que él quisiera: que los que viven con esperanzas de promesas venideras siempre imaginan que no vuela el tiempo, sino que anda sobre los pies de la pereza misma. Pero en fin llegó el día, no donde pensó Ricaredo poner fin a sus deseos, sino de hallar en Isabela gracias nuevas que le moviesen a quererla más, si más pudiese. Mas en aquel breve tiempo, donde él pensaba que la nave de su buena fortuna corría con próspero viento hacia el deseado puerto, la contraria suerte levantó en su mar tal tormenta, que mil veces temió anegarle.

Es, pues, el caso que la camarera mayor de la reina, a cuyo cargo estaba Isabela, tenía un hijo de edad de veintidós años, llamado el conde Arnesto. Hacíanle la grandeza de su estado, la alteza [189] de su sangre, el mucho favor que su madre con la reina tenía; hacíanle, digo, estas cosas más de lo justo arrogante, altivo y confiado. Este Arnesto, pues, se enamoró de Isabela tan encendidamente, que en la luz de los ojos de Isabela tenía abrasada el alma; y aunque, en el tiempo que Ricaredo había estado ausente, con algunas señales le había descubierto su deseo, nunca de Isabela fue admitido. Y puesto que la repugnancia y los desdenes en los principios de los amores suelen hacer desistir de la empresa a los enamorados, en Arnesto obraron lo contrario los muchos y conocidos desdenes que le dio Isabela, porque con su celo ardía y con su honestidad se abrasaba. [190] Y como vio que Ricaredo, según el parecer de la reina, tenía merecida a Isabela, y que en tan poco tiempo se le había de entregar por mujer, quiso

---

[189] *alteza:* excelencia, condición de ilustre. [190] *con su celo ardía y con su honestidad se abrasaba:* correlación sintáctica de estructura paralela: ardía de celos y se abrasaba de deseo por causa de la honestidad de Isabela.

desesperarse; [191] pero antes que llegase a tan infame y tan cobarde remedio habló a su madre, diciéndole pidiese a la reina le diese a Isabela por esposa; donde no, [192] que pensase que la muerte estaba llamando a las puertas de su vida. Quedó la camarera admirada de las razones de su hijo, y como conocía la aspereza de su arrojada condición y la tenacidad con que se le pegaban los deseos en el alma, temió que sus amores habían de parar en algún infeliz suceso. Con todo eso, como madre, a quien es natural desear y procurar el bien de sus hijos, prometió el suyo de hablar a la reina, no con esperanza de alcanzar de ella el imposible de romper su palabra, sino por no dejar de intentar cómo en salir desahuciada de los últimos remedios. [193] (44)

Y estando aquella mañana Isabela vestida por orden de la reina tan ricamente que no se atreve la pluma a contarlo, y habiéndole echado la misma reina al cuello una sarta de perlas de las mejores que traía la nave, que las apreciaron en veinte mil ducados, y puéstole un anillo de un diamante, que se apreció en seis mil ducados, y estando alborozadas las damas por la fiesta que esperaban del cercano desposorio, entró la camarera mayor a la reina, y de rodillas le suplicó suspendiese el desposorio de Isabela por

---

[191] *desesperarse:* suicidarse. [192] *donde no:* de lo contrario. [193] *últimos remedios:* últimos intentos de remediar lo inevitable. Debe señalarse que toda la frase *en salir desahuciada de los últimos remedios* es remedo metafórico del lenguaje médico.

---

(44) Surge ahora el tema del antagonista del héroe. Arnesto se opone a Ricaredo, y en él sintetiza Cervantes los vicios contrarios a las virtudes que adornan al protagonista. La arrogancia y soberbia, la envidia y finalmente la traición, son las directrices que marcan su conducta. Con su brusca irrupción, los dos enamorados vuelven a ver estorbada su unión y felicidad; de ella derivarán las más duras pruebas a que ambos se ven sometidos en la novela.

otros dos días; que con esta merced sola que su Majestad
le hiciese se tendría por satisfecha y pagada de todas las
mercedes que por sus servicios merecía y esperaba.

Quiso saber la reina primero por qué le pedía con tanto
ahínco aquella suspensión, que tan derechamente iba contra la palabra que tenía dada a Ricaredo; pero no se la
quiso dar la camarera hasta que le hubo otorgado que haría lo que le pedía, tanto deseo tenía la reina de saber la
causa de aquella demanda. Y así, después que la camarera
alcanzó lo que por entonces deseaba, contó a la reina los
amores de su hijo, y cómo temía que si no le daban por
mujer a Isabela, o se había de desesperar, [194] o hacer algún
hecho escandaloso; y que si había pedido aquellos dos
días era por dar lugar a que su Majestad pensase qué medio sería a propósito y conveniente para dar a su hijo remedio.

La reina respondió que si su real palabra no estuviera
de por medio, que ella hallara salida a tan cerrado
laberinto, [195] pero que no la quebrantaría ni defraudaría
las esperanzas de Ricaredo por todo el interés del mundo.
Esta respuesta dio la camarera a su hijo, el cual, sin detenerse un punto, ardiendo en amor y en celos, se armó de
todas armas y sobre un fuerte y hermoso caballo se presentó ante la casa de Clotaldo, y a grandes voces pidió
que se asomase Ricaredo a la ventana, el cual a aquella
sazón estaba vestido de galas de desposado y a punto para
ir a palacio con el acompañamiento que tal acto requería;
mas habiendo oído las voces y siéndole dicho quién las
daba y del modo que venía, con algún sobresalto se asomó
a una ventana, y como le vio Arnesto, dijo:

—Ricaredo, estáme atento a lo que decirte quiero: la
reina mi señora te mandó fueses a servirla y a hacer ha-

---

[194] *desesperar*: véase nota 191.   [195] La reina da a entender con estas
palabras que en tal caso daría a Isabela como esposa al hijo de su camarera.

zañas que te hiciesen merecedor de la sin par Isabela. Tú fuiste, y volviste cargadas las naves de oro, con el cual piensas haber comprado y merecido a Isabela. Y aunque la reina mi señora te la ha prometido, ha sido creyendo que no hay ninguno en su corte que mejor que tú la sirva ni quien con mejor título merezca a Isabela, y en esto bien podrá ser se haya engañado; y así, llegándome a esta opinión que yo tengo por verdad averiguada, digo que ni tú has hecho cosas tales que te hagan merecer a Isabela ni ninguna podrás hacer que a tanto bien te levante; y en razón de que no la mereces, si quieres contradecirme, te desafío a todo trance de muerte. [196]

Calló el conde, y de esta manera le respondió Ricaredo:

—En ninguna manera me toca salir a vuestro desafío, señor conde, porque yo confieso, no sólo que no merezco a Isabela, sino que no la merecen ninguno de los que hoy viven en el mundo. Así que, confesando yo lo que vos decís, otra vez digo que no me toca vuestro desafío; pero yo le acepto por el atrevimiento que habéis tenido en desafiarme. [(45)]

Con esto se quitó de la ventana, y pidió aprisa sus armas. Alborotáronse sus parientes y todos aquellos que para ir a palacio habían venido a acompañarle. De la mucha gente que había visto al conde Arnesto armado y le había oído las voces del desafío, no faltó quien lo fue a contar a la reina, la cual mandó al capitán de su guarda que fuese a prender al conde. El capitán se dio tanta prisa, que llegó a

---

[196] *desafío a todo trance de muerte:* desafío a luchar hasta que uno de los dos muera.

---

(45) Nótese el tono retórico de las intervenciones de Arnesto y Ricaredo; en él parece reproducir Cervantes el pomposo estilo de los carteles de desafío de la época, tan lleno de resonancias de pasajes similares que podían leerse en las novelas de caballería.

tiempo que ya Ricaredo salía de su casa, armado con las armas con que se había desembarcado, puesto sobre un hermoso caballo.

Cuando el conde vio al capitán, luego imaginó a lo que venía, y determinó de no dejar prenderse, y alzando la voz contra Ricaredo, dijo:

—Ya ves, Ricaredo, el impedimento que nos viene. Si tuvieras ganas de castigarme, tú me buscarás; y por la que yo tengo de castigarte, también te buscaré; y pues dos que se buscan fácilmente se hallan, dejemos para entonces la ejecución de nuestros deseos.

—Soy contento —respondió Ricaredo.

En esto llegó el capitán con toda su guarda, y dijo al conde que fuese preso en nombre de su Majestad. Respondió el conde que se daba; pero no para que le llevasen a otra parte que a la presencia de la reina. Contentóse con esto el capitán, y cogiéndole en medio de la guarda le llevó a palacio ante la reina, la cual ya de su camarera estaba informada del amor grande que su hijo tenía a Isabela, y con lágrimas había suplicado a la reina perdonase al conde, que como mozo y enamorado, a mayores yerros estaba sujeto.

Llegó Arnesto ante la reina, la cual, sin entrar con él en razones, le mandó quitar la espada y llevasen preso a una torre.

Todas estas cosas atormentaban el corazón de Isabela y de sus padres, que tan presto veían turbado el mar de su sosiego. Aconsejó la camarera a la reina que para sosegar el mal que podía suceder entre su parentela y la de Ricaredo que se quitase la causa de por medio, que era Isabela, enviándola a España, y así cesarían los efectos [197] que debían de temerse, añadiendo a estas razones decir que Isabela era católica, y tan cristiana [198] que ninguna de sus

---

[197] *los efectos:* las consecuencias de tal enemistad, los enfrentamientos. [198] *cristiana:* véase nota 14.

persuasiones, que habían sido muchas, la había podido torcer en nada de su católico intento. [46] A lo cual respondió la reina que por eso la estimaba en más, pues tan bien sabía guardar la ley que sus padres la habían enseñado, y que en lo de enviarla a España no tratase, porque su hermosa presencia y sus muchas gracias y virtudes le daban mucho gusto, y que, sin duda, si no aquel día, otro se la había de dar por esposa a Ricaredo, como se lo tenía prometido.

Con esta resolución de la reina quedó la camarera tan desconsolada, que no la replicó palabra, y pareciéndole lo que ya le había parecido, que si no era quitando a Isabela de por medio no había de haber medio alguno que la rigurosa condición de su hijo ablandase ni redujese a tener paz con Ricaredo, determinó de hacer una de las mayores crueldades que pudo caber jamás en pensamiento de mujer principal, y tanto como ella lo era. Y fue su determinación matar con tósigo [199] a Isabela; y como por la mayor parte sea la condición de las mujeres ser prestas y determinadas, aquella misma tarde atosigó [200] a Isabela en una conserva que le dio, forzándola que la tomase por ser buena contra las ansias de corazón [201] que sentía.

Poco espacio pasó después de haberla tomado, cuando a Isabela se le comenzó a hinchar la lengua y la garganta, y a ponérsele denegridos [202] los labios, y a enronquecérsele la voz, turbársele los ojos y apretársele el pecho: todas conocidas señales de haberle dado veneno. Acudieron las damas a la reina contándole lo que pasaba y certificándole que la camarera había hecho aquel mal recaudo. [203] No

---

[199] *tósigo:* veneno. [200] *atosigó:* envenenó. [201] *ansias de corazón:* congojas. [202] *denegridos:* ennegrecidos. [203] *mal recaudo:* mala acción.

---

(46) La camarera mayor actúa aquí desarrollando el papel de intrigante en apoyo de su hijo.

fue menester mucho para que la reina lo creyese, y así, fue a ver a Isabela, que ya casi estaba expirando.

Mandó llamar la reina con prisa a sus médicos, y en tanto que tardaban la hizo dar cantidad de polvos de unicornio, [204] con otros muchos antídotos que los grandes príncipes suelen tener prevenidos para semejantes necesidades. Vinieron los médicos, y esforzaron los remedios y pidieron a la reina hiciese decir a la camarera qué género de veneno le había dado, porque no se dudaba que otra persona alguna sino ella la hubiese envenenado. Ella lo descubrió, y con esta noticia los médicos aplicaron tantos remedios y tan eficaces, que con ellos y con la ayuda de Dios quedó Isabela con vida, o a lo menos con esperanza de tenerla.

Mandó la reina prender a su camarera y encerrarla en un aposento estrecho de palacio, con intención de castigarla como su delito merecía, puesto que ella se disculpaba diciendo que en matar a Isabela hacía sacrificio al cielo, quitando de la tierra a una católica, y con ella la ocasión de las pendencias de su hijo.

Estas tristes nuevas oídas de Ricaredo, le pusieron en términos de perder el juicio: tales eran las cosas que hacía y las lastimeras razones con que se quejaba. Finalmente, Isabela no perdió la vida, que el quedar con ella la naturaleza lo conmutó en dejarla sin cejas, pestañas y sin cabello, el rostro hinchado, la tez perdida, los cueros [205] levantados y los ojos lagrimosos. Finalmente, quedó tan fea, que como hasta allí había parecido un milagro de hermosura, entonces parecía un monstruo de fealdad. Por mayor desgracia tenían los que la conocían haber quedado de aquella manera que si la hubiera muerto el veneno. Con todo esto, Ricaredo se la pidió a la reina, y le suplicó se la dejase llevar a su casa, porque el amor que la tenía pasaba

---

[204] *polvos de unicornio:* polvos de cuerno de rinoceronte; se les atribuía la condición de antídoto. [205] *los cueros:* la piel.

del cuerpo al alma, y que si Isabela había perdido su belleza, no podía haber perdido sus infinitas virtudes.

—Así es —dijo la reina—; lleváosla, Ricaredo, y haced cuenta que lleváis una riquísima joya encerrada en una caja de madera tosca; Dios sabe si quisiera dárosla como me la entregastes; [206] pero pues no es posible, perdonadme: quizá el castigo que diere a la cometedora de tal delito satisfará en algo el deseo de la venganza.

Muchas cosas dijo Ricaredo a la reina disculpando a la camarera y suplicándola la perdonase, pues las disculpas que daba eran bastantes para perdonar mayores insultos. Finalmente, le entregaron a Isabela y a sus padres, y Ricaredo los llevó a su casa, digo [47] a la de sus padres. A las ricas perlas y al diamante añadió otras joyas la reina y otros vestidos, tales, que descubrieron el mucho amor que a Isabela tenía, la cual duró dos meses en su fealdad, sin dar indicio alguno de poder reducirse a su primera hermosura; pero al cabo de este tiempo comenzó a caérsele el cuero y a descubrírsele su hermosa tez.

En este tiempo los padres de Ricaredo, pareciéndoles no ser posible que Isabela en sí [207] volviese, determinaron enviar por la doncella de Escocia con quien primero que con Isabela tenían concertado de casar a Ricaredo, y esto sin que él lo supiese, no dudando que la hermosura presente de la nueva esposa hiciese olvidar a su hijo la ya pasada de Isabela, a la cual pensaban enviar a España con sus padres, dándoles tanto haber [208] y riquezas que recompensasen sus pasadas pérdidas. No pasó mes y medio cuando, sin sabiduría de Ricaredo, la nueva esposa se le entró por las puertas, acompañada como quien ella era, y

---

[206] *entregastes:* entregasteis, forma arcaizante. [207] *en sí:* a su antigua apariencia. [208] *haber:* dinero.

---

(47) Nótese la brusca irrupción de Cervantes en el texto. Véase **5**.

tan hermosa que después de la Isabela que solía ser no había otra tan bella en toda Londres. Sobresaltóse Ricaredo con la improvisa [209] vista de la doncella, y temió que el sobresalto de su venida había de acabar la vida a Isabela; y así, para templar este temor se fue al lecho donde Isabela estaba, y hallóla en compañía de sus padres, delante de los cuales dijo:

—Isabela de mi alma: mis padres, con el grande amor que me tienen, aún no bien enterados del mucho que yo te tengo, han traído a casa una doncella escocesa con quien ellos tenían concertado de casarme antes que yo conociese lo que vales. Y esto, a lo que creo, con intención que la mucha belleza de esta doncella borre de mi alma la tuya, que en ella estampada tengo. Yo, Isabela, desde el punto que te quise fue con otro amor de aquel que tiene su fin y paradero en el cumplimiento del sensual apetito: que puesto que tu corporal hermosura me cautivó los sentidos, tus infinitas virtudes me aprisionaron el alma, de manera que si hermosa te quise, fea te adoro; y para confirmar esta verdad, dame esa mano.

Y dándole ella la derecha y asiéndola él con la suya, prosiguió diciendo:

—Por la fe católica que mis cristianos padres me enseñaron, la cual si no está en la entereza que se quiere, por aquella juro [210] que guarda el Pontífice romano, que es la que yo en mi corazón confieso, creo y tengo, y por el verdadero Dios que nos está oyendo, te prometo, ¡oh Isabela, mitad de mi alma!, de ser tu esposo, y lo soy desde luego si tú quieres levantarme a la alteza [211] de ser tuyo.

Quedó suspensa Isabela con las razones de Ricaredo, y sus padres atónitos y pasmados. Ella no supo qué decir ni

---

[209] *improvisa:* imprevista.   [210] *por aquella juro:* en su ansia de jurar solemnemente, Ricaredo prefiere jurar por la fe católica de que el Papa es guardián, por si acaso la suya propia no es lo bastante pura como para ser ofrecida como garantía del juramento.   [211] *alteza:* dignidad.

hacer otra cosa que besar muchas veces la mano de Ricaredo y decirle, con voz mezclada con lágrimas, que ella le aceptaba por suyo y se entregaba por su esclava. Besóla Ricaredo en el rostro feo, no habiendo tenido jamás atrevimiento de llegarse a él cuando hermoso.

Los padres de Isabela solemnizaron con tiernas y muchas lágrimas las fiestas del desposorio. Ricaredo les dijo que él dilataría el casamiento de la escocesa, que ya estaba en casa, del modo que después verían, y cuando su padre los quisiese enviar a España a todos tres, no lo rehusasen, sino que se fuesen y le aguardasen en Cádiz o en Sevilla dos años, (48) dentro de los cuales les daba su palabra de ser con ellos, si el cielo tanto tiempo le concedía de vida, y que si de este término pasase, tuviesen por cosa certísima que algún grande impedimento, o la muerte, que era lo más cierto, se había opuesto a su camino.

Isabela le respondió que no solos dos años le aguardaría, sino todos aquellos de su vida hasta estar enterada que él no la tenía, porque en el punto que esto supiese, sería el mismo de su muerte. Con estas tiernas palabras se renovaron las lágrimas en todos, y Ricaredo salió a decir a sus padres cómo en ninguna manera no se casaría ni daría la mano a su esposa la escocesa sin haber primero ido a Roma [212] a asegurar su conciencia. Tales razones supo decir a ellos y a los parientes que habían venido con Clisterna, que así se llamaba la escocesa, que como todos eran católicos fácilmente las creyeron, y Clisterna se contentó

---

[212] *a Roma:* como peregrino, a ver al Papa.

(48) Nuevamente aparece en el relato el tema del viaje que separa a los amantes, técnica ya comentada que pertenece al subgénero novelesco bizantino. El período de dos años de espera de la novia al novio es un tópico de la literatura universal. En este relato, supone la última peripecia a que ambos se ven sometidos antes de su unión final.

de quedar en casa de su suegro hasta que Ricaredo volviese, el cual pidió de término un año.

Esto así puesto y concertado, Clotaldo dijo a Ricaredo cómo determinaba enviar a España a Isabela y a sus padres, si la reina le daba licencia: quizá los aires de la patria apresurarían y facilitarían la salud que ya comenzaba a tener. Ricaredo, por no dar indicio de sus designios, respondió tibiamente a su padre que hiciese lo que mejor le pareciese; sólo le suplicó que no quitase a Isabela ninguna cosa de las riquezas que la reina le había dado. Prometióselo Clotaldo, y aquel mismo día fue a pedir licencia a la reina, así para casar a su hijo con Clisterna, como para enviar a Isabela y a sus padres a España. De todo se contentó la reina, y tuvo por acertada la determinación de Clotaldo. Y aquel mismo día, sin acuerdo de letrados y sin poner a su camarera en tela de juicio, la condenó en que no sirviese más su oficio y en diez mil escudos de oro para Isabela; y al conde Arnesto, por el desafío, le desterró por seis años de Inglaterra. No pasaron cuatro días, cuando ya Arnesto se puso a punto de salir a cumplir su destierro, y los dineros estuvieron juntos. La reina llamó a un mercader rico que habitaba en Londres, y era francés, el cual tenía correspondencia en Francia, Italia y España, al cual entregó los diez mil escudos y le pidió cédulas [213] para que se los entregasen al padre de Isabela en Sevilla o en otra playa de España. El mercader, descontados sus intereses y ganancias, dijo a la reina que las daría ciertas y seguras para Sevilla sobre [214] otro mercader francés, su correspondiente, en esta forma: que él escribiría a París para que allí se hiciesen las cédulas por otro correspondiente suyo, a causa que rezasen las fechas de Francia y no de Inglaterra, [215] por el contrabando de la comunicación de

---

[213] *cédulas:* pagarés; como puede verse, se trata de una incipiente operación bancaria.   [214] *sobre:* con cargo a.   [215] *fechas de Francia y no de Inglaterra:* esto es así porque en Inglaterra no se había adoptado el

los dos reinos, y que bastaba llevar una letra de aviso suya sin fecha, con sus contraseñas, [216] para que luego diese el dinero el mercader de Sevilla, que ya estaría avisado del de París. En resolución, la reina tomó tales seguridades del mercader, que no dudó de ser cierta la partida; [217] y no contenta con esto, mandó llamar a un patrón de una nave flamenca que estaba para partirse otro día a Francia a sólo tomar en algún puerto de ella testimonio para poder entrar en España a título de partir de Francia y no de Inglaterra, [218] al cual pidió encarecidamente llevase en su nave a Isabela y a sus padres, y con toda seguridad y buen tratamiento los pusiese en un puerto de España, el primero a do llegase. [(49)]

El patrón, que deseaba contentar a la reina, dijo que sí haría, y que los pondría en Lisboa, [219] Cádiz o Sevilla. Tomados, pues, los recaudos [220] del mercader, envió la reina a decir a Clotaldo no quitase a Isabela todo lo que

---

calendario gregoriano y sí en Francia y España; el no dar las cédulas directamente a España se debe a la guerra que España e Inglaterra mantenían, que impedía el comercio entre ambas. En resumen, este complejo pasaje indica que el mercader librará la cantidad a otro de Francia y dará un pagaré a los padres de Isabela, quienes lo cobrarán de otro mercader en Sevilla, el cual recuperará el dinero cobrándoselo al de Francia. [216] *contraseñas:* firmas. [217] *la partida:* la cantidad que se les entregaría. [218] Nueva complicación derivada de las malas relaciones entre Inglaterra y España. [219] *Lisboa:* Portugal había sido anexionado a sus posesiones por Felipe II en 1580 y no se separó del resto de España hasta 1640, reinando Felipe IV. [220] *recaudos:* documentos.

---

(49) En este pasaje hallamos una notable minuciosidad descriptiva de los preparativos del viaje de Isabela a España. Especialmente se demora Cervantes en la explicación del complicado proceso que se necesitaba realizar para traer dinero de Inglaterra a España por causa de la guerra entre ambos países. Parece que vierte el autor aquí su conocimiento del entramado de los incipientes banqueros o cambistas de la época. Todo ello contribuye a dar verosimilitud al relato.

ella la había dado, así de joyas como de vestidos. Otro día vino [221] Isabela y sus padres a despedirse de la reina, que los recibió con mucho amor. Dioles la reina la carta del mercader y otras muchas dádivas, [222] así de dineros como de otras cosas de regalo para el viaje. Con tales razones se lo agradeció Isabela, que de nuevo dejó obligada a la reina para hacerle siempre mercedes. Despidiéndose de las damas, las cuales, como ya estaba fea, no quisieran que se partiera, viéndose libres de la envidia que a su hermosura tenían y contentas de gozar de sus gracias y discreciones. Abrazó la reina a los tres, y encomendándolos a la buena ventura y al patrón de la nave, y pidiendo a Isabela la avisase de su buena llegada a España, y siempre de su salud, por la vía del mercader francés, se despidió de Isabela y de sus padres, los cuales aquella misma tarde se embarcaron, no sin lágrimas de Clotaldo y de su mujer y de todos los de su casa, de quien [223] era en todo extremo bien querida. No se halló a esta despedida presente Ricaredo, que por no dar muestras de tiernos sentimientos, aquel día hizo que unos amigos suyos le llevasen a caza. Los regalos que la señora Catalina dio a Isabela para el viaje fueron muchos, los abrazos infinitos, las lágrimas en abundancia, las encomiendas [224] de que la escribiese sin número, y los agradecimientos de Isabela y de sus padres correspondieron a todo; de suerte que, aunque llorando, los dejaron satisfechos.

Aquella noche se hizo el bajel a la vela, y habiendo con próspero viento tocado en Francia y tomado en ella los recaudos necesarios para poder entrar en España, de allí a treinta días entró por la barra [225] de Cádiz, donde desembarcaron Isabela y sus padres, y siendo conocidos de to-

---

[221] *vino:* en la lengua del Siglo de Oro, cuando el verbo precedía a un sujeto compuesto iba en singular. [222] *dádivas:* regalos. [223] *quien:* véase nota 167. [224] *encomiendas:* encargos, peticiones. [225] *barra:* banco de arena que forma una especie de puerto natural.

dos los de la ciudad, los recibieron con muestras de mucho contento. Recibieron mil parabienes del hallazgo de Isabela y de la libertad que habían alcanzado así de los moros que los habían cautivado —habiendo sabido todo su suceso de los cautivos a que dio libertad la liberalidad de Ricaredo— como de la que habían alcanzado de los ingleses.

Ya Isabela en este tiempo comenzaba a dar grandes esperanzas de volver a cobrar su primera hermosura. Poco más de un mes estuvieron en Cádiz, restaurando [226] los trabajos de la navegación, y luego se fueron a Sevilla por ver si salía cierta la paga de los diez mil escudos que librados sobre el mercader francés traían. Dos días después de llegar a Sevilla le buscaron, y le hallaron, y le dieron la carta del mercader francés de la ciudad de Londres. Él la reconoció, y dijo que hasta que de París le viniesen las letras y carta de aviso no podía dar el dinero; pero que por momentos aguardaba el aviso.

Los padres de Isabela alquilaron una casa principal frontero de Santa Paula, [227] por ocasión que estaba monja en aquel santo monasterio una sobrina suya, única y extremada en la voz, y así por tenerla cerca como por haber dicho Isabela a Ricaredo que si viniese a buscarla la hallaría en Sevilla y le diría su casa su prima la monja de Santa Paula, y que para conocerla no había menester más de preguntar por la monja que tenía la mejor voz en el monasterio, porque estas señas no se le podían olvidar. Otros cuarenta días tardaron de venir los avisos de París; y a dos que llegaron el mercader francés entregó los diez mil ducados a Isabela, y ella a sus padres, y con ellos y con algunos más que hicieron vendiendo algunas de las muchas joyas de Isabela, volvió su padre a ejercitar su oficio de

---

[226] *restaurando:* descansando de. [227] *frontero de Santa Paula:* situado enfrente del convento de Santa Paula, de monjas jerónimas, que todavía existe, junto a la calle del propio nombre.

mercader, no sin admiración de los que sabían sus grandes pérdidas. En fin, en pocos meses fue restaurado su perdido crédito y la belleza de Isabela volvió a su ser primero, de tal manera que en hablando de hermosas todos daban el lauro [228] a la española inglesa: que tanto por este nombre como por su hermosura era de toda la ciudad conocida. Por la orden [229] del mercader francés de Sevilla escribieron Isabela y sus padres a la reina de Inglaterra su llegada, con los agradecimientos y sumisiones que requerían las muchas mercedes de ella recibidas. Asimismo escribieron a Clotaldo y a su señora Catalina, llamándolos Isabela padres, y sus padres, señores. De la reina no tuvieron respuesta; pero de Clotaldo y de su mujer sí, donde les daban el parabién de la llegada a salvo y los avisaban cómo su hijo Ricaredo, otro día después que ellos se hicieron a la vela, se había partido a Francia, y de allí a otras partes, donde le convenía a ir para seguridad de su conciencia, añadiendo a éstas otras razones y cosas de mucho amor y de muchos ofrecimientos. A la cual carta respondieron con otra no menos cortés y amorosa que agradecida.

Luego imaginó Isabela que el haber dejado Ricaredo a Inglaterra sería para venirla a buscar a España, y alentada con esta esperanza vivía la más contenta del mundo, y procuraba vivir de manera que cuando Ricaredo llegase a Sevilla antes le diese en los oídos la fama de sus virtudes que el conocimiento de su casa. Pocas o ninguna vez salía de su casa sino para el monasterio; no ganaba otros jubileos [230] que aquellos que en el monasterio se ganaban.

---

[228] *el lauro:* el laurel era la planta que simbolizaba el triunfo en alguna competición; aquí Cervantes nos dice que Isabela era ya la primera en cuanto a hermosura, la más hermosa.   [229] *Por la orden:* por el conducto, por el correo.   [230] *jubileo:* Cervantes realiza aquí una disemia con dos de los valores de esta palabra: *a)* diversión, festejo; *b)* indulgencia religiosa. Con ello nos dice que Isabela llevaba la misma vida que las monjas del monasterio y que como ellas ganaba jubileos o indulgencias,

Desde su casa y desde su oratorio [231] andaba con el pensamiento los viernes de Cuaresma la santísima estación de la cruz, y los siete venideros del Espíritu Santo. [232] Jamás visitó el río, ni pasó a Triana, ni vio el común regocijo en el campo de Tablada y puerta de Jerez el día, si le hace claro, de San Sebastián, [233] celebrado de tanta gente que apenas se puede reducir a número. [234] Finalmente, no vio regocijo público ni otra fiesta en Sevilla; todo lo libraba [235] en su recogimiento y en sus oraciones y buenos deseos esperando a Ricaredo. **(50)** Éste su gran retraimiento tenía abrasados y encendidos los deseos no sólo de los pisaverdes [236] del barrio, sino de todos aquellos que una vez la hubiesen visto: de aquí nacieron músicas de noche en su calle [237] y carreras de día. [238] De este no dejar verse

sin tener diversión mundana o jubileo alguno, como manifiesta poco después diciendo que no iba al río, ni pasó a Triana... [231] *oratorio:* capilla; aquí debe entenderse la del convento citado. [232] *santísima estación ... Espíritu Santo:* Isabela desde su casa o desde la capilla del convento se dedicaba a rezar el Viacrucis y otras oraciones. [233] En esta frase desarrolla la primera parte de la disemia de *jubileo,* explicada en la nota 230; así, se nos indica que Isabela no iba a la ribera del Guadalquivir a solazarse, ni a la otra parte de Sevilla, el popular barrio de Triana, ni tampoco al campo de Tablada, situado junto al río, donde, por hallarse allí la ermita de San Sebastián, se congregaban las gentes con festejo popular el día de dicho santo. [234] *reducir a número:* contar. [235] *libraba:* excusaba, evitaba. [236] *pisaverdes:* hombres presumidos y acicalados que no se ocupan en otra cosa que en galantear mujeres. [237] *músicas de noche en su calle:* rondas musicales nocturnas, homenajeando la belleza de Isabela, frente a sus balcones; era ésta una costumbre extendida, con la cual se cortejaba y trataba de ganar el amor de las damas. [238] *carreras de día:* este término, equivalente al de *pasear la calle,* indica otra fórmula de cortejo amoroso de los galanes: consistía en dejarse ver, paseando, por la calle de la dama y frente a sus balcones.

(50) Con la noticia del viaje de Ricaredo, se ponen una vez más de relieve la virtud de Isabela y su triunfo sobre las insidias al recuperar su salud y belleza.

y desearlo muchos crecieron las alhajas de las terceras, [239]
que prometieron mostrarse primas y únicas en solicitar a
Isabela, y no faltó quien se quiso aprovechar de lo que
llaman hechizos, [240] que no son sino embustes y disparates;
pero a todo esto estaba Isabela como roca en mitad
del mar, que la tocan, pero no la mueven las olas ni los
vientos.

Año y medio era ya pasado cuando la esperanza
propincua [241] de los dos años por Ricaredo prometidos comenzó
con más ahínco que hasta allí a fatigar el corazón
de Isabela. Y cuando ya le parecía que su esposo [242] llegaba
y que le tenía ante los ojos y le preguntaba qué impedimentos
le habían detenido tanto, cuando ya llegaban a sus
oídos las disculpas de su esposo y cuando ya ella le perdonaba
y le abrazaba y como a mitad de su alma le recibía,
llegó a sus manos una carta de la señora Catalina, fecha
en Londres cincuenta días había; venía en lengua inglesa;
pero leyéndola en español, vio que así decía: [51]

«Hija de mi alma: Bien conociste a Guillarte, el paje de
Ricaredo. Éste se fue con él al viaje, que por otra te avisé,
que Ricaredo a Francia y a otras partes había hecho el
segundo día de tu partida. Pues este mismo Guillarte, a
cabo de dieciséis meses que no habíamos sabido de mi
hijo, entró ayer por nuestra puerta con nuevas que el con-

---

[239] *crecieron las alhajas de terceras:* se acrecentó el número de alhajas
de las alcahuetas o terceras en amores; asimismo, aunque encanallado,
era éste otro de los caminos que tomaban los cortejadores. [240] *hechizos:*
sortilegios mágicos encaminados a conseguir lo que se deseaba, y
que hacían, generalmente, las brujas. [241] *propincua:* véase nota
188. [242] *esposo:* aunque todavía no habían celebrado sus bodas, se consideraban
esposos por su promesa. (Véase nota 22.)

---

(51) Nuevamente una relación de acontecimientos pasados
actualiza la acción novelesca; ahora conocemos el último impedimento
surgido al matrimonio de ambos protagonistas. En este
punto el relato alcanza el momento de mayor tensión e intriga.

de Arnesto había muerto a traición en Francia a Ricaredo. Considera, hija, cuál [243] quedaríamos su padre y yo y su esposa [244] con tales nuevas; tales digo, que aun no nos dejaron poner en duda nuestra desventura. Lo que Clotaldo y yo te rogamos otra vez, hija de mi alma, es que encomiendes muy de veras a Dios la de Ricaredo, que bien merece este beneficio el que tanto te quiso como tú sabes. También pedirás a Nuestro Señor nos dé a nosotros paciencia y buena suerte, [245] a quien nosotros también pediremos y suplicaremos te dé a ti y a tus padres largos años de vida.»

Por la letra y por la firma no le quedó que dudar a Isabela para no creer la muerte de su esposo. Conocía muy bien al paje Guillarte, y sabía que era verdadero y que de suyo no habría querido ni tenía para qué fingir aquella muerte, ni menos su madre, la señora Catalina, la habría fingido, por no importarle nada enviarle nuevas de tanta tristeza. Finalmente, ningún discurso que hizo, ninguna cosa que imaginó le pudo quitar del pensamiento no ser verdadera la nueva de su desventura.

Acabada de leer la carta, sin derramar lágrimas ni dar señales de doloroso sentimiento, con sesgo [246] rostro y al parecer con sosegado pecho, se levantó de un estrado [247] donde estaba sentada y se entró en un oratorio, e hincándose de rodillas ante la imagen de un devoto crucifijo [248] hizo voto de ser monja, pues lo podía ser teniéndose por viuda. [249] Sus padres disimularon y encubrieron con dis-

---

[243] *cuál:* cómo. [244] *esposa:* alude a la doncella escocesa con que querían casar a Ricaredo. [245] *buena muerte:* sosegada y en gracia de Dios. [246] *sesgo:* sosegado. [247] *estrado:* lugar donde se sentaban las damas, generalmente sobre cojines. [248] *devoto crucifijo:* crucifijo al que se tenía gran devoción en la ciudad. [249] *viuda:* para Isabela su matrimonio había sido válido, y por ello piensa ser viuda; la formalización del sacramento en la Iglesia era requisito para la consumación, según Trento, pero en la mente general el matrimonio por promesa de ambos ante Dios era legítimo. (Véanse notas 242 y 22.)

creción la pena que les había dado la triste nueva, por poder consolar a Isabela en la amarga [250] que sentía; la cual, casi como satisfecha de su dolor, templándole con la santa y cristiana resolución que había tomado, ella consolaba a sus padres, a los cuales descubrió su intento, [251] y ellos le aconsejaron que no le pusiese en ejecución hasta que pasasen los dos años que Ricaredo había puesto por término de su venida, que con esto se confirmaría la verdad de la muerte de Ricaredo y ella con más seguridad podía mudar de estado. [252] Así lo hizo Isabela, y los seis meses y medio que quedaban para cumplirse los dos años los pasó en ejercicios de religiosa y en concertar la entrada del monasterio, habiendo elegido el de Santa Paula, donde estaba su prima.

Pasóse el término de los dos años y llegóse el día de tomar el hábito, cuya nueva se extendió por la ciudad, y de los que conocían de vista a Isabela y de aquellos que por su sola fama [253] se llenó el monasterio y la poca distancia que de él a la casa de Isabela había. Y convidando su padre a sus amigos y aquéllos a otros, hicieron a Isabela uno de los más honrados acompañamientos que en semejantes actos se había visto en Sevilla. Hallóse en él el Asistente [254] y el provisor [255] de la Iglesia y vicario del arzobispo, [256] con todas las señoras y señores de título [257] que había en la ciudad: tal era el deseo que en todos había

---

[250] *amarga:* se refiere a la pena. [251] *intento:* decisión. [252] *mudar de estado:* cambiar su condición de seglar por la de religiosa. [253] *por su sola fama:* se sobreentiende *la conocían.* [254] *Asistente:* así se llamaba en Sevilla al Corregidor de la ciudad, especie de alcalde de mucha autoridad nombrado por el rey. [255] *provisor:* el vicario general del arzobispo. [256] *arzobispo:* el arzobispo de Sevilla por los años en que transcurre la novela debía de ser don Fernando Niño de Guevara, quien regentó la archidiócesis entre 1601 y 1609; era hombre de gran gusto por la lectura y para él su secretario Francisco Porras de la Cámara hizo formar un manuscrito con diversas novelas de diferentes autores, entre ellas *Rinconete y Cortadillo* y *El celoso extremeño* de Cervantes, en una versión anterior y de texto distinto a la definitiva de 1613. [257] *señores de título:* los que poseían un título nobiliario.

de ver el sol de la hermosura de Isabela, que tantos meses se les había eclipsado; [258] y como es costumbre de las doncellas que van a tomar el hábito ir lo posible galanas y bien compuestas, como quien en aquel punto echa el resto de la bizarría y se descarta de ella, [259] quiso Isabela ponerse lo más bizarra que le fue posible; y así, se vistió con aquel vestido mismo que llevó cuando fue a ver a la reina de Inglaterra, que ya se ha dicho cuán rico y cuán vistoso era. Salieron a luz las perlas y el famoso diamante, con el collar y cintura, que asimismo era de mucho valor. Con este adorno y con su gallardía, dando ocasión para que todos alabasen a Dios en ella, salió Isabela de su casa a pie, que el estar tan cerca el monasterio excusó los coches y carrozas. El concurso de la gente fue tanto, que les pesó de no haber entrado en los coches, que no les daban lugar de llegar al monasterio. Unos bendecían a sus padres, otros al cielo, que de tanta hermosura la había dotado; unos se empinaban por verla; otros, habiéndola visto una vez, corrían adelante por verla otra. Y el que más solícito se mostró en esto, y tanto que muchos echaron de ver en ello, [260] fue un hombre vestido en hábito de los que vienen rescatados de cautivos, con una insignia de la

---

[258] *eclipsado:* metáfora con que se señala nuevamente que Isabela llevaba una vida muy recogida y que no se dejaba ver en público; es la segunda parte de la correlación metafórica *sol-belleza-eclipse*. [259] *echa el resto de la bizarría y se descarta de ella:* comparación que toma como referentes dos acciones de jugadores de naipes; el primero, *echa el resto,* cuyo significado básico es apostar uno de los que juegan a una sola baza todo el dinero de que dispone; el segundo, *se descarta,* que se refiere a la acción de deshacerse de determinados naipes y sustituirlos por otros en busca de obtener un mejor juego o ligazón de cartas; Cervantes con esta imagen nos dice que Isabela el día de su profesión como religiosa echó el resto de su bizarría —es decir, la mostró en todo su esplendor— para descartarse de ella —para no volver a mostrarla nunca más después de entrar en el convento—. Debe observarse que la comparación encierra a su vez el carácter de paradoja, pues ningún jugador se descarta de su resto, o apuesta para perderlo, sino al contrario. [260] *echaron de ver en ello:* lo notaron.

Trinidad [261] en el pecho, en señal de que han sido rescatados por la limosna de sus redentores. Este cautivo, pues, al tiempo que ya Isabela tenía un pie dentro de la portería del convento, donde habían salido a recibirla, como es uso, la priora y las monjas con la cruz, a grandes voces dijo:

—Detente, Isabela; detente, que mientras yo fuere vivo no puedes tú ser religiosa.

A estas voces, Isabela y sus padres volvieron los ojos, y vieron que hendiendo por toda la gente hacia ellos venía aquel cautivo, que habiéndosele caído un bonete azul redondo que en la cabeza traía descubrió una confusa madeja de cabellos de oro ensortijados y un rostro como el carmín y como la nieve, colorado y blanco, señales que luego le hicieron conocer y juzgar por extranjero de todos. En efecto, cayendo y levantando llegó donde Isabela estaba, y asiéndola de la mano le dijo:

—¿Conócesme, Isabela? Mira que yo soy Ricaredo, tu esposo. [52]

—Sí conozco —dijo Isabela—, si ya no eres fantasma que viene a turbar mi reposo.

Sus padres le asieron y atentamente le miraron, y en

---

[261] *Trinidad:* la religiosa Orden de la Santísima Trinidad de Redención de Cautivos fue fundada en 1198 por Inocencio III y redimió cautivos hasta pasada la mitad del siglo XVIII; precisamente el trinitario fray Juan Gil fue quien en Argel redimió a Miguel de Cervantes; el hábito que traían dichos cautivos rescatados llevaba sobre el pecho la insignia de la orden trinitaria.

---

(52) Aparece ahora Ricaredo, para dar fin a la historia. Su sorprendente llegada, cuando todos le creían muerto, es propia de la novela bizantina; en su presentación hallamos también el recurso de la anagnórisis. Su hábito de cautivo rescatado y más tarde la noticia de su cautiverio proyectan la experiencia personal de Cervantes, cuyo realismo descriptivo aviva la verosimilitud del relato, paliando de ese modo la excesiva oportunidad de su casual llegada a tiempo de evitar la profesión de Isabela como monja, que habría supuesto su separación definitiva.

resolución conocieron ser Ricaredo el cautivo, el cual, con lágrimas en los ojos, hincando las rodillas delante de Isabela, le suplicó que no impidiese la extrañeza del traje en que estaba su buen conocimiento ni estorbase su baja fortuna que ella no correspondiese a la palabra que entre los dos se habían dado. Isabela, a pesar de la impresión que en su memoria había hecho la carta de la madre de Ricaredo, dándole nuevas de su muerte, quiso dar más crédito a sus ojos y a la verdad que presente tenía, y así, abrazándose con el cautivo, le dijo:

—Vos, sin duda, señor mío, sois aquel que sólo podrá impedir mi cristiana determinación. Vos, señor, sois sin duda la mitad de mi alma, pues sois mi verdadero esposo. Estampado os tengo en mi memoria y guardado en mi alma. Las nuevas que de vuestra muerte me escribió mi señora y vuestra madre, ya que no me quitaron la vida, me hicieron escoger la [262] de la religión, que en este punto quería entrar a vivir en ella. Mas pues Dios con tan justo impedimento muestra querer otra cosa, ni podemos ni conviene que por mi parte se impida. Venid, señor, a la casa de mis padres, que es vuestra, y allí os entregaré mi posesión por los términos [263] que pide nuestra santa fe católica.

Todas estas razones oyeron los circunstantes, y el Asistente, y vicario, y provisor del arzobispo, y de oírlas se admiraron y suspendieron, y quisieron que luego se les dijese qué historia era aquélla, qué extranjero aquél, y de qué casamiento trataban. A todo lo cual respondió el padre de Isabela, diciendo que aquella historia pedía otro lugar y algún término para decirse. Y así, suplicaba a todos aquellos que quisiesen saberla diesen la vuelta a su casa, pues estaba tan cerca, que allí se la contarían de modo que con la verdad quedasen satisfechos y con la

---

[262] *la:* su antecedente es *vida.*   [263] *términos:* sucesivos pasos, trámites.

grandeza y extrañeza de aquel suceso admirados. En esto, uno de los presentes alzó la voz, diciendo:

—Señores: este mancebo es un gran corsario inglés, que yo le conozco, [53] y es aquel que habrá poco más de dos años tomó a los corsarios de Argel la nave de Portugal que venía de las Indias. No hay duda sino que es él, que yo le conozco, porque él me dio libertad y dineros para venir a España, y no sólo a mí, sino a otros trescientos cautivos.

Con estas razones se alborotó la gente y se avivó el deseo que todos tenían de saber y ver la claridad de tan intrincadas cosas. Finalmente, la gente más principal, con el Asistente y aquellos dos señores eclesiásticos, volvieron a acompañar a Isabela a su casa, dejando a las monjas tristes, confusas y llorando por lo que perdían en no tener en su compañía a la hermosa Isabela, la cual estando en su casa, en una gran sala de ella hizo que aquellos señores se sentasen. Y aunque Ricaredo quiso tomar la mano [264] en contar su historia, todavía le pareció que era mejor fiarlo de la lengua y discreción de Isabela y no de la suya, que no muy expertamente hablaba la lengua castellana.

Callaron todos los presentes, y teniendo las almas pendientes de las razones de Isabela, ella así comenzó su cuento, el cual le reduzco yo [54] a que dijo todo aquello

---

[264] *tomar la mano:* comenzar.

(53)   Nuevamente hace su aparición el procedimiento de la anagnórisis.

(54)   Nótese la intervención directa de Cervantes para cuya valoración debe verse 5. Nuevamente se actualiza la acción por medio de la relación de cuanto a Ricaredo le ha ocurrido desde que salió de Inglaterra; este relato dentro del relato aclara los puntos oscuros, tales como la noticia de su muerte y su dilatada tardanza en llegar hasta Isabela. Igualmente manifiesta la proyección en la memoria de Cervantes de su época de soldado en Italia y de cautivo en Argel, potenciando la verosimilitud de lo narrado, a la cual se alude al fin de la relación del propio Ricaredo.

que desde el día que Clotaldo la robó en Cádiz hasta que
entró y volvió a él le había sucedido, contando asimismo
la batalla que Ricaredo había tenido con los turcos, la liberalidad que había usado con los cristianos, la palabra
que entrambos a dos se habían dado de ser marido y
mujer, la promesa de los dos años, las nuevas que había
tenido de su muerte, tan ciertas a su parecer, que la pusieron en el término que habían visto de ser religiosa. En-
grandeció la liberalidad de la reina, la cristiandad [265] de
Ricaredo y de sus padres, y acabó con decir que dijese
Ricaredo lo que le había sucedido después que salió de
Londres hasta el punto presente, donde le veían con hábito de cautivo y con una señal [266] de haber sido rescatado
por limosna.

—Así es —dijo Ricaredo—, y en breves razones sumaré
los inmensos trabajos míos.

«Después que me partí de Londres por excusar el casamiento que no podía hacer con Clisterna, aquella doncella
escocesa católica con quien ha dicho Isabela que mis padres me querían casar, llevando en mi compañía a Guillarte, aquel paje que mi madre escribe que llevó a Londres
las nuevas de mi muerte, atravesando por Francia llegué a
Roma, donde se alegró mi alma y se fortaleció mi fe. Besé
los pies al Sumo Pontífice, confesé mis pecados con el
mayor penitenciario, [267] absolvióme de ellos, y diome los
recaudos necesarios que diesen fe de mi confesión y penitencia y de la reducción que había hecho a nuestra universal madre la Iglesia. Hecho esto, visité los lugares tan santos como innumerables que hay en aquella ciudad santa, y
de dos mil escudos que tenía en oro di los mil seiscientos
a un cambio, [268] que me los libró en esta ciudad sobre un

---

[265] *cristiandad:* véase nota 14. [266] Véase nota 261. [267] *el mayor penitenciario:* el cardenal presidente del Tribunal de la Penitenciaría en
Roma. [268] *cambio:* tipo de banquero incipiente de la época, similar en
su ejercicio a los descritos en la nota 215.

tal Roqui, florentín. [269] Con los cuatrocientos que me
quedaron, con intención de venir a España, me partí para
Génova, donde había tenido nuevas que estaban dos
galeras de aquella Señoría [270] de partida para España.
Llegué con Guillarte mi criado a un lugar que se llama
Aquapendente, [271] que viniendo de Roma a Florencia es
el último que tiene el Papa, [272] y en una hostería o posada
donde me apeé hallé al conde Arnesto, mi mortal enemigo, que con cuatro criados, disfrazado y encubierto, [273]
más por ser curioso que por ser católico, entiendo que iba
a Roma. Creí sin duda que no me había conocido. Ence-
rréme en un aposento con mi criado y estuve con cuidado
y con determinación de mudarme a otra posada en cerrando la noche; no lo hice así porque el descuido grande que
no sé [274] que tenían el conde y sus criados, me aseguró
que no me habían conocido. Cené en mi aposento, cerré
la puerta, apercibí mi espada, encomendéme a Dios y no
quise acostarme. Durmióse mi criado, y yo sobre una silla
me quedé medio dormido; mas poco después de la media
noche me despertaron para hacerme dormir el eterno sue-
ño cuatro pistoletes [275] que, como después supe, dispara-
ron contra mí el conde y sus criados, y dejándome por
muerto, teniendo ya a punto los caballos, se fueron, diciendo al huésped [276] de la posada que me enterrase, porque era hombre principal, y con esto se fueron.
»Mi criado, según dijo después el huésped, despertó al

---

[269] *Roqui, florentín:* un florentino llamado Roqui.   [270] *aquella Señoría:* esto es, de Génova.   [271] *Aquapendente:* Acquapendente, ciudad
italiana situada en la zona de Orvieto, en la provincia de Ro-
ma.   [272] *que tiene el Papa:* es decir, perteneciente a los Estados Pontifi-
cios.   [273] *encubierto:* con documentación falsa.   [274] *que no sé:* expresión confusa del texto; el sentido del pasaje es que Ricaredo pensó que
Arnesto y los suyos estaban descuidados, sin prevención algu-
na.   [275] *pistoletes:* armas de fuego del modelo del arcabuz, pero cortas,
antecedentes de las actuales pistolas.   [276] *huésped:* hospedero, dueño o
encargado de la posada.

ruido y con el miedo se arrojó por una ventana que caía a un patio, y diciendo: "¡Desventurado de mí, que han muerto a mi señor!", se salió del mesón. Y debió de ser con tal miedo, que no debió de parar hasta Londres, pues él fue quien llevó las nuevas de mi muerte. Subieron los de la hostería y halláronme atravesado con cuatro balas y con muchos perdigones; pero todas por partes que de ninguna fue mortal la herida. Pedí confesión y todos los sacramentos como católico cristiano; diéronmelos, curáronme, y no estuve para ponerme en camino en dos meses, al cabo de los cuales vine [277] a Génova, donde no hallé otro pasaje sino en dos falúas [278] que fletamos yo y otros dos principales españoles, la una para que fuese delante descubriendo [279] y la otra donde nosotros fuésemos. Con esta seguridad nos embarcamos, navegando tierra a tierra [280] con intención de no engolfarnos; [281] pero llegando a un paraje que llaman las Tres Marías, [282] que es en la costa de Francia, yendo nuestra primera falúa descubriendo, a deshora salieron de una cala dos galeotas [283] turquescas, y tomándonos la una la mar y la otra la tierra, [284] cuando íbamos a embestir en ella, [285] nos cortaron el camino y nos cautivaron. En entrando en la galeota nos desnudaron hasta dejarnos en carnes. Despojaron las falúas de cuanto llevaban y dejáronlas embestir en tierra sin echarlas a fondo, [286] diciendo que aquéllas les servirían otra vez

---

[277] *vine:* fui, llegué.   [278] *falúas:* pequeñas embarcaciones de remo o vela, dedicadas al transporte de viajeros de buena posición social, y que llevaban una cómoda cabina que acomodaba al pasajero.   [279] *descubriendo:* avisando si se presentaba algún peligro.   [280] *tierra a tierra:* costeando, siguiendo el curso del litoral a poca distancia de la costa.   [281] *engolfarnos:* adentrarnos mar adentro, hacia alta mar.   [282] *las Tres Marías:* Les Saintes Maries, puertecillo situado cerca de Marsella.   [283] *galeotas:* galeras pequeñas; véase nota 77.   [284] *la una la mar y la otra la tierra:* . cerrando una el camino hacia mar abierto y otra hacia la costa.   [285] *en ella:* en tierra, en la costa.   [286] *echarlas a fondo:* hundirlas.

de traer otra galima, que con este nombre llaman ellos a
los despojos que de los cristianos toman. Bien se me podrá creer si digo que sentía en el alma mi cautiverio, y
sobre todo la pérdida de los recaudos de Roma, donde en
una caja de lata [287] los traía, con la cédula de los mil seiscientos ducados; mas la buena suerte quiso que viniese a
manos de un cristiano cautivo español, que los guardó;
que si viniera a poder de los turcos, por lo menos había de
dar por mi rescate lo que rezaba la cédula, que ellos averi-
guarían cúya [288] era.

»Trajéronnos [289] a Argel, donde hallé que estaban res-
catando los padres de la Santísima Trinidad. Habléos,
díjeles quién era, y movidos de caridad aunque yo era extranjero, me rescataron en esta forma: que dieron por mí
trescientos ducados, los ciento luego y los doscientos
cuando volviese el bajel de la limosna a rescatar al padre
de la redención, que se quedaba en Argel empeñado [290]
en cuatro mil ducados, que había gastado más de los que
traía. Porque a toda esta misericordia y liberalidad se extiende la caridad de estos padres, que dan su libertad por
la ajena y se quedan cautivos por rescatar los cautivos.
Por añadidura del bien de mi libertad hallé la caja perdida, con los recaudos y la cédula. Mostrésela al bendito
padre que me había rescatado, y ofrecíle quinientos ducados más de los de mi rescate para ayuda de su empeño.
Casi un año se tardó en volver la nave de la limosna; y lo
que en estos años me pasó, a poderlo contar ahora, fuera
otra nueva historia. Sólo diré que fui conocido de uno de
los veinte turcos que di libertad con los demás cristianos
ya referidos, y fue tan agradecido y tan hombre de bien
que no quiso descubrirme; porque a conocerme los turcos
por aquel que había echado a fondo sus dos bajeles y qui-

---

[287] *caja de lata:* en estuches de lata, habitualmente cilíndricos, se
transportaban, para preservarlos, los documentos valiosos.   [288] *cúya:*
de quién.   [289] *Trajéronnos:* lleváronnos.   [290] *empeñado:* como rehén.

tádoles de las manos la gran nave de la India, o me presentaran al Gran Turco [291] o me quitaran la vida; y de presentarme al Gran Señor [292] redundara no tener libertad en mi vida. Finalmente, el padre redentor vino a España conmigo y con otros cincuenta cristianos rescatados. En Valencia, hicimos la procesión general, [293] y desde allí cada uno se partió donde más le plugo, [294] con las insignias de su libertad, que son estos habiticos. Hoy llegué a esta ciudad, con tanto deseo de ver a Isabela mi esposa, que sin detenerme a otra cosa pregunté por este monasterio, donde me habían de dar nuevas de mi esposa. Lo que en él me ha sucedido ya se ha visto. Lo que queda por ver son estos recaudos, para que se pueda tener por verdadera mi historia, que tiene tanto de milagrosa como de verdadera.»

Y luego, en diciendo esto, sacó de una caja de lata los recaudos que decía, y se los puso en las manos al provisor, que los vio junto con el señor Asistente, y no halló en ellos cosa que le hiciese dudar de la verdad que Ricaredo había contado. Y para más confirmación de ella ordenó el cielo que se hallase presente a todo esto el mercader florentín sobre quien venía la cédula de los mil seiscientos ducados, el cual pidió que le mostrasen la cédula, y mostrándosela la reconoció, y la aceptó para luego, porque él muchos meses había que tenía aviso de esta partida. Todo esto fue añadir admiración a admiración y espanto a espanto. Ricaredo dijo que de nuevo ofrecía los quinientos ducados que había prometido. Abrazó el Asistente a Ricaredo y a los padres de Isabela, y a ella, ofreciéndoseles a todos con corteses razones. Lo mismo hicieron los dos

---

[291] *Gran Turco:* el sultán de Turquía.   [292] *Gran Señor:* el propio sultán.   [293] *procesión general:* parte del ceremonial seguido por los cautivos redimidos era dejar constancia ante el Santo Oficio de que su fe católica no había sufrido quebranto durante el cautiverio; uno de tales ritos consistía en una solemne procesión de acción de gracias.   [294] *plugo:* pretérito indefinido del verbo *placer.*

señores eclesiásticos, y rogando a Isabela que pusiese toda aquella historia por escrito, para que la leyese su señor arzobispo, [295] y ella lo prometió.

El grande silencio que todos los circunstantes habían tenido escuchando el extraño caso se rompió en dar alabanzas a Dios por sus grandes maravillas, y dando desde el mayor hasta el más pequeño el parabién a Isabel, a Ricaredo y a sus padres, los dejaron; y ellos suplicaron al Asistente honrase sus bodas, que de allí a ocho días pensaban hacerlas. Holgó de hacerlo así el Asistente, y de allí a ocho días, acompañado de los más principales de la ciudad, se halló en ellas.

Por estos rodeos y por estas circunstancias los padres de Isabela cobraron [296] su hija y restauraron su hacienda, y ella, favorecida del cielo y ayudada de sus muchas virtudes, a despecho de tantos inconvenientes, halló marido tan principal como Ricaredo, en cuya compañía se piensa que aún hoy vive en las casas que alquilaron frontero de Santa Paula, que después las compraron de los herederos de un hidalgo burgalés que se llamaba Hernando de Cifuentes.

Esta novela nos podrá enseñar cuánto puede la virtud y cuánto la hermosura, pues son bastantes juntas y cada una de por sí a enamorar aun hasta los mismos enemigos, y de cómo sabe el cielo sacar de las mayores adversidades nuestras, nuestros mayores provechos. [(55)]

---

[295] *arzobispo:* muy aficionado a la lectura, como se señala en la nota 256; parece aquí Cervantes señalar que *La española inglesa* también la destinaba a su entretenimiento, igual que *Rinconete y Cortadillo* o *El celoso extremeño.* [296] *cobraron:* recuperaron.

---

(55) El obligado final feliz sintetiza el triunfo de la virtud y del amor sobre las insidias y desgracias que han padecido los protagonistas en su peregrinaje para poder llegar a él. La conclusión incluye una nueva serie de apelaciones a la historicidad del relato, con las cuales el autor intensifica la verosimilitud de lo narrado, y la explicación del carácter *ejemplar* de la novela.

NOVELA DEL LICENCIADO VIDRIERA

Paseándose dos caballeros estudiantes por las riberas de Tormes, [1] hallaron en ellas, debajo de un árbol, durmiendo, a un muchacho de hasta edad de once años, vestido como labrador. Mandaron a un criado que le despertase; despertó, y preguntáronle de adónde era y qué hacía durmiendo en aquella soledad. A lo cual el muchacho respondió que el nombre de su tierra se le había olvidado, y que iba a la ciudad de Salamanca a buscar un amo a quien servir, por sólo que le diese estudio. [2] Preguntáronle si sabía leer; respondió que sí, y escribir también. [56]

—De esa manera —dijo uno de los caballeros—, no es por falta de memoria habérsete olvidado el nombre de tu patria.

—Sea por lo que fuere —respondió el muchacho—: que

---

[1] *de Tormes:* lo habitual en la lengua del Siglo de Oro era que los nombres de río no llevasen artículo. [2] *estudio:* era una costumbre habitual la de servir a algún caballero que cursase estudios en la Universidad, para de tal modo obtener, acompañándole, una graduación universitaria.

---

(56) El relato comienza con su situación espacial y con el deliberado escamoteo genealógico de su protagonista. Puede hallarse en este último dato una curiosa semejanza con la ocultación del nombre del pueblo de don Quijote.

ni el de ella ni el de mis padres sabrá ninguno hasta que
yo pueda honrarlos a ellos y a ella.

—Pues, ¿de qué suerte los piensas honrar? —preguntó el
otro caballero.

—Con mis estudios —respondió el muchacho—, siendo
famoso por ellos; porque yo he oído decir que de los hombres se hacen los obispos. [3]

Esta respuesta movió a los dos caballeros a que le recibiesen y llevasen consigo, como lo hicieron, dándole estudio de la manera que se usa dar en aquella universidad a
los criados que sirven. Dijo el muchacho que se llamaba
Tomás Rodaja, de donde infirieron sus amos, por el nombre y por el vestido, que debía de ser hijo de algún labrador pobre. A pocos días le vistieron de negro, [57] y a
pocas semanas dio Tomás muestras de tener raro ingenio,
sirviendo a sus amos con toda fidelidad, puntualidad y diligencia que, con no faltar un punto a sus estudios, parecía
que sólo se ocupaba en servirlos. Y como el buen servir
del siervo mueve la voluntad del señor a tratarle bien, ya
Tomás Rodaja no era criado de sus amos, sino su compañero. Finalmente, en ocho años que estuvo con ellos se
hizo tan famoso en la universidad por su buen ingenio y
notable habilidad, que de todo género de gentes era estimado y querido. Su principal estudio fue de leyes; pero en
lo que más se mostraba [4] era en letras humanas; [5] y tenía
tan feliz memoria, que era cosa de espanto; e ilustrábala
tanto con su buen entendimiento, que no era menos famoso por él que por ella.

---

[3] *de los hombres ... obispos:* es un refrán que pondera la igualdad entre los hombres y la posibilidad de que los humildes alcancen los más altos destinos. [4] *se mostraba:* destacaba. [5] *letras humanas:* humanidades, especialmente el estudio de los autores grecolatinos.

---

(57) Obsérvese la fina descripción de las costumbres de los estudiantes salmantinos.

Sucedió que se llegó el tiempo que sus amos acabaron sus estudios y se fueron a su lugar, que era una de las mejores ciudades de Andalucía. Lleváronse consigo a Tomás, y estuvo con ellos algunos días; pero como le fatigasen los deseos de volver a sus estudios y a Salamanca —que enhechiza la voluntad de volver a ella a todos los que de la apacibilidad de su vivienda han gustado—, pidió a sus amos licencia para volverse. Ellos, corteses y liberales, se la dieron, acomodándole de suerte que con lo que le dieron se pudiera sustentar tres años.

Despidióse de ellos, mostrando en sus palabras su agradecimiento, y salió de Málaga —que ésta era la patria de sus señores—, y al bajar de la cuesta de la Zambra, camino de Antequera, [6] se topó con un gentilhombre a caballo, vestido bizarramente de camino, [7] con dos criados también a caballo. Juntóse con él y supo como llevaba su mismo viaje. Hicieron camarada, [8] departieron de diversas cosas, y a pocos lances dio Tomás muestras de su raro ingenio y el caballero las dio de su bizarría y cortesano trato, y dijo que era capitán de infantería por Su Majestad y que su alférez estaba haciendo la compañía [9] en tierra de Salamanca. Alabó la vida de la soldadesca; pintóle muy al vivo la belleza de la ciudad de Nápoles, las holguras de Palermo, la abundancia de Milán, los festines de Lombardía, las espléndidas comidas de las hosterías; dibujóle dulce y puntualmente el *aconcha, patrón; pasa acá, manigoldo; venga la macarela, li polastri, e li*

---

[6] *Antequera:* el camino que se seguía para ir a Salamanca desde Málaga era hasta Toledo y desde allí a la ciudad del Tormes. Entre Málaga y Toledo se pasaba por Antequera. [7] *bizarramente de camino:* el traje de viajero era de muchos colores vistosos. [8] *Hicieron camarada:* es lo mismo que decir que hicieron el viaje juntos, hospedándose y comiendo en los mismos lugares. [9] *haciendo la compañía:* reclutando los soldados de que iba a componerse.

macarroni. [10] Puso las alabanzas en el cielo de la vida libre del soldado y de la libertad de Italia; pero no le dijo nada del frío de las centinelas, [11] del peligro de los asaltos, del espanto de las batallas, del hambre de los cercos, [12] de la ruina de las minas, con otras cosas de este jaez, que algunos las toman y tienen por añadiduras del peso de la soldadesca, y son la carga principal de ella. En resolución, tantas cosas le dijo, y tan bien dichas, que la discreción de nuestro Tomás Rodaja comenzó a titubear y la voluntad a aficionarse a aquella vida, que tan cerca tiene la muerte. [(58)]

El capitán, que don Diego de Valdivia se llamaba, contentísimo de la buena presencia, ingenio y desenvoltura de Tomás, le rogó que se fuese con él a Italia, si quería, por curiosidad de verla; que él le ofrecía su mesa y aun, si fuese necesario, su bandera, porque su alférez la había de dejar presto.

Poco fue menester para que Tomás tuviese el envite, [13] haciendo consigo en un instante un breve discurso de que

---

[10] *aconcha ... macarroni:* transcripción macarrónica de una frase en lengua italiana; Cervantes refleja así el modo de hablar de los soldados españoles en Italia, quienes apenas sabían unas cuantas palabras en tal idioma, y mal pronunciadas. La probable traducción de la frase sería: «Apercíbete, patrón; ven acá, picarón; vengan la *maccatella*, los pollos y los macarrones.» La *maccatella* era una especie de albondiguilla, pero machacada. [11] *las centinelas: centinela* tenía género femenino en la lengua de la época; aquí debe entenderse como la acción de estar de guardia un soldado. [12] *cercos:* sitios, asedios. [13] *tuviese el envite:* aceptase el ofrecimiento.

---

(58) Nótese la minuciosidad de la descripción de la ruta que sigue el protagonista, así como la proyección de la experiencia personal cervantina en la misma y en su conocimiento de la vida militar. Especialmente representativa es su devoción por las tierras, gentes y productos de Italia, siempre presentes en la memoria de Cervantes.

sería bueno ver a Italia y Flandes y otras diversas tierras y países, pues las luengas peregrinaciones hacen a los hombres discretos, y que en esto, a lo más largo, podía gastar tres o cuatro años, que añadidos a los pocos que él tenía, no serían tantos que impidiesen volver a sus estudios. Y como si todo hubiera de suceder a la medida de su gusto, dijo al capitán que era contento de irse con él a Italia; pero había de ser condición que no se había de sentar debajo de bandera, [14] ni poner en lista de soldado, por no obligarse a seguir su bandera. Y aunque el capitán le dijo que no importaba ponerse en lista, que así gozaría de los socorros y pagas que a la compañía se diesen, porque él le daría licencia todas las veces que se la pidiese.

—Eso sería —dijo Tomás— ir contra mi conciencia y contra la del señor capitán; y así, más quiero ir suelto que obligado.

—Conciencia tan escrupulosa —dijo don Diego—, más es de religioso que de soldado; pero como quiera que sea, ya somos camaradas.

Llegaron aquella noche a Antequera, y en pocos días y grandes jornadas [15] se pusieron donde estaba la compañía, ya acabada de hacer, y que comenzaba a marchar la vuelta de Cartagena, [16] alojándose ellas y otras cuatro por los lugares [17] que le venían a mano. Allí notó Tomás la autoridad de los comisarios, [18] la incomodidad [19] de algunos capitanes, la solicitud de los aposentadores, [20] la

---

[14] *sentar debajo de bandera:* sentar plaza como soldado; como dice luego, desea acompañarle como paisano para poderse mover libremente y no tener que seguir el camino de la compañía de soldados.   [15] *jornadas:* etapas de camino desarrolladas cada día.   [16] *marchar la vuelta de Cartagena:* marchar hacia Cartagena.   [17] *lugares:* poblaciones.   [18] *comisarios:* así se llamaba a los funcionarios que ordenaban a los pueblos aposentar a la tropa, y organizaban la instalación en ellos de la misma.   [19] *incomodidad:* la condición antipática, desabrida o soberbia.   [20] *aposentadores:* quienes repartían los alojamientos que se habían dispuesto en las casas del pueblo entre los diversos militares de la tropa.

industria y cuenta [21] de los pagadores, las quejas de los pueblos, [22] el rescatar de las boletas, [23] las insolencias de los bisoños, [24] las pendencias de los huéspedes, [25] el pedir bagajes [26] más de los necesarios, y, finalmente, la necesidad casi precisa de hacer todo aquello que notaba y mal le parecía.

Habíase vestido Tomás de papagayo, [27] renunciando los hábitos de estudiante, y púsose a lo de Dios es Cristo, [28] como se suele decir. Los muchos libros que tenía los redujo a unas *Horas de Nuestra Señora* [29] y un *Garcilaso* sin comento, [30] que en las dos faldriqueras [31] llevaba. Llegaron más presto de lo que quisieran a Cartagena, porque la vida de los alojamientos es ancha y varia y cada día se topan cosas nuevas y gustosas.

Allí se embarcaron en cuatro galeras de Nápoles, [32] y allí notó también Tomás Rodaja la extraña vida de aquellas marítimas casas, [33] adonde lo más del tiempo maltratan las chinches, roban los forzados, [34] enfadan los mari-

---

[21] *industria y cuenta:* astucia y habilidad.   [22] *quejas de los pueblos:* el descontento de las poblaciones a causa de la obligación de alojar a la tropa era notorio, así como sus quejas por los atropellos de todo tipo que en tales lugares cometía la soldadesca.   [23] *boletas:* documentos repartidos a los soldados, asignándoles el lugar donde debían alojarse.   [24] *bisoños:* soldados novatos, alistados recientemente y que no habían entrado en combate.   [25] *huéspedes:* dueños de las casas en que se alojaban los soldados.   [26] *bagajes:* bestias de carga.   [27] *de papagayo:* de colores vistosos, al modo que era propio de los uniformes militares.   [28] *a lo de Dios es Cristo:* con aspecto de bravucón.   [29] *Horas de Nuestra Señora:* libro de oraciones piadosas a la Virgen.   [30] *sin comento:* es decir, una de las ediciones de las poesías de Garcilaso sin comentar. (Las comentadas eran las que iban anotadas por el Brocense o por Herrera.)   [31] *faldriqueras:* bolsillos.   [32] *galeras de Nápoles:* galeras españolas de la flota del reino de Nápoles. (Las galeras eran naves ligeras, impulsadas a vela y remo.)   [33] *marítimas casas:* metafóricamente, los barcos.   [34] *forzados:* los delincuentes eran condenados frecuentemente a remar en las galeras del rey; a éstos alude Cervantes.

neros, destruyen los ratones y fatigan las maretas. [35] Pusiéronle temor las grandes borrascas y tormentas, especialmente en el golfo de León, [36] que tuvieron dos, que la una los echó a Córcega y la otra los volvió a Tolón, en Francia. En fin, trasnochados, mojados y con ojeras, llegaron a la hermosa y bellísima ciudad de Génova, y desembarcándose en su recogido mandrache, [37] después de haber visitado una iglesia, [38] dio el capitán con todos sus camaradas en una hostería, donde pusieron en olvido todas las borrascas pasadas con el presente *gaudeamus*. [39]

Allí conocieron la suavidad del Treviano, [40] el valor del Montefrascón, [41] la fuerza del Asperino, [42] la generosidad de los dos griegos Candia [43] y Soma, [44] la grandeza del de las Cinco Viñas, [45] la dulzura y apacibilidad de la señora Guarnacha, [46] la rusticidad de la Chéntola, [47] sin que entre todos estos señores osase parecer la bajeza del Romanesco. [48] Y habiendo hecho el huésped [49] la reseña de tantos y tan diferentes vinos, se ofreció de hacer parecer [50] allí, sin usar de tropelía, [51] ni como pintados en mapa, sino real y verdaderamente, a Madrigal, [52] Coca,

---

[35] *maretas:* vientos fuertes o a ráfagas, que provocan el balanceo del barco y ocasionan a los tripulantes poco marineros frecuentes mareos y vómitos. [36] *golfo de León:* entre el cabo de Creus y el delta del Ródano. La ruta a la Italia, en la época, se hacía costeando. [37] *mandrache:* la parte nueva del puerto de Génova, llamada *il Mandraccio*. [38] *haber visitado una iglesia:* en acción de gracias por haber salido sanos del viaje. [39] *gaudeamus:* véase *Rinconete*, nota 313. [40] *Treviano:* vino de Trebbia. [41] *Montefrascón:* vino de Montefiascone. [42] *Asperino:* vino de Capri o Nápoles. [43] *Candia:* vino de la isla de Candia. [44] *Soma:* vino cosechado en la región del Vesubio. [45] *Cinco Viñas:* vino de Génova. [46] *Guarnacha:* vino de San Luchito. [47] *Chéntola:* vino de Centola, en Nápoles. [48] *Romanesco:* vino de Roma. [49] *huésped:* el patrón, dueño o encargado de la hostería. [50] *parecer:* aparecer. [51] *tropelía:* sustitución mágica de una cosa por otra. [52] *Madrigal:* con éste y los siguientes pueblos que se mencionan, hace Cervantes ahora una lista breve de vinos españoles.

Alaejos, y a la Imperial más que Real Ciudad, [53] recámara del dios de la risa; [54] ofreció a Esquivias, a Alanís, a Cazalla, Guadalcanal y la Membrilla, sin que se le olvidase de Ribadavia y de Descargamaría. Finalmente, más vinos nombró el huésped, y más les dio, que pudo tener en sus bodegas el mismo Baco.

Admiráronle también al buen Tomás los rubios cabellos de las genovesas y la gentileza y gallarda disposición de los hombres, la admirable belleza de la ciudad, que en aquellas peñas parece que tiene las casas engastadas, como diamantes en oro. Otro día se desembarcaron todas las compañías que habían de ir al Piamonte; pero no quiso Tomás hacer este viaje, sino irse desde allí por tierra a Roma y a Nápoles, como lo hizo, quedando de volver por la gran Venecia y por Loreto a Milán y al Piamonte, donde dijo don Diego de Valdivia que le hallaría si ya no los hubiesen llevado a Flandes, según se decía.

Despidióse Tomás del capitán de allí a dos días, y en cinco llegó a Florencia, habiendo visto primero a Luca, ciudad pequeña, pero muy bien hecha, y en la que, mejor que en otras partes de Italia, son bien vistos y agasajados los españoles. Contentóle Florencia en extremo, así por su agradable asiento como por su limpieza, suntuosos edificios, fresco río y apacibles calles. Estuvo en ella cuatro días, y luego se partió a Roma, reina de las ciudades y señora del mundo. Visitó sus templos, adoró sus reliquias y admiró su grandeza; y así como por las uñas del león [55] se viene en conocimiento de su grandeza y ferocidad, así él sacó la de Roma por sus despedazados mármoles, me-

---

[53] *la Imperial más que Real Ciudad:* Ciudad Real, a la que llama *imperial* por ejercer claro imperio sobre las demás por la abundancia y calidad de sus vinos. [54] *dios de la risa:* Baco, dios de la risa y del vino. [55] *uñas del león:* es frase proverbial que indica cómo por indicios o señales breves se puede alcanzar el conocimiento de un gran conjunto al que pertenecen.

dias y enteras estatuas, por sus rotos arcos y derribadas termas, por sus magníficos pórticos y anfiteatros grandes, por su famoso y santo río, que siempre llena sus márgenes de aguas y las beatifica con las infinitas reliquias de cuerpos de mártires que en ellas tuvieron sepultura; por sus puentes, que parece que se están mirando unas a otras, y por sus calles, que con sólo el nombre cobran autoridad sobre todas las de las otras ciudades del mundo: la vía Apia, la Flaminia, la Julia, con otras de este jaez. Pues no le admiraba menos la división de sus montes dentro de sí misma: el Celio, el Quirinal y el Vaticano, con los otros cuatro, [56] cuyos nombres manifiestan la grandeza y majestad romana. Notó también la autoridad del Colegio de Cardenales, la majestad del Sumo Pontífice, el concurso y variedad de gentes y naciones. Todo lo miró, y notó y puso en su punto. Y habiendo andado la estación de las siete iglesias, [57] y confesádose con un penitenciario, [58] y besado el pie a Su Santidad, lleno de *agnusdéis* [59] y cuentas determinó irse a Nápoles; y por ser tiempo de mutación, [60] malo y dañoso para todos los que en él entran o salen de Roma, como hayan caminado por tierra, se fue por mar a Nápoles, donde a la admiración que traía de haber visto a Roma añadió la que le causó ver a Nápo-

---

[56] *otros cuatro:* En realidad son cinco los montes principales que no cita, pues el Vaticano es de los secundarios. Los siete montes de Roma son, además de los dos citados, el Capitolino, el Esquilino, el Aventino, el Palatino y el Viminal. [57] *siete iglesias:* visita que hacían habitualmente los peregrinos que llegaban a Roma, quienes oraban en San Pedro, San Pablo, San Juan de Letrán, San Sebastián, Santa María la Mayor, San Lorenzo y Santa Cruz. [58] *penitenciario:* eclesiástico que en las iglesias tenía a su cargo confesar a los peregrinos y penitentes. [59] *agnusdéis:* objetos de devoción muy venerados, que consisten en una lámina gruesa de cera con la imagen del Cordero o de algún santo impresa, y que bendice y consagra el Sumo Pontífice con varias ceremonias, por lo regular cada siete años. [60] *mutación:* se llamaba así al período de mitad del verano, momento en que en Roma había grave peligro de contraer la malaria.

les, ciudad, a su parecer, y al de todos cuantos la han visto, la mejor de Europa, y aun de todo el mundo.

Desde allí se fue a Sicilia, y vio a Palermo, y después a Micina; [61] de Palermo le pareció bien el asiento y belleza, y de Micina, el puerto, y de toda la isla, la abundancia, por quien propiamente y con verdad es llamada granero [62] de Italia. Volvióse a Nápoles y a Roma, y de allí fue a Nuestra Señora de Loreto, en cuyo santo templo no vio paredes ni murallas; porque todas estaban cubiertas de muletas, de mortajas, de cadenas, de grillos, de esposas, de cabelleras, de medios bultos de cera y de pinturas y retablos, que daban manifiesto [63] de las innumerables mercedes que muchos habían recibido de la mano de Dios por intercesión de su divina Madre, [64] que aquella sacrosanta imagen quiso engrandecer y autorizar con muchedumbre de milagros, en recompensa de la devoción que le tienen aquellos que con semejantes doseles tienen adornados los muros de su casa. Vio el mismo aposento y estancia donde se relató la más alta embajada y de más importancia que vieron, y no entendieron, todos los cielos, y todos los ángeles, y todos los moradores de las moradas sempiternas. [65]

Desde allí, embarcándose en Ancona, fue a Venecia, ciudad que de no haber nacido Colón en el mundo no tuviera en él semejante: merced al cielo y al gran Hernan-

---

[61] *Micina:* Messina.   [62] *granero:* así se la llamaba ya en la antigüedad romana, por su feracidad y por la abundancia de sus cosechas.   [63] *manifiesto:* testimonio.   [64] Era costumbre de quienes recibían favores milagrosos llevar en cera una copia del miembro sanado, o un mechón de cabellos, o un lienzo en que se hubiese pintado la escena del milagro, o las cadenas que se habían arrastrado en peregrinación de acción de gracias, etc.; tales objetos *(exvotos)* quedaban colgados de las paredes del templo.   [65] *moradas sempiternas:* los cielos; alude a la leyenda piadosa de Loreto, según la cual la casa en que vivía la Virgen al tiempo en que le fue anunciado que había sido elegida como madre del Mesías, fue transportada milagrosamente por los ángeles en 1291 a Tersatz, en Dalmacia, y de la misma forma a Loreto en 1295.

do Cortés, que conquistó la gran Méjico para que la gran Venecia tuviese en alguna manera quien se le opusiese. Estas dos famosas ciudades se parecen en las calles, que son todas de agua: la de Europa, admiración del mundo antiguo; la de América, espanto del mundo nuevo. Parecióle que su riqueza era infinita, su gobierno prudente, su sitio inexpugnable, su abundancia mucha, sus contornos alegres, y, finalmente, toda ella en sí y en sus partes digna de la fama que de su valor por todas las partes del orbe se extiende, dando causa de acreditar más esta verdad la máquina [66] de su famoso arsenal, [67] que es el lugar donde se fabrican las galeras, con otros bajeles que no tienen número.

Por poco fueran [68] los de Calipso [69] los regalos y pasatiempos que halló nuestro curioso en Venecia, pues casi le hacían olvidar de su primer intento. Pero habiendo estado un mes en ella, por Ferrara, Parma y Plasencia volvió a Milán, oficina de Vulcano, [70] ojeriza del reino de Francia, [71] ciudad, en fin, de quien se dice que puede decir y hacer, [72] haciéndola magnífica la grandeza suya y de su templo y su maravillosa abundancia de todas las cosas a la vida humana necesarias. Desde allí se fue a Aste, [73] y llegó a tiempo que otro día marchaba el tercio a Flandes.

---

[66] *máquina:* edificaciones del astillero.   [67] *arsenal:* astillero.   [68] *Por poco fueran:* los hubiese tenido en poco, comparados a los que Venecia le ofrecía.   [69] *Calipso:* ninfa que en la *Odisea* retiene durante siete años a Ulises en su isla, entorpeciendo el regreso de éste a Itaca, su patria, donde le esperaba su esposa Penélope.   [70] *Vulcano:* dios de los herreros en la mitología latina, como tal construía armas maravillosas: Cervantes alude al hecho de ser Milán sede de una importantísima cadena de herrerías que fabricaban las más famosas armas de la época.   [71] *ojeriza ... Francia:* alude Cervantes a las numerosas guerras que España y Francia sostuvieron a lo largo del siglo XVI por el dominio del Milanesado.   [72] *decir y hacer:* alude al refrán: *del dicho al hecho hay mucho trecho,* indicando que Milán puede *decir* —presumir— y *hacer* —ser cierto aquello de que presume—.   [73] *Aste:* Asti, ciudad del Piamonte, no muy lejos de Turín.

Fue muy bien recibido de su amigo el capitán, y en su compañía y camarada pasó a Flandes, y llegó a Amberes, ciudad no menos para maravillar que las que había visto en Italia. Vio a Gante, y a Bruselas, y vio que todo el país se disponía a tomar las armas para salir en campaña el verano siguiente.

Y habiendo cumplido con el deseo que le movió a ver lo que había visto, determinó volverse a España y a Salamanca a acabar sus estudios, y como lo pensó lo puso luego por obra, con pesar grandísimo de su camarada, que le rogó, al tiempo de despedirse, le avisase [74] de su salud, llegada y suceso. Prometióselo así como lo pedía, y por Francia volvió a España, sin haber visto París, por estar puesta en armas. En fin, llegó a Salamanca, donde fue bien recibido de sus amigos, y con la comodidad que ellos le hicieron prosiguió sus estudios hasta graduarse de licenciado en leyes.

Sucedió que en este tiempo llegó a aquella ciudad una dama de todo rumbo y manejo. [75] Acudieron luego a la añagaza [76] y reclamo todos los pájaros [77] del lugar, sin quedar vademécum [78] que no la visitase. Dijéronle a Tomás que aquella dama decía que había estado en Italia y en Flandes, y por ver si la conocía, fue a visitarla, de cuya visita y vista quedó ella enamorada de Tomás. Y él, sin echar de ver en ello, si no era por fuerza y llevado de

---

[74] *avisase:* le escribiese comunicándole.   [75] *de todo rumbo y manejo:* se decía de las cortesanas o mujeres públicas que ejercían la prostitución de modo más o menos encubierto y con clientela limitada.   [76] *añagaza:* señuelo, artificio para atraer con engaño.   [77] *pájaros:* naturalmente, alude a los jóvenes libertinos de la ciudad; esta metáfora despectiva tiene correlación con los términos *añagaza* y *reclamo,* que denominan las trampas usadas por los cazadores de aves; como éstas acuden a su ruina al acercarse a aquéllas, así lo hacen los libertinos al acudir al trato de las prostitutas.   [78] *vademécum:* debe entenderse aquí (por metonimia) como 'estudiante'; el *vademécum* era el cartapacio que llevaban los estudiantes.

otros, no quería entrar en su casa. [59] Finalmente, ella le descubrió su voluntad y le ofreció su hacienda. Pero como él atendía más a sus libros que a otros pasatiempos, en ninguna manera respondía al gusto de la señora, la cual, viéndose desdeñada y, a su parecer, aborrecida y que por medios ordinarios y comunes no podía conquistar la roca de la voluntad de Tomás, acordó de buscar otros modos a su parecer más eficaces y bastantes para salir con el cumplimiento de sus deseos. Y así, aconsejada de una morisca, [79] en un membrillo toledano dio a Tomás uno de estos que llaman hechizos, [80] creyendo que le daba cosa que le forzase la voluntad a quererla: como si hubiese en el mundo yerbas, encantos ni palabras suficientes a forzar el libre albedrío; y así, las que dan estas bebidas o comidas amatorias se llaman *veneficios;* [81] porque no es otra cosa lo que hacen sino dar veneno a quien las toma, como lo tiene mostrado la experiencia en muchas y diversas ocasiones.

---

[79] *morisca:* así se denominaba a los musulmanes que quedaron en territorio cristiano tras la reconquista; junto con los judíos se dedicaron frecuentemente a la medicina, y al igual que éstos tuvieron fama entre los cristianos de ejercer la magia y la brujería, motivo por el que con frecuencia eran perseguidos. [80] *hechizos:* sustancias con pretendidas virtudes mágicas. [81] *veneficios:* voz de la misma familia léxica que *veneno;* su significado se explica en el texto.

---

(59) Tras el largo prolegómeno anterior, puede observarse que la trama novelesca comienza ahora. Se trata de un enredo muy leve que da paso a la locura del protagonista. Cervantes no pretendía una novela argumentalmente compleja, sino poder mostrar los aspectos jocosos de la vida coetánea de la época, suavizando el efecto de la ironía por el recurso de ponerlos en boca de un loco. Puede señalarse, por tánto, que el conjunto de apotegmas, chascarrillos y sentencias del loco Vidriera constituye el núcleo de la obra, y que el encuadre argumental no es sino la disculpa narrativa que le hace posible.

Comió en tan mal punto Tomás el membrillo [60] que al
momento comenzó a herir de pie y de mano [82] como si
tuviera alferecía, [83] y sin volver en sí estuvo muchas horas, al cabo de las cuales volvió como atontado, y dijo con
lengua turbada y tartamuda que un membrillo que había
comido le había muerto, y declaró quién se le había dado.
La justicia, que tuvo noticia del caso, fue a buscar la mal-
hechora; pero ya ella, viendo el mal suceso, se había puesto en cobro, [84] y no pareció jamás.

Seis meses estuvo en la cama Tomás, en los cuales se
secó y se puso, como suele decirse, en los huesos, y mostraba tener turbados todos los sentidos; y aunque le hicieron los remedios posibles, sólo le sanaron la enfermedad
del cuerpo, pero no de lo del entendimiento, porque quedó
sano, y loco de la más extraña locura que entre las locuras
hasta entonces se había visto. Imaginóse el desdichado
que era todo hecho de vidrio, y con esta imaginación,
cuando alguno se llegaba a él, daba terribles voces pidiendo y suplicando con palabras y razones concertadas [85]
que no se le acercasen, porque le quebrarían: que real y
verdaderamente él no era como los otros hombres: que
todo era de vidrio, de pies a cabeza.

Para sacarle de esta extraña imaginación, muchos, sin
atender a sus voces y rogativas, arremetieron a él y le
abrazaron, diciéndole que advirtiese y mirase cómo no se

---

[82] *herir de pie y de mano:* tener convulsiones fuertes de manos y
pies.   [83] *alferecía:* grave enfermedad que daba especialmente a los
niños y que tenía como característica más marcada la aparición de temblores y espasmos muy fuertes.   [84] *se había puesto en cobro:* se había
marchado a donde no pudieran alcanzarla.   [85] *concertadas:* lógicas,
coherentes.

---

(60) Nótese el curioso paralelo entre la mujer que con un
membrillo acarrea la desgracia a Tomás Rodaja y el pasaje bíblico de Adán, Eva y la manzana.

quebraba. Pero lo que se granjeaba en esto era que el pobre se echaba en el suelo dando mil gritos, y luego le tomaba un desmayo del cual no volvía en sí en cuatro horas; y cuando volvía era renovando las plegarias y rogativas de que otra vez no le llegasen. [86] Decía que le hablasen desde lejos, y le preguntasen lo que quisiesen, porque a todo les respondería con más entendimiento, por ser hombre de vidrio y no de carne: que él vidrio, por ser de materia sutil y delicada, obraba por ella el alma con más prontitud y eficacia que no por la del cuerpo, pesada y terrestre.

Quisieron algunos experimentar si era verdad lo que decía, y así, le preguntaron muchas y difíciles cosas, a las cuales respondió espontáneamente con grandísima agudeza de ingenio; cosa que causó admiración a los más letrados de la Universidad y a los profesores de la medicina y filosofía, viendo que en un sujeto donde se contenía tan extraordinaria locura como era el pensar que fuese de vidrio, se encerrase tan grande entendimiento que respondiese a toda pregunta con propiedad y agudeza. [61]

Pidió Tomás le diesen alguna funda donde pusiese aquel vaso quebradizo de su cuerpo, porque al vestirse algún vestido estrecho no se quebrase; y así, le dieron una ropa parda y una camisa muy ancha, que él se vistió con mucho tiento y se ciñó con una cuerda de algodón. No quiso calzarse zapatos en ninguna manera, y el orden que tuvo para que le diesen de comer sin que a él le llegasen fue poner en la punta de una vara una vasera [87] de orinal,

---

[86] *le llegasen:* se le acercasen.   [87] *vasera:* estuche o caja.

---

(61) Acerca de la locura peculiar de Vidriera, que mantiene una despierta inteligencia para cuanto no se relacione con su monomanía de ser de vidrio, debe tenerse en cuenta la locura de don Quijote, quien asimismo es muy cuerdo en cuanto no se relacione con la temática tocante a los libros de caballería.

en la cual le ponían alguna cosa de fruta de las que la
sazón del tiempo ofrecía. Carne ni pescado, no lo quería;
no bebía sino en fuente o en río, y esto, con las manos;
cuando andaba por las calles, iba por la mitad de ellas,
mirando a los tejados, temeroso no le cayese alguna teja
encima y le quebrase. Los veranos dormía en el campo al
cielo abierto, y en los inviernos se metía en algún mesón,
y en el pajar se enterraba hasta la garganta, diciendo que
aquélla era la más propia y más segura cama que podían
tener los hombres de vidrio. Cuando tronaba, temblaba
como un azogado, [88] y se salía al campo, y no entraba en
poblado hasta haber pasado la tempestad.

Tuviéronle encerrado sus amigos mucho tiempo; pero
viendo que su desgracia pasaba adelante, determinaron de
condescender con lo que él les pedía, que era le dejasen
andar libre, y así, le dejaron, y él salió por la ciudad, cau-
sando admiración y lástima a todos los que le conocían.

Cercáronle luego los muchachos; pero él con la vara los
detenía, y les rogaba le hablasen apartados, por que no se
quebrase: que por ser hombre de vidrio, era muy tierno y
quebradizo. Los muchachos, que son la más traviesa generación del mundo, a despecho de sus ruegos y voces, le
comenzaron a tirar trapos, y aun piedras, por ver si era de
vidrio, como él decía; pero él daba tantas voces y hacía
tales extremos, [89] que movía a los hombres a que riñesen
y castigasen a los muchachos por que no le tirasen. [(62)]

---

[88] *azogado:* el que padece la enfermedad producida por absorber va-
pores de azogue, cuyos síntomas más llamativos son los continuados
temblores.   [89] *extremos:* lamentos despechados y angustiosos.

---

(62) Obsérvense los toques costumbristas en la descripción de
la persecución a que el protagonista es sometido por las gentes
del lugar, en especial los malos tratos que le infligen los muchachos. Este detalle habitual suaviza lo extraordinario de la historia y la hace, por contigüidad temática, más verosímil.

Mas un día que le fatigaron mucho se volvió a ellos, diciendo:

—¿Qué me queréis, muchachos, porfiados como moscas, sucios como chinches, atrevidos como pulgas? ¿Soy yo, por ventura, el monte Testacho [90] de Roma, para que me tiréis tantos tiestos y tejas?

Por oírle reñir y responder a todos le seguían siempre muchos, y los muchachos tomaron y tuvieron por mejor partido antes oírle que tirarle. Pasando, pues, una vez por la ropería de Salamanca, le dijo una ropera:

—En mi ánima, señor Licenciado, que me pesa de su desgracia; pero ¿qué haré, que no puedo llorar? **(63)**

Él se volvió a ella, y muy mesurado le dijo:

—*Filiae Hierusalem, plorate super vos et super filios vestros.* [91]

Entendió el marido de la ropera la malicia [92] del dicho y díjole:

—Hermano licenciado Vidriera —que así decía él que se llamaba—, más tenéis de bellaco que de loco.

—No se me da un ardite [93] —respondió él—, como no tenga nada de necio.

Pasando un día por la casa llana y venta común [94] vio que estaban a la puerta de ella muchas de sus moradoras,

---

[90] *el monte Testacho:* así se llamaba a un montículo artificial de Roma, formado por tejas y cacharros allí amontonados. [91] *Filiae ... vestros:* «Hijas de Jerusalén, llorad sobre vosotras y sobre vuestros hijos»; se trata de una cita parcial del Evangelio de San Lucas, 23, 28. [92] *la malicia:* efectivamente, la respuesta es doblemente maliciosa, pues de una parte acusa a los roperos de judaizantes, y de otra, señala que los hijos de la mujer no son del marido. [93] *No se me da un ardite:* No me importa en absoluto. [94] *casa llana y venta común:* ambas expresiones significan 'prostíbulo'.

---

(63) En este punto el relato entra en la fase central al convertirse en una sucesión de proverbios, apotegmas y sarcasmos, como queda indicado en **58**.

y dijo que eran bagajes [95] del ejército de Satanás que estaban alojados en el mesón del Infierno.

Preguntóle uno que qué consejo o consuelo daría a un amigo suyo que estaba muy triste porque su mujer se le había ido con otro.

A lo cual respondió:

—Dile que dé gracias a Dios por haber permitido le llevasen de casa a su enemigo.

—Luego ¿no irá a buscarla? —dijo el otro.

—Ni por pienso [96] —replicó Vidriera—; porque sería el hallarla un perpetuo y verdadero testigo de su deshonra.

—Ya que eso sea así —dijo el mismo—, ¿qué haré yo para tener paz con mi mujer?

Respondióle:

—Dale lo que hubiere menester; déjala que mande a todos los de su casa; pero no sufras que ella te mande a ti.

Díjole un muchacho:

—Señor licenciado Vidriera, yo me quiero desgarrar [97] de mi padre porque me azota muchas veces.

Y respondióle:

—Advierte, niño, que los azotes que los padres dan a los hijos honran, y los del verdugo afrentan.

Estando a la puerta de una iglesia, vio que entraba en ella un labrador de los que siempre blasonan de cristianos viejos, [98] y detrás dél venía uno que no estaba en tan buena opinión [99] como el primero, y el Licenciado dio grandes voces al labrador, diciendo:

—Esperad, Domingo, a que pase el Sábado. [100]

De los maestros de escuela decía que eran dichosos,

---

[95] *bagajes:* véase nota 26. [96] *Ni por pienso:* fórmula equivalente a *ni pensarlo.* [97] *desgarrar:* apartar de su tutela, emancipar. [98] *cristianos viejos:* así se denominaba a quienes no tenían entre sus ascendientes judíos o moriscos. [99] *opinión:* consideración, opinión que los demás tienen de él. [100] *Domingo ... Sábado:* nuevo juego conceptual; llamándolos así, tacha de judío al segundo, pues los hebreos consideran como día santo el sábado y los cristianos el domingo.

pues trataban siempre con ángeles, y que fueran dichosísimos si los angelitos no fueran mocosos. Otro le preguntó que qué le parecía de las alcahuetas. Respondió que no lo eran las apartadas, sino las vecinas. [101]

Las nuevas de su locura y de sus respuestas y dichos se extendió [102] por toda Castilla, y llegando a noticia de un príncipe [103] o señor que estaba en la Corte, quiso enviar por él, y encargóselo a un caballero amigo suyo que estaba en Salamanca que se lo enviase, y topándolo el caballero un día, le dijo:

—Sepa el señor licenciado Vidriera que un gran personaje de la Corte le quiere ver y envía por él.

A lo cual respondió:

—Vuesa merced me excuse con ese señor, que yo no soy bueno para palacio, porque tengo vergüenza y no sé lisonjear.

Con todo esto, [104] el caballero le envió a la Corte, y para traerle usaron con él de esta invención: pusiéronle en unas árganas [105] de paja, como aquellas donde llevan el vidrio, igualando los tercios [106] con piedras, y entre paja puestos algunos vidrios, por que se diese a entender que como vaso de vidrio le llevaban. Llegó a Valladolid, [107] entró de noche, y desembanastáronle en la casa del señor que había enviado por él, de quien fue muy bien recibido, diciéndole:

—Sea muy bien venido el señor licenciado Vidriera. ¿Cómo ha ido en el camino? ¿Cómo va de salud?

---

[101] *vecinas:* alude a que con frecuencia las vecinas hacen de alcahuetas para los tratos de las casadas infieles que viven próximas a ellas. [102] *se extendió:* no concuerda con el sujeto *(las nuevas).* [103] *príncipe:* persona principal, de la alta nobleza. [104] *Con todo esto:* a pesar de todo. [105] *árganas:* cestos grandes. [106] *tercios:* así se llamaba a la mitad de una carga llevada a lomos de caballo. [107] *Valladolid:* la Corte estuvo en dicha ciudad entre 1601 y 1606. De todos modos, Cervantes no intenta ajustarse a cronología histórica alguna, y este dato puede entrar en contradicción con otros presentes en la novela.

A lo cual respondió:

—Ningún camino hay malo como se acabe, si no es el que va a la horca. De salud estoy neutral, porque están encontrados mis pulsos con mi cerebro. [108]

Otro día, habiendo visto en muchas alcándaras [109] muchos neblíes y azores [110] y otros pájaros de volatería, [111] dijo que la caza de altanería [112] era digna de príncipes y de grandes señores; pero que advirtiesen que con ella echaba el gusto censo sobre el provecho a más de dos mil por uno. [113] La caza de liebres dijo que era muy gustosa, y más cuando se cazaba con galgos prestados.

El caballero gustó de su locura, y dejóle salir por la ciudad, debajo del amparo y guarda de un hombre que tuviese cuenta que los muchachos no le hiciesen mal, de los cuales y de toda la Corte fue conocido en seis días, y a cada paso, en cada calle y en cualquier esquina, respondía a todas las preguntas que le hacían; entre las cuales le preguntó un estudiante si era poeta, porque le parecía que tenía ingenio para todo.

A lo cual respondió:

—Hasta ahora no he sido tan necio, ni tan venturoso. (64)

---

[108] *están encontrados mis pulsos con mi cerebro:* se hallan acordes corazón y cerebro. [109] *alcándaras:* soportes o perchas donde reposan las aves de cetrería. [110] *neblíes y azores:* aves de rapiña que se utilizan en el arte de cetrería. [111] *volatería:* cetrería, caza de aves que se hace con otras enseñadas a este efecto. [112] *caza de altanería:* volatería o cetrería. [113] *echaba el gusto censo sobre el provecho a más de dos mil por uno: censo* significa tributo, impuesto; esta expresión quiere decir que la caza de cetrería da mucho más gusto que provecho (en proporción de dos mil a uno) a quien la practica.

---

(64) Acerca del extenso elogio de la poesía y de los buenos poetas, y del ataque irónico hacia los malos, debe notarse que se trata de una constante cervantina a lo largo de toda su obra, especialmente manifiesta en su *Viaje del Parnaso.*

—No entiendo eso de necio y venturoso —dijo el estudiante.

Y respondió Vidriera:

—No he sido tan necio que diese en poeta malo, ni tan venturoso que haya merecido serlo bueno.

Preguntóle otro estudiante que en qué estimación tenía a los poetas. Respondió que a la ciencia, [114] en mucha; pero que a los poetas, en ninguna. Replicáronle que por qué decía aquello. Respondió que del infinito número de poetas que había, eran tan pocos los buenos, que casi no hacían número. Y así, como si no hubiese poetas, no los estimaba; pero que admiraba y reverenciaba la ciencia de la poesía porque encerraba en sí todas las demás ciencias: porque de todas se sirve, de todas se adorna, y pule y saca a luz sus maravillosas obras, con que llena el mundo de provecho, de deleite y de maravilla.

Añadió más:

—Yo bien sé en lo que se debe estimar un buen poeta, porque se me acuerda de aquellos versos de Ovidio que dicen:

> *Cum ducum fuerant olim Regnumque poeta:*
> *Premiaque antiqui magna tulere chori.*
> *Sanctaque maiestas, et erat venerabile nomen*
> *Vatibus; et large sape dabantur opes.* [115]

Y menos se me olvida la alta calidad de los poetas, pues los llama Platón [116] intérpretes de los dioses, y de ellos dice Ovidio:

---

[114] *la ciencia:* la poesía, el arte de la poesía. [115] Se trata de una versión bastante corrupta de cuatro versos del *Arte de amar* de Ovidio, III, 405-408, cuya traducción es como sigue: «En otro tiempo eran los poetas delicia de los dioses y de los reyes, y los antiguos cantos premiados con grandes galardones. Santo respeto y nombre venerable tenían entonces los vates, y muchas veces se les prodigaban riquezas.» [116] *Platón:* alude a su obra *Ion,* 534. Seguramente Cervantes no conoció este diálogo: tomaría el dato de alguno de los centones enciclopédicos que tan frecuentes eran en la época.

Est Deus in nobis, agitante calescimus illo. [117]

Y también dice:

At sacri vates, et Divum cura vocamus. [118]

Esto se dice de los buenos poetas; que de los malos, de los churrulleros, [119] ¿qué se ha de decir sino que son la idiotez y la arrogancia del mundo?

Y añadió más:

—¡Qué es ver a un poeta de estos de la primera impresión cuando quiere decir un soneto a otros que le rodean, las salvas [120] que les hace diciendo: **(65)**

«Vuesas mercedes escuchen un sonetillo que anoche a cierta ocasión hice, que, a mi parecer, aunque no vale nada, tiene un no sé qué [121] de bonito»! Y en esto tuerce los labios, pone en arco las cejas y se rasca la faldriquera, y de entre otros mil papeles mugrientos y medio rotos, donde queda otro millar de sonetos, saca el que quiere relatar, y al fin le dice, con tono melifluo y alfeñicado. [122] Y si acaso los que le escuchan, de socarrones o de ignorantes, no le alaban, dice: «O vuesas mercedes no han entendido el soneto, o yo no le he sabido decir; y así, será bien recitarle otra vez y que vuesas mercedes le presten más aten-

---

[117] Ovidio, *Fasti*, VI, 5, cuya traducción es: «Hay un dios en nosotros e impulsados por él nos enardecemos.» [118] Ovidio, *Amores*, III, elegía IX, 17; su traducción es: «Y, sin embargo, se nos llama a los poetas adivinos y amados de los dioses.» [119] *churrulleros*: fanfarrones, charlatanes. [120] *salvas: hacer la salva* es pedir autorización para hablar o representar algo. [121] *un no sé qué:* fórmula léxica con que se describe lo inefable. [122] *alfeñicado*: dulzón; derivado de *alfeñique*, dulce árabe hecho con azúcar.

---

(65) Obsérvese en lo que sigue la cómica y precisa descripción del jactancioso amaneramiento de los poetas mediocres. Igualmente debe notarse la hiriente sátira dirigida contra los mentideros literarios de la Corte y los ingenios maldicientes y envidiosos.

ción, porque en verdad en verdad que el soneto lo merece.» Y vuelve como primero [123] a recitarle, con nuevos ademanes y nuevas pausas. Pues, ¿qué es verlos censurar los unos a los otros? ¿Qué diré del ladrar que hacen los cachorros y modernos a los mastinazos antiguos y graves? ¿Y qué de los que murmuran de algunos ilustres y excelentes sujetos donde resplandece la verdadera luz de la poesía que, tomándola por alivio y entretenimiento de sus muchas y graves ocupaciones, muestran la divinidad de sus ingenios y la alteza de sus conceptos, a despecho y pesar del circunspecto ignorante que juzga de lo que no sabe y aborrece lo que no entiende, y del que quiere que se estime y tenga en precio la necedad que se sienta debajo de doseles y la ignorancia que se arrima a los sitiales? [124]

Otra vez le preguntaron qué era la causa de que los poetas, por la mayor parte, eran pobres. Respondió que porque ellos querían, pues estaba en su mano ser ricos, si se sabían aprovechar de la ocasión que por momentos [125] traían entre las manos, que eran las de sus damas, que todas eran riquísimas en extremo, pues tenían los cabellos de oro, frente de plata bruñida, los ojos de verdes esmeraldas, los dientes de marfil, los labios de coral y la garganta de cristal transparente, y que lo que lloraban eran líquidas perlas. Y más, que lo que sus plantas pisaban, por dura y estéril tierra que fuese, al momento producía jazmines y rosas; y que su aliento era de puro ámbar, almizcle [126] y algalia; [127] y que todas estas cosas eran señales y muestras de su mucha riqueza. Éstas y otras cosas decía de los malos poetas; que de los buenos siempre dijo bien y los levantó sobre el cuerno de la luna. [128]

---

[123] *como primero*: como la primera vez. [124] *doseles ... sitiales*: muebles suntuosos; simbolizan el lujo y el poder. [125] *por momentos*: continuadamente. [126] *almizcle*: sustancia que se usa en la fabricación de perfumes. [127] *algalia*: sustancia muy apreciada en perfumería. [128] *los levantó sobre el cuerno de la luna*: los alabó excesivamente.

Vio un día en la acera de San Francisco unas figuras pintadas de mala mano, y dijo que los buenos pintores imitaban a naturaleza; pero que los malos la vomitaban.

Arrimóse un día con grandísimo tiento, por que no se quebrase, a la tienda de un librero, y díjole:

—Este oficio me contentara mucho si no fuera por una falta que tiene.

Preguntóle el librero se la dijese. Respondióle:

—Los melindres [129] que hacen cuando compran un privilegio [130] de un libro, y de la burla que hacen a su autor si acaso le imprime a su costa, pues en lugar de mil y quinientos, imprimen tres mil libros, y cuando el autor piensa que se venden los suyos, se despachan los ajenos. [(66)]

Acaeció este mismo día que pasaron por la plaza seis azotados, y diciendo el pregón: «Al primero, por ladrón», dio grandes voces a los que estaban delante de él, diciéndoles:

—Apartaos, hermanos, no comience aquella cuenta por alguno de vosotros.

Y cuando el pregonero llegó a decir: «Al trasero...», [131] dijo:

—Aquel debe de ser el fiador [132] de los muchachos.

---

[129] *melindres:* afectación excesiva; aquí debe entenderse como regateo para pagar lo menos posible al autor. [130] *privilegio:* derecho de imprimir un libro en exclusiva; se otorgaba por un funcionario de la administración real y valía para un período de varios años; el autor del libro solía vendérselo a un librero y éste imprimía y vendía el libro, quedándole al autor una parte mínima de beneficio. [131] *Al trasero:* juega Cervantes con la disemia del vocablo, pues alude al último de los azotados, pero Vidriera lo entiende referido a las posaderas. [132] *fiador:* el que avala a alguien; aquí con valor irónico, referido a las posaderas, que son las que reciben el castigo por las faltas de los niños.

---

(66) Nótese nuevamente que la ironía de Cervantes recoge su propia y amarga experiencia personal.

Un muchacho le dijo:

—Hermano Vidriera, mañana sacan a azotar a una al-cahueta.

Respondióle:

—Si dijeras que sacaban a azotar a un alcahuete, enten-diera que sacaban a azotar un coche. [133]

Hallóse allí uno de estos que llevan sillas de manos, y díjole:

—De nosotros, Licenciado, ¿no tenéis qué decir?

—No —respondió Vidriera—, sino que sabe cada uno de vosotros más pecados que un confesor; mas es con esta diferencia: que el confesor los sabe para tenerlos secretos, y vosotros, para publicarlos por las tabernas.

Oyó esto un mozo de mulas, porque de todo género de gente le estaba escuchando contino, [134] y díjole:

—De nosotros, señor Redoma, [135] poco o nada hay que decir, porque somos gente de bien y necesaria en la repú-blica.

A lo cual respondió Vidriera:

—La honra del amo descubre la del criado. Según esto, mira a quién sirves y verás cuán honrado eres: mozos sois vosotros de la más ruin canalla que sustenta la tierra. Una vez, cuando no era de vidrio, caminé una jornada en una mula de alquiler tal que le conté ciento y veinte y una tachas, [136] todas capitales y enemigas del género humano. Todos los mozos de mulas tienen su punta [137] de rufianes, su punta de cacos, y su es no es [138] de truhanes. Si sus amos (que así llaman ellos a los que llevan en sus mulas) son boquimuelles, [139] hacen más suertes en ellos que las que echaron en esta ciudad los años pasados. Si son ex-

---

[133] *coche:* los coches, lo mismo que las alcahuetas, facilitaban las rela-ciones amorosas. [134] *contino:* continuamente. [135] *Redoma:* mote in-sultante; una *redoma* es una vasija de vidrio. [136] *tachas:* defec-tos. [137] *punta:* algo, un poco. [138] *es no es:* un poco. [139] *boquimuelle:* persona que habla mucho y que concede fácilmente cuanto se le pide; persona a quien es fácil engañar.

tranjeros, los roban; si estudiantes, los maldicen; si religiosos, los reniegan; y si soldados, los tiemblan. Éstos, y los marineros y carreteros y arrieros, tienen un modo de vivir extraordinario y sólo para ellos: el carretero pasa lo más de la vida en espacio de vara y media de lugar, que poco más debe de haber del yugo de las mulas a la boca del carro; canta la mitad del tiempo y la otra mitad reniega. Y en decir: «Háganse a zaga» se les pasa otra parte; y si acaso les queda por sacar alguna rueda de algún atolladero, más se ayudan de dos pésetes [140] que de tres mulas. Los marineros son gente gentil, [141] inurbana, que no sabe otro lenguaje que el que se usa en los navíos; en la bonanza son diligentes, y en la borrasca, perezosos; en la tormenta mandan muchos y obedecen pocos; su Dios es su arca [142] y su rancho, [143] y su pasatiempo, ver mareados a los pasajeros. Los arrieros son gente que ha hecho divorcio con las sábanas y se ha casado con las enjalmas; [144] son tan diligentes y presuroros, que a trueco de no perder la jornada, perderán el alma; su música es la del mortero; su salsa, el hambre; sus maitines, [145] levantarse a dar sus piensos; y sus misas, no oír ninguna.

Cuando esto decía, estaba a la puerta de un boticario, y volviéndose al dueño, le dijo:

—Vuesa merced tiene un saludable oficio, si no fuese tan enemigo de sus candiles.

—¿En qué modo soy enemigo de mis candiles? —preguntó el boticario.

---

[140] *pésetes:* juramentos, maldiciones. [141] *gentil:* debe entenderse en el sentido de 'salvaje o poco civilizada', heredado de su etimológico significado de 'pagano'. [142] *arca:* baúl donde llevan sus pertenencias. [143] *rancho:* comida. [144] *enjalmas:* uno de los elementos de que se compone el aparejo de las bestias de carga, parecido a unas almohadillas extensas y de poca altura, de paño basto y generalmente rellenas de paja. Alude Cervantes al hecho de que los arrieros suelen dormir arropados en ellas en cualquier despoblado para ganar tiempo en sus viajes. [145] *maitines:* primera de las horas canónicas que se reza antes de amanecer.

Y respondió Vidriera:

—Esto digo porque en faltando cualquiera aceite [146] la suple la del candil que está a mano; y aún tiene otra cosa este oficio bastante a quitar el crédito al más acertado médico del mundo.

Preguntándole por qué, respondió que había boticario que, por no decir que faltaba en su botica lo que recetaba el médico, por las cosas que le faltaban ponía otras que a su parecer tenían la misma virtud y calidad, no siendo así; y con esto, la medicina mal compuesta obraba al revés de lo que había de obrar la bien ordenada.

Preguntóle entonces uno que qué sentía de los médicos, y respondió esto:

—*Honora medicum propter necessitatem, etenim creavit eum Altissimus. A Deo enim est omnis medela, et a rege accipiet donationem. Disciplina medici exaltavit caput illius, et in conspectu magnatum collaudabitur. Altissimus de terra creavit medicinam, et vir prudens non ab[h]orrebit illam.* [147] Esto dice —dijo— el *Eclesiástico* de la medicina y de los buenos médicos, y de los malos se podría decir todo al revés, porque no hay gente más dañosa a la república que ellos. El juez nos puede torcer o dilatar la justicia; el letrado, sustentar por su interés nuestra injusta demanda; el mercader, chuparnos la hacienda; finalmente, todas las personas con quien de necesidad [148] tratamos nos pueden hacer algún daño; pero quitarnos la vida sin quedar sujetos al temor del castigo, ninguno. Sólo los mé-

---

[146] *cualquiera aceite:* alguno de los óleos que se empleaban en la confección de medicinas; alude a que los boticarios, cuando no tenían alguno de ellos, lo suplían con el aceite del candil. [147] Pasaje bíblico *(Eclesiástico* 38, 1-4) cuya traducción es: «Honra al médico por cuanto tienes de él necesidad, pues a él también le ha creado Dios. De Dios procede la habilidad del médico, y del rey recibe obsequios. La ciencia del médico hácele llevar erguida la cabeza y se mantiene delante de los grandes. Dios saca de la tierra los remedios y un hombre inteligente no los despreciará.» [148] *de necesidad:* por obligación.

dicos nos pueden matar y nos matan sin temor y a pie quedo, [149] sin desenvainar otra espada que la de un *récipe*. [150] Y no hay descubrirse sus delitos, porque al momento los meten debajo de la tierra. [151] Acuérdaseme que cuando yo era hombre de carne, y no de vidrio, como ahora soy, que a un médico de estos de segunda clase le despidió un enfermo por curarse con otro, y el primero, de allí a cuatro días, acertó a pasar por la botica donde recetaba el segundo, y preguntó al boticario que cómo le iba al enfermo que él había dejado, y que si le había recetado alguna purga el otro médico. El boticario le respondió que allí tenía una receta de purga que el día siguiente había de tomar el enfermo. Dijo que se la mostrase, y vio que al fin de ella estaba escrito: *Sumat dilúculo*, [152] y dijo: «Todo lo que lleva esta purga me contenta, si no es este *dilúculo*, porque es húmedo demasiadamente.»

Por estas y otras cosas que decía de todos los oficios se andaban tras él, sin hacerle mal y sin dejarle sosegar; pero, con todo esto, no se pudiera defender de los muchachos si su guardián no le defendiera. Preguntóle uno qué haría para no tener envidia a nadie. Respondióle:

—Duerme: que todo el tiempo que durmieres serás igual al que envidias.

Otro le preguntó qué remedio tendría para salir con una comisión [153] que había dos años que la pretendía. Y díjole:

—Parte a caballo y a la mira [154] de quien la lleva, y

---

[149] *a pie quedo:* sin trabajo o molestia. [150] *récipe:* receta médica. [151] *debajo de la tierra:* ironía sarcástica, pues alude a que la prueba de su crimen, el enfermo, es enterrada en seguida. [152] *Sumat dilúculo:* indicación en latín para que la medicina se tome al amanecer. Al tiempo es alusión jocosa obtenida por el calambur *dilu-culo; diluo* es lavar, y se refiere el efecto obrado por la purga: lavar el trasero. [153] *comisión:* pleito o intento de obtener algún cargo por medio de un procurador o tercera persona, quien trabaja para conseguir que se falle a favor de su protegido. [154] *a la mira:* a la vista.

acompáñale hasta salir de la ciudad, y así saldrás con ella. [155]

Pasó acaso una vez por delante donde él estaba un juez de comisión [156] que iba de camino a una causa criminal, y llevaba mucha gente consigo y dos alguaciles; preguntó quién era, y como se lo dijeron, dijo:

—Yo apostaré que lleva aquel juez víboras en el seno, [157] pistoletes en la cinta [158] y rayos en las manos, [159] para destruir todo lo que alcanzare su comisión. Yo me acuerdo haber.tenido un amigo que en una ocasión criminal que tuvo dio una sentencia tan exorbitante, que excedía en muchos quilates [160] a la culpa de los delincuentes. Preguntéle que por qué había dado aquella tan cruel sentencia y hecho tan manifiesta injusticia. Respondióme que pensaba otorgar la apelación, y que con esto dejaba campo abierto a los señores del Consejo para mostrar su misericordia moderando y poniendo aquella su rigurosa sentencia en su punto y debida proporción. Yo le respondí que mejor fuera haberla dado de manera que les quitara de aquel trabajo, pues con esto le tuvieran a él por juez recto y acertado. [67]

---

[155] *así saldrás con ella:* juega con dos significados de *salir,* el más común y *salir con* = 'conseguir'. [156] *juez de comisión:* cargo similar al juez de primera instancia actual. [157] *víboras en el seno:* metafóricamente, alude a que tendría saña y furia. [158] *pistoletes en la cinta:* con el mismo sentido que la frase anterior, denotando violencia; los *pistoletes* eran el antecedente de las actuales pistolas, la *cinta* es la cintura; la frase no debe entenderse en un sentido literal, sino figurado, como queda dicho. [159] *rayos en las manos:* también es metafórica esta expresión que alude a la furia de Júpiter, quien fulminaba con un rayo cuando aplicaba la justicia. Esta expresión, junto con las dos anteriores, quiere señalar que el dicho juez iba armado de una actitud contraria a la que debe llevar quien desea aplicar equitativamente justicia. [160] *en muchos quilates:* en gran medida.

---

(67) También este pasaje rezuma experiencia personal de Cervantes, que fue rigurosa e injustamente encarcelado en varias ocasiones.

En la rueda de la mucha gente que, como se ha dicho, siempre le estaba oyendo, estaba un conocido suyo en hábito de letrado, [161] al cual otro le llamó *Señor Licenciado;* y sabiendo Vidriera que el tal a quien llamaron licenciado no tenía ni aun título de bachiller, le dijo:

—Guardaos, compadre, no encuentren con vuestro título los frailes de la redención de cautivos, que os le llevarán por mostrenco. [162]

A lo cual dijo el amigo:

—Tratémonos bien, señor Vidriera, pues ya sabéis vos que soy hombre de altas y profundas letras.

Respondióle Vidriera:

—Ya yo sé que sois un Tántalo [163] en ellas, porque se os van por altas y no las alcanzáis de profundas.

Estando una vez arrimado a la tienda de un sastre, viole que estaba mano sobre mano, y díjole:

—Sin duda, señor maestro, que estáis en camino de salvación.

—¿En qué lo veis? —preguntó el sastre.

—¿En qué lo veo? —respondió Vidriera—. Véolo en que pues no tenéis que hacer, no tendréis ocasión de mentir.

Y añadió:

---

[161] *hábito de letrado:* el uniforme de los abogados era negro, compuesto de sotana y manteo.   [162] *mostrenco:* así se denomina a los bienes que no tienen dueño conocido. Los mencionados frailes trinitarios que redimían cautivos en tierra de moros, frecuentemente se llevaban estos bienes para pagar la libertad de aquéllos.   [163] *Tántalo:* personaje mitológico castigado por los dioses; su horrible suplicio consistía en padecer perpetuamente una tremenda sed y un hambre espantosa, incrementadas por estar sumergido en agua hasta el cuello y por tener muy cerca de la boca una rama cargada de sabrosos frutos; cuando bajaba la cabeza a beber, las aguas se retiraban y no podía saciarse; cuando la alzaba a tomar los frutos, éstos se elevaban fuera de su alcance. La ironía de la alusión de Vidriera es clara y se basa en los términos *altas y profundas letras* a que se refiere el falso Licenciado, pues ni de unas ni de otras ha alcanzado conocimientos.

—Desdichado del sastre que no miente y cose las fiestas: cosa maravillosa es que casi en todos los de este oficio apenas se hallará uno que haga un vestido justo, habiendo tantos que los hagan pecadores. [164]

De los zapateros decía que jamás hacían, conforme a su parecer, zapato malo; porque si al que se le calzaban venía estrecho y apretado, le decían que así había de ser, por ser de galanes calzar justo, y que en trayéndolos dos horas vendrían [165] más anchos que alpargates; y si le venían anchos, decían que así habían de venir, por amor de la gota. [166]

Un muchacho agudo [167] que escribía en un oficio de provincia [168] le apretaba mucho con preguntas y demandas, y le traía nuevas de lo que en la ciudad pasaba, porque sobre todo discantaba [169] y a todo respondía. Éste le dijo una vez:

—Vidriera, esta noche se murió en la cárcel un banco [170] que estaba condenado a ahorcar.

A lo cual respondió:

—Él hizo bien a darse prisa a morir antes que el verdugo se sentara [171] sobre él.

En la acera de San Francisco estaba un corro de genoveses, y pasando por allí, uno de ellos le llamó, diciéndole:

—Lléguese acá el señor Vidriera y cuéntenos un cuento.

Él respondió:

—No quiero, porque no me le paséis a Génova. [172]

---

[164] Hay un juego con dos significados de *justo:* 'ajustado' y lo contrario de *pecador.* [165] *vendrían:* quedarían. [166] *por amor de la gota:* para que no le molestase el mal de gota a quien los llevaba. [167] *agudo:* ingenioso. [168] *en un oficio de provincia:* como escribiente o empleado de un escribano de provincia. [169] *discantaba:* disertaba. [170] *banco:* un cambista; se los llamaba *bancos* por estar sentados en ellos. [171] *se sentara:* ironía montada sobre la disemia de *banco* —'asiento' y 'cambista'—. [172] Nuevo juego de palabras, basado en la disemia de *cuento,* que significa 'relato' —sentido que le daban los geno-

Topó una vez a una tendera que llevaba delante de sí
una hija suya muy fea, pero muy llena de dijes, [173] de
galas y de perlas, y díjole a la madre:

—Muy bien habéis hecho en empedrarla, porque se
pueda pasear. [174]

De los pasteleros dijo que había muchos años que juga-
ban a la dobladilla [175] sin que les llevasen a la pena, porque habían hecho el pastel de a dos de a cuatro, el de a
cuatro de a ocho, y el de a ocho de a medio real, por sólo
su albedrío y beneplácito. De los titereros decía mil males: decía que era gente vagamunda [176] y que trataba con
indecencia de las cosas divinas, porque con las figuras que
mostraban en sus retablos [177] volvían la devoción en risa,
y que les acontecía envasar en un costal [178] todas o las
más figuras del Testamento Viejo y Nuevo y sentarse sobre él a comer y beber en los bodegones y tabernas; en
resolución, decía que se maravillaba de cómo quien podía
no les ponía perpetuo silencio en sus retablos, o los deste-
rraba del reino.

Acertó a pasar una vez por donde él estaba un come-
diante vestido como un príncipe, y en viéndole, dijo:

—Yo me acuerdo haber visto a éste salir al teatro enha-
rinado el rostro y vestido un zamarro [179] del revés, y con
todo esto, a cada paso fuera del tablado, jura a fe de
hijodalgo. [180]

---

veses— y 'millón' —sentido que le da maliciosamente Vidriera, aludiendo a la rapacidad de los comerciantes y banqueros genoveses que ganaban en España el capital y lo pasaban luego a su tierra—. [173] *dijes:*
adornos, joyas. [174] *empedrarla ... pasear:* otro juego disémico.
Las calles se empedraban para que no se formase en ellas polvo ni
barro y con ello fuesen transitables. Aquí la fea va llena de piedras
preciosas —*empedrada*— para salir a pasear. [175] *dobladilla:* era un tipo
de juego de naipes; aquí se emplea para criticar los abusos de los pasteleros que vendían sus pasteles a doble de como debían. [176] *vagamunda:* vagabunda. [177] *retablos:* teatrillos. [178] *costal:* saco. [179] *zamarro:* pelliza de piel tosca que usan los pastores. [180] *a fe de hijodalgo:*
con palabra de hidalgo.

—Débelo de ser —respondió uno—, porque hay muchos comediantes que son muy bien nacidos e hijosdalgo.

—Así será verdad —replicó Vidriera—; pero lo que menos ha menester la farsa es personas bien nacidas; galanes sí, gentiles hombres y de expeditas [181] lenguas. También sé decir de ellos que en el sudor de su cara ganan su pan con inllevable trabajo, tomando continuo de memoria, [182] hechos perpetuos gitanos, [183] de lugar en lugar y de mesón en venta, desvelándose en contentar a otros, porque en el gusto ajeno consiste su bien propio. Tienen más, que con su oficio no engañan a nadie, pues por momentos sacan su mercaduría a pública plaza, al juicio y a la vista de todos. El trabajo de los autores [184] es increíble, y su cuidado, extraordinario, y han de ganar mucho para que al cabo del año no salgan tan empeñados que les sea forzoso hacer pleito de acreedores. Y con todo esto, son necesarios en la república, como lo son las florestas, las alamedas y las vistas de recreación, y como lo son las cosas que honestamente recrean.

Decía que había sido opinión de un amigo suyo que el que servía [185] a una comedianta, en sola una servía a muchas damas juntas, como era una reina, a una ninfa, a una diosa, a una fregona, a una pastora, y muchas veces caía la suerte en que sirviese en ella a un paje y a un lacayo, [186] que todas éstas y más figuras suele hacer una farsanta. [187]

---

[181] *expeditas:* sueltas, de buena dicción.   [182] *tomando ... de memoria:* aprendiendo de memoria los papeles que han de representar.   [183] *gitanos:* alude a la condición nómada de los comediantes, similar a la de los gitanos.   [184] *autores:* eran llamados así no los que escribían las obras, sino quienes cumplían un papel similar al de los actuales empresarios.   [185] *servía:* cortejaba amorosamente.   [186] *a un paje y a un lacayo:* era, en efecto, muy frecuente en las compañías teatrales de la época que una mujer joven hiciese el papel de un hombre adolescente; ello se daba, sobre todo, cuando en la compañía había varias actrices y pocos actores y la comedia que representaba tenía pocos papeles femeninos y varios masculinos.   [187] *farsanta:* actriz de comedias.

Preguntóle uno que cuál había sido el más dichoso del mundo. Respondió que *Nemo;* [188] porque *Nemo novit Patrem;* [189] *Nemo sine crimine vivit;* [190] *Nemo sua sorte contentus;* [191] *Nemo ascendit in coelum.* [192]

De los diestros [193] dijo una vez que eran maestros de una ciencia o arte que cuando la habían menester no la sabían, [194] y que tocaban algo en presuntuosos, pues querían reducir a demostraciones matemáticas, que son infalibles, los movimientos y pensamientos coléricos de sus contrarios. Con los que se teñían las barbas tenía particular enemistad; y riñendo una vez delante dél dos hombres que el uno era portugués, éste dijo al castellano, asiéndose de las barbas, que tenía muy teñidas:

—*Por istas barbas que teño no rostro...* [195]

A lo cual acudió Vidriera:

—*Ollay, home, naon digais teño, sino tiño.* [196]

Otro traía las barbas jaspeadas y de muchas colores, culpa de la mala tinta; a quien dijo Vidriera que tenía las

---

[188] *Nemo:* nadie, en latín. [189] *Nemo novit Patrem:* frase que alude a una similar, pero distinta, del *Evangelio de San Mateo,* 9, 27. Cervantes dice: «nadie conoce al Padre»; la frase evangélica es la siguiente: «Nadie conoce cabalmente al Hijo sino el Padre, ni al Padre conoce alguno cabalmente sino el Hijo.» [190] *Nemo sine crimine vivit:* «Nadie vive sin delito»; se trata de un antiguo proverbio de gran difusión. [191] *Nemo sua sorte contentus:* «Nadie está contento con su propia suerte»; se trata de un recuerdo de los versos de la *Sátira* I de Horacio. [192] *Nemo ascendit in coelum:* «Nadie ha subido al cielo», tomado del *Evangelio de San Juan,* 3, 13. [193] *diestros:* así se denominaba a quienes manejaban con habilidad y soltura las armas, y especialmente a los que conocían el arte de la esgrima. [194] *no la sabían:* aquí hace burla del exceso de teoría de los esgrimistas, señalando que cuando se hallaban en una lucha real, pocas veces les servían sus doctrinas para salir airosos del trance. [195] *Por ... rostro:* «Por estas barbas que tengo en la cara», en portugués. [196] *Ollay, home, naon digais teño, sino tiño:* transcripción deturpada de otra frase en portugués: *Olhay, homen, não digays teño, sino tiño,* cuyo evidente sentido es: «Mirad, hombre, no digáis tengo, sino tiño.» El juego se funda en la paranomasia *teño-tiño.*

barbas de muladar overo. [197] A otro, que traía las barbas
por mitad blancas y negras por haberse descuidado, y los
cañones [198] crecidos, le dijo que procurase de no porfiar
ni reñir con nadie porque estaba aparejado a que le dijesen que mentía por la mitad de la barba. [199]

Una vez contó que una doncella discreta y bien entendi-
da, por acudir a la voluntad de sus padres, dio el sí de
casarse con un viejo todo cano, el cual la noche antes del
día del desposorio se fue, no al río Jordán, [200] como dicen
las viejas, sino a la redomilla del agua fuerte [201] y plata,
con que renovó de manera su barba, que la acostó de nieve y la levantó de pez. [202] Llegóse la hora de darse las
manos, [203] y la doncella conoció por la pinta [204] y por la
tinta la figura, y dijo a sus padres que le diesen el mismo
esposo que ellos le habían mostrado, que no quería otro.
Ellos le dijeron que aquel que tenía delante era el mismo
que le habían mostrado y dado por esposo. Ella replicó

---

[197] *mulador overo: muladar* es el nombre de los estercoleros, *overo*
—denominación aplicada a las caballerías de tal color— significa de color de huevo; Vidriera alude a lo mezclado de la coloración de las barbas
teñidas y a la impresión de suciedad que daban. [198] *cañones:* bases o
raíces del pelo de la barba. [199] *por la mitad de la barba:* fórmula ponderativa que acompañaba precisamente al verbo *mentir*. Aquí se toma
también en sentido literal, indicando que la mitad de la barba —por
estar teñida— miente en cuanto a su verdadero color. [200] *Jordán:* era
superstición de la época que quien se bañaba en el Jordán rejuvene-
cía. [201] *agua fuerte:* mezcla de vinagre, sal y cardenillo —acetato de
cobre—; sirve para disolver plata y otros metales. Aquí el personaje
mencionado la usó para teñirse la barba. [202] *de pez:* negra como la
pez. [203] *darse las manos:* en el momento de la boda. [204] *pinta:* se llamaba así a la señal que en los naipes se hacía para diferenciar los palos
en el canto de la carta, por lo cual se sabía a qué palo correspondían sin
ver el haz del naipe; de este sentido se deriva el de 'aspecto o facha de
algo o alguien'. Cervantes hace aquí un complejo juego conceptual, pues
figura es también una de las de la baraja (sota, caballo y rey). La astuta
joven conoció la figura por su aspecto, como los jugadores descubren el
palo de la carta por la raya o pinta del canto. Debe notarse, además, la
paranomasia *pinta-tinta*.

que no era, y trajo testigos como el que sus padres le dieron era un hombre grave y lleno de canas, y que pues el presente no las tenía, no era él, y se llamaba a engaño. [205] Atúvose a esto, corrióse [206] el teñido, y deshízose el casamiento.

Con las dueñas [207] tenía la misma ojeriza que con los escabechados; [208] decía maravillas de su *permafoy*, [209] de las mortajas de sus tocas, [210] de sus muchos melindres, de sus escrúpulos y de su extraordinaria miseria. Amohinábanle [211] sus flaquezas de estómago, sus vaguidos [212] de cabeza, su modo de hablar, con más repulgos que sus tocas, y, finalmente, su inutilidad y sus vainillas. [213]

Uno le dijo:

—¿Qué es esto, señor Licenciado, que os he oído decir mal de muchos oficios y jamás lo habéis dicho de los escribanos, habiendo tanto que decir?

A lo cual respondió:

—Aunque de vidrio, no soy tan frágil que me deje ir con la corriente del vulgo, las más veces engañado. Paréceme a mí que la gramática de los murmuradores y el *la, la, la* de los que cantan, son los escribanos; porque así como no se puede pasar a otras ciencias si no es por la puerta de la gramática, y como el músico primero murmura que canta, así los maldicientes, por donde comienzan a mostrar la malignidad de sus lenguas es por decir mal de

---

[205] *se llamaba a engaño:* se consideraba engañada, y por tanto negaba validez a la palabra de matrimonio. [206] *corrióse:* avergonzóse. [207] *dueñas:* señoras, generalmente viudas, que trabajaban como sirvientas de respeto en las casas, actuando como damas de compañía de las hijas de la familia. [208] *escabechados:* teñidos. [209] *permafoy:* interjección, del francés *par ma foi,* «a fe mía». [210] *las mortajas de sus tocas:* las dueñas llevaban tocas negras, con las que parecían amortajadas. [211] *Amohinábanle:* le disgustaban. [212] *vaguidos:* vahídos, mareos, desmayos. [213] *vainillas:* vainicas.

los escribanos y alguaciles, **(68)** y de los otros ministros de la justicia, siendo un oficio el del escribano sin el cual andaría la verdad por el mundo a sombra de tejados, [214] corrida y maltratada; y así dice el *Eclesiástico: In manu Dei potestas hominis est, et super faciem scribe imponet honorem.* [215] Es el escribano persona pública, y el oficio del juez no se puede ejercitar cómodamente sin el suyo. Los escribanos han de ser libres, y no esclavos, ni hijos de esclavos; legítimos, no bastardos ni de ninguna mala raza nacidos. Juran de secreto fidelidad y que no harán escritura usuraria; [216] que ni amistad ni enemistad, provecho o daño les moverá a no hacer su oficio con buena y cristiana conciencia. Pues si este oficio tantas buenas partes requiere, ¿por qué se ha de pensar que de más de veinte mil escribanos que hay en España se lleve el diablo la cosecha, como si fuesen cepas de su majuelo? No lo quiero creer, ni es bien que ninguno lo crea; porque, finalmente, digo que es la gente más necesaria que había en las repúblicas bien ordenadas, y que si llevaban demasiados derechos, también hacían demasiados tuertos, [217] y que de estos dos extremos podía resultar un medio que les hiciese mirar por el virote. [218]

De los alguaciles dijo que no era mucho que tuviesen algunos enemigos, siendo su oficio, o prenderte, o sacarte la hacienda de casa, o tenerte en la suya en guarda y co-

---

[214] *a sombra de tejados:* escondida, oculta, inencontrable. [215] *Eclesiástico,* 10, 5: «En las manos de Dios está la autoridad de todo hombre, y a la persona del soberano confiere su dignidad.» [216] *no harán escritura usuraria:* es decir, que no levantarán una escritura falsa por interés personal suyo, por cohecho. [217] *tuertos:* agravios, sinrazones, injusticias; *tuerto* es también 'torcido': nótese el juego con *derechos.* [218] *mirar por el virote:* desempeñar debidamente su profesión.

----

(68) En la alabanza de los escribanos es fácil que Cervantes haya depositado socarrona ironía.

mer a tu costa. Tachaba la negligencia e ignorancia de los procuradores y solicitadores, comparándolos a los médicos, los cuales, que sane o no sane el enfermo, ellos llevan su propina, y los procuradores y solicitadores, [219] lo mismo, salgan o no salgan con el pleito que ayudan.

Preguntóle uno cuál era la mejor tierra. Respondió que la temprana y agradecida. [220] Replicó el otro:

—No pregunto eso, sino que cuál es mejor lugar: ¿Valladolid o Madrid?

Y respondió:

—De Madrid, los extremos; de Valladolid, los medios.

—No lo entiendo —repitió el que se lo preguntaba.

Y dijo:

—De Madrid, cielo y suelo; de Valladolid, los entresuelos. [221]

Oyó Vidriera que dijo un hombre a otro que así como había entrado en Valladolid, había caído su mujer muy enferma, porque la había probado la tierra. [222]

A lo cual dijo Vidriera:

—Mejor fuera que se la hubiera comido, [223] si acaso es celosa.

De los músicos y de los correos de a pie decía que tenían las esperanzas y las suertes limitadas, porque los unos la acataban con llegar a serlo de a caballo, y los otros con alcanzar a ser músicos del Rey. De las damas que llaman *cortesanas* [224] decía que todas, o las más, tenían más de corteses que de sanas. [225]

---

[219] *procuradores y solicitadores:* letrados que actúan en nombre del *pleiteante.* [220] *temprana y agradecida:* la que antes da cosecha y la da generosa y abundante. [221] *los entresuelos:* se ha pensado en los fangos y nieblas de Valladolid para explicar esta preferencia. [222] *la había probado la tierra:* le había sentado mal el cambio de tierra y clima. [223] *se la hubiera comido:* indica que la mujer celosa es buena para enterrarla, pues de otra forma no deja vivir tranquilo con sus celos al marido. [224] *cortesanas:* prostitutas más o menos encubiertas. [225] *sanas:* alude a las numerosas enfermas de males venéreos que practicaban la prostitución, infectando a los incautos que las visitaban.

Estando un día en una iglesia vio que traían a enterrar a un viejo, a bautizar a un niño y a velar [226] una mujer, todo a un mismo tiempo, y dijo que los templos eran campos de batalla, donde los viejos acaban, los niños vencen y las mujeres triunfan.

Picábale una vez una avispa en el cuello, y no se la osaba sacudir, por no quebrarse; pero, con todo eso, se quejaba. Preguntóle uno que cómo sentía aquella avispa, si era su cuerpo de vidrio. Y respondió que aquella avispa debía de ser murmuradora, y que las lenguas y picos de los murmuradores eran bastantes a desmoronar cuerpos de bronce, no que [227] de vidrio.

Pasando acaso un religioso muy gordo por donde él estaba, dijo uno de sus oyentes:

—De hético [228] no se puede mover el padre.

Enojóse Vidriera, y dijo:

—Nadie se olvide de lo que dice el Espíritu Santo: *Nolite tangere christos meos.* [229]

Y subiéndose más en cólera, dijo que mirasen en ello, y verían que de muchos santos que de pocos años a esta parte había canonizado la Iglesia y puesto en el número de los bienaventurados, ninguno se llamaba el capitán don Fulano, ni el secretario don Tal de don Tales, ni el Conde, Marqués o Duque de tal parte, sino fray Diego, fray Jacinto, fray Raimundo, todos frailes y religiosos; porque las religiones [230] son los Aranjueces del cielo, cuyos frutos, de ordinario, se ponen en la mesa de Dios. [231]

Decía que las lenguas de los murmuradores eran como las plumas del águila: que roen y menoscaban todas las de

---

[226] *velar*: ceremonia que consiste en cubrirla con un velo mientras oye una misa con que se solemniza la ceremonia nupcial. [227] *no que*: no ya. [228] *hético*: extremadamente delgado; juega con el significado de *ético*. [229] *Paralipómenos*, 16, 22 y *Salmos*, 104, 15: «No toquéis a mis ungidos.» [230] *religiones*: órdenes religiosas. [231] *los Aranjueces ... la mesa de Dios:* las excelentes huertas del Real Sitio de Aranjuez proveían de frutos la mesa de los reyes.

las otras aves que a ellas se juntan. [232] De los gariteros [233] y tahúres [234] decía milagros: decía que los gariteros eran públicos prevaricadores, [235] porque en sacando el barato [236] del que iba haciendo suertes, [237] deseaban que perdiese y pasase el naipe adelante, por que el contrario las hiciese y él cobrase sus derechos. Alababa mucho la paciencia de un tahúr, que estaba toda una noche jugando y perdiendo, y con ser de condición colérico y endemoniado, a trueco de que su contrario no se alzase, [228] no descosía [239] la boca, y sufría lo que un mártir de Barrabás. Alababa también las conciencias de algunos honrados gariteros que ni por imaginación consentían que en su casa se jugase otros juegos que polla y cientos; [240] y con esto, a fuego lento, [241] sin temor y nota de malsines, [242] sacaban al cabo del mes más barato que los que consentían los juegos de estocada, [243] del reparolo, siete y llevar, y pinta en la del punto.

En resolución, él decía tales cosas, que si no fuera por los grandes gritos que daba cuando le tocaban o a él se arrimaban, por el hábito que traía, por la estrecheza de su comida, por el modo con que bebía, por el no querer dormir sino al cielo abierto en el verano y el invierno en los pajares, como queda dicho, con que daba tan claras señales de su locura, ninguno pudiera creer sino que era uno de los más cuerdos del mundo.

---

[232] Superchería que puede leerse en la *Historia natural* de Plinio. [233] *gariteros:* regentadores de garitos o locales donde se jugaba a los naipes. [234] *tahúres:* jugadores tramposos. [235] *prevaricadores:* que faltan a las obligaciones de su oficio o cargo. [236] *barato:* comisión que cobraba el garitero sobre el dinero jugado. [237] *suertes:* bazas ganadas. [238] *se alzase:* dejase de jugar. [239] *descosía:* abría. [240] *polla y cientos:* dos juegos de los que menos se prestaban a trampas y pendencias. [241] *a fuego lento:* con tranquilidad, sin sobresaltos. [242] *nota de malsines:* mala fama. [243] *estocada:* de este juego y de los demás citados se sabe muy poco, aunque es fácil deducir que se trataba de juegos de fuertes apuestas y que con frecuencia generaban peleas y pendencias peligrosas.

Dos años o poco más duró en esta enfermedad, porque un religioso de la Orden de San Jerónimo, que tenía gracia y ciencia particular en hacer los mudos entendiesen y en cierta manera hablasen, y en curar locos, tomó a su cargo de curar a Vidriera, movido de caridad, y le curó y sanó, y volvió a su primer juicio, entendimiento y discurso. Y así como le vio sano, le vistió como letrado y le hizo volver a la Corte, adonde, con dar tantas muestras de cuerdo como las había dado de loco, podía usar su oficio y hacerse famoso por él.

Hízolo así, y llamándose el licenciado Rueda, y no Rodaja, volvió a la Corte, donde apenas hubo entrado, cuando fue conocido de los muchachos; mas como le vieron en tan diferente hábito del que solía, no le osaron dar grita ni hacer preguntas; pero seguíanle, y decían unos a otros:

—¿Éste no es el loco Vidriera? A fe que es él. Ya viene cuerdo. Pero tan bien puede ser loco bien vestido como mal vestido: preguntémosle algo, y salgamos de esta confusión.

Todo esto oía el Licenciado, y callaba, e iba más confuso y más corrido que cuando estaba sin juicio.

Pasó el conocimiento de los muchachos a los hombres, y antes que el Licenciado llegase al patio de los Consejos [244] llevaba tras de sí más de doscientas personas de todas suertes. Con este acompañamiento, que era más que de un catedrático, [245] llegó al patio, donde le acabaron de circundar cuantos en él estaban. Él, viéndose con tanta turba a la redonda, alzó la voz y dijo:

—Señores, yo soy el licenciado Vidriera, pero no el que solía: soy ahora el licenciado Rueda. Sucesos y desgracias que acontecen en el mundo por permiso del cielo me qui-

---

[244] *Consejos:* de los diversos Consejos Reales de ministros, en el antiguo Palacio Real. [245] *catedrático:* los días de elección de catedrático en las universidades, los aspirantes al puesto llevaban una nutrida tropa de seguidores.

taron el juicio, y las misericordias de Dios me le han vuelto. Por las cosas que dicen que dije cuando loco, podéis considerar las que diré y haré cuando cuerdo. Yo soy graduado en leyes por Salamanca, adonde estudié con pobreza y adonde llevé segundo en licencias: [246] de donde se puede inferir que más la virtud que el favor me dio el grado que tengo. Aquí he venido a este gran mar de la Corte para abogar y ganar la vida; pero si no me dejáis, habré venido a bogar [247] y granjear la muerte: por amor de Dios que no hagáis que el seguirme sea perseguirme y que lo que alcancé por loco, que es el sustento, lo pierda por cuerdo. Lo que solíades [248] preguntarme en las plazas, preguntádmelo ahora en mi casa, y veréis que el que os respondía bien, según dicen, de improviso, os responderá mejor de pensado.

Escucháronle todos y dejáronle algunos. Volvióse a su posada con poco menos acompañamiento que había llevado.

Salió otro día, y fue lo mismo; hizo otro sermón, y no sirvió de nada. Perdía mucho [249] y no ganaba cosa, [250] y viéndose morir de hambre, determinó de dejar la Corte y volverse a Flandes, donde pensaba valerse de las fuerzas de su brazo, pues no se podía valer de las de su ingenio.

Y poniéndolo en efecto, dijo al salir de la Corte:

—¡Oh Corte, que alargas las esperanzas de los atrevidos pretendientes y acortas las de los virtuosos encogidos, sustentas abundantemente a los truhanes desvergonzados y matas de hambre a los discretos vergonzosos!

---

[246] *segundo en licencias:* indica que obtuvo el segundo puesto de su promoción en la licenciatura. Era creencia común que el primer puesto se obtenía por recomendación o favor. [247] *a bogar:* calambur: *abogar* ('ejercer como abogado') - *a bogar* ('a remar'). [248] *solíades:* solíais; forma verbal arcaica. [249] *Perdía mucho:* alude a lo que gastaba en su manutención y posada. [250] *cosa:* nada.

Esto dijo y se fue a Flandes, donde la vida que había comenzado a eternizar por las letras la acabó de eternizar por las armas, en compañía de su buen amigo el capitán Valdivia, dejando fama en su muerte de prudente y valentísimo soldado. [69]

---

[69] Finalizada la serie de cuentos y apotegmas ingeniosos, Cervantes resuelve con brevedad la novela, haciendo que su personaje se cure. Su fama anterior puede con el intento de ganarse la vida gracias a la profesión que tan trabajosamente había conseguido por medio de sus estudios. Ante ello, decide marchar con su viejo amigo militar y ganarse la vida como soldado. Debe observarse que Cervantes vuelca en su relato las dos inclinaciones que llenaron su vida: la milicia y las letras; Tomás Rodaja, como él mismo, divide su vida entre ambas, si bien invirtiendo el orden que llevaron en el vivir cervantino.

Documentos y juicios críticos

1. *En el Prólogo de la primera parte del* Quijote *(1605), y bajo la apariencia de consejos que un amigo le da, hace el autor interesantes consideraciones sobre el estilo y arte de la narración.*

Sólo tiene que aprovecharse de la imitación en lo que fuere escribiendo; que cuanto ella fuere más perfecta, tanto mejor será lo que se escribiere. Y pues esta vuestra escritura no mira a más que a deshacer la autoridad y cabida que en el mundo y en el vulgo tienen los libros de caballerías, no hay para qué andéis mendigando [1] sentencias de filósofos, consejos de la Divina Escritura, fábulas de poetas, oraciones de retóricos, milagros de santos; sino procurar que a la llana, con palabras significantes, honestas y bien colocadas, salga vuestra oración y período sonoro y festivo, pintando, en todo lo que alcanzáredes [2] y fuere posible, vuestra intención; dando a entender vuestros conceptos, sin intricarlos y escurecerlos [3]. Procurad también que leyendo vuestra historia el melancólico se mueva a risa, el risueño la acreciente, el simple no se enfade, el discreto se admire de la

---

[1] *mendigando:* interpolando, citando en el texto.
[2] *alcanzáredes:* alcanzareis.
[3] *intricarlos y escurecerlos:* intrincarlos y oscurecerlos.

invención, el grave no la desprecie, ni el prudente deje de alabarla.

> Miguel de Cervantes: *El ingenioso hidalgo Don Quijote de la Mancha,* ed. F. Rodríguez Marín, Madrid, Atlas, 1947, t. I, pp. 39-41.

2. *Aprobación de las* Novelas ejemplares *de Cervantes por Fr. Juan Bautista, padre trinitario, fechada en 1612.*

He visto y leído las doce *Novelas ejemplares,* compuestas por Miguel de Cervantes Saavedra; y supuesto que es sentencia llana del angélico doctor Santo Tomás, que la eutropelia [1] es virtud, la que consiste en un entretenimiento honesto, juzgo que la verdadera eutropelia está en estas *Novelas,* porque entretienen con su novedad, enseñan con sus ejemplos a huir vicios y seguir virtudes, y el autor cumple con su intento, con que da honra a nuestra lengua castellana, y avisa a las repúblicas de los daños que de algunos vicios se siguen, con otras muchas comodidades.

> Miguel de Cervantes: *Novelas ejemplares,* ed. J. B. Avalle-Arce, Madrid, Castalia, 1982, «Clásicos Castalia», 120, p. 55.

3. *Otra aprobación de las* Novelas, *firmada por un novelista que admiraba a Cervantes: Alonso Gerónimo de Salas Barbadillo (1581-1635).*

Vi un libro intitulado *Novelas ejemplares,* de honestísimo entretenimiento, su autor Miguel de Cervantes Saavedra, y no sólo [no] hallo en él cosa escrita en ofensa de la religión cristiana y perjuicio de las buenas costumbres, antes bien confirma el dueño de esta obra la justa estimación que en España y fuera de ella se hace de su claro ingenio, singular en la invención y copioso en el

---

[1] *eutropelia:* la forma de la palabra es en Santo Tomás de Aquino *eutrapelia,* con el valor de 'diversión honesta'.

lenguaje, que con lo uno y lo otro enseña y admira, dejando de esta vez concluidos con la abundancia de sus palabras a los que, siendo émulos de la lengua española, la culpan de corta y niegan su fertilidad.

Ibídem, pp. 56-57.

4. *Prólogo que puso el autor al frente de sus* Novelas ejemplares.

Quisiera yo, si fuera posible, lector amantísimo, excusarme de escribir este prólogo, porque no me fue tan bien con el que puse en mi *Don Quijote,* que quedase con gana de segundar con éste. De esto tiene la culpa algún amigo, de los muchos que en el discurso de mi vida he granjeado, antes con mi condición que con mi ingenio, el cual amigo bien pudiera, como es uso y costumbre, grabarme y esculpirme en la primera hoja de este libro, pues le diera mi retrato el famoso don Juan de Jáurigui, [1] y con esto quedara mi ambición satisfecha, y el deseo de algunos que querrían saber qué rostro y talle tiene quien se atreve a salir con tantas invenciones en la plaza del mundo, a los ojos de las gentes, poniendo debajo del retrato: «Este que veis aquí, de rostro aguileño, de cabello castaño, frente lisa y desembarazada, de alegres ojos y de nariz corva, aunque bien proporcionada; las barbas de plata, que no ha veinte años que fueron de oro, los bigotes grandes, la boca pequeña, los dientes ni menudos ni crecidos, porque no tiene sino seis, y ésos mal acondicionados y peor puestos, porque no tienen correspondencia los unos con los otros; el cuerpo entre dos extremos, ni grande, ni pequeño, la color viva, antes blanca que morena; algo cargado de espaldas, y no muy ligero de pies; éste digo que es el rostro del autor de *La Galatea* y de *Don Quijote de la Mancha,* y del que hizo el *Viaje*

---

[1] *Juan de Jáurigui:* Juan de Jáuregui, famosísimo poeta y retratista sevillano a quien Cervantes atribuye el haber pintado su retrato; un cuadro conservado en la Real Academia Española ha pasado por ser dicha pintura, aunque hoy tal teoría se rechaza generalmente. En el pasaje que anotamos, Cervantes alude a la costumbre de poner algunos autores al frente de sus libros un grabado con su efigie, lo cual sustituye él por la descripción literaria de su rostro en las líneas siguientes, no sin algunos rasgos de ironía.

del Parnaso, a imitación del de César Caporal Perusino, [2] y otras
obras que andan por ahí descarriadas, y, quizá, sin el nombre de
su dueño. Llámase comúnmente Miguel de Cervantes Saavedra. Fue soldado muchos años, y cinco y medio cautivo, donde
aprendió a tener paciencia en las adversidades. Perdió en la batalla naval de Lepanto la mano izquierda de un arcabuzazo, herida que, aunque parece fea, él la tiene por hermosa, por haberla
cobrado en la más memorable y alta ocasión que vieron los pasados siglos, ni esperan ver los venideros, militando debajo de las
vencedoras banderas del hijo del rayo de la guerra, Carlo Quinto, de felice memoria.» Y cuando a la de [3] este amigo, de quien
me quejo, no ocurrieran otras cosas de las dichas que decir de
mí, yo me levantara a mí mismo dos docenas de testimonios, y se
los dijera en secreto, con que extendiera mi nombre y acreditara
mi ingenio. Porque pensar que dicen puntualmente la verdad los
tales elogios, [4] es disparate, por no tener punto preciso ni deter-
minado las alabanzas ni los vituperios.

En fin, pues ya esta ocasión se pasó, y yo he quedado en blanco y sin figura, será forzoso valerme por mi pico, [5] que aunque
tartamudo, no lo será para decir verdades, que, dichas por señas, suelen ser entendidas. Y así te digo otra vez, lector amable,
que de estas novelas que te ofrezco, en ningún modo podrás
hacer pepitoria, porque no tienen pies, ni cabeza, ni entrañas, ni
cosa que les parezca; quiero decir que los requiebros amorosos
que en algunas hallarás, son tan honestos y tan medidos con la
razón y discurso cristiano, que no podrán mover a mal pensamiento al descuidado o cuidadoso que las leyere.

Heles dado el nombre de *ejemplares,* y si bien lo miras, no hay
ninguna de quien no se pueda sacar algún ejemplo provechoso; y
si no fuera por no alargar este sujeto, [6] quizá te mostrara el sa-

---

[2] *César Caporal Perusino:* Cesare Caporali, autor en 1582 de un libro
titulado *Viaggio in Parnaso;* era natural de la ciudad de Perugia y vivió
entre 1531 y 1601.
[3] *a la de:* a la memoria de.
[4] *elogios:* alude a los elogios que en honor del autor se imprimían en
los preliminares laudatorios, escritos por amigos incondicionales de
aquél. Aquí Cervantes ironiza sobre tal costumbre.
[5] *pico:* boca.
[6] *sujeto:* asunto.

broso y honesto fruto que se podría sacar, así de todas juntas, como de cada una de por sí.

Mi intento ha sido poner en la plaza de nuestra república una mesa de trucos, [7] donde cada uno pueda llegar a entretenerse, sin daño de barras; [8] digo sin daño del alma ni del cuerpo, porque los ejercicios honestos y agradables, antes aprovechan que dañan.

Sí, que no siempre se está en los templos; no siempre se ocupan los oratorios; no siempre se asiste a los negocios, por calificados que sean. Horas hay de recreación, donde el afligido espíritu descanse.

Para este efeto se plantan las alamedas, se buscan las fuentes, se allanan las cuestas y se cultivan, con curiosidad, los jardines. Una cosa me atreveré a decirte, que si por algún modo alcanzara que la lección [9] destas novelas pudiera inducir a quien las leyera a algún mal deseo o pensamiento, antes me cortara la mano con que las escribí, que sacarlas en público. Mi edad no está ya para burlarse con la otra vida, que al cincuenta y cinco de los años gano por nueve más y por la mano.

A esto se aplicó mi ingenio, por aquí me lleva mi inclinación, y más que me doy a entender, y es así, que yo soy el primero que he novelado en lengua castellana, que las muchas novelas que en ella andan impresas, todas son traducidas de lenguas extranjeras, y éstas son mías propias, no imitadas ni hurtadas; mi ingenio las engrendró, y las parió mi pluma, y van creciendo en los brazos de la estampa. [10] Tras ellas, si la vida no me deja, te ofrezco los *Trabajos de Persiles*, libro que se atreve a competir con Heliodoro, si ya por atrevido no sale con las manos en la cabeza; y primero verás, y con brevedad dilatadas, las hazañas de don Quijote y donaires de Sancho Panza, y luego las *Semanas del jardín*. [11]

Mucho prometo, con fuerzas tan pocas como las mías; pero ¿quién pondrá rienda a los deseos? Sólo esto quiero que conside-

---

[7] *trucos:* juego parecido al billar.
[8] *sin daño de barras:* sin daño a terceros.
[9] *lección:* lectura.
[10] *estampa:* imprenta.
[11] *Semanas del jardín:* obra, si la llegó a escribir, hoy perdida y que no llegó a publicarse.

res, que pues yo he tenido osadía de dirigir estas novelas al gran
Conde de Lemos, [12] algún misterio tienen escondido que las le-
vanta.

No más, sino que Dios te guarde y a mí me dé paciencia para
llevar bien el mal que han de decir de mí más de cuatro sutiles y
almidonados. Vale.

Ibídem, pp. 62-65.

5. *Fragmento de la segunda parte del* Quijote, *impresa en 1615,
    en que Cervantes hace interesantes consideraciones acerca de su
    propia técnica narrativa.*

Dicen que en el propio original desta historia se lee que llegando Cide Hamete [1] a escribir este capítulo, no le tradujo su
intérprete como él le había escrito, que fue un modo de queja
que tuvo el moro de sí mismo, por haber tomado entre manos
una historia tan seca y tan limitada como esta de don Quijote,
por parecerle que siempre había de hablar dél [2] y de Sancho, sin
osar extenderse a otras digresiones y episodios más graves y más
entretenidos; y decía que el ir siempre atenido el entendimiento,
la mano y la pluma a escribir de un solo sujeto y hablar por las
bocas de pocas personas era un trabajo incomportable, [3] cuyo
fruto no redundaba en el de su autor, y que por huir de este
inconveniente había usado en la primera parte del artificio de algunas novelas, como fueron la del Curioso impertinente y la del

---

[12] *Conde de Lemos:* mecenas de Cervantes, a él le dedicó en efecto
las *Novelas ejemplares,* la segunda parte del *Quijote,* el *Persiles* y las
Ocho comedias y ocho entremeses; cuando el dicho noble fue nombrado
virrey de Nápoles, Cervantes pensó trasladarse con él a su servicio, aspiración que no consiguió por la oposición de Argensola, favorito del
virrey.

[1] *Cide Hamete:* personaje ficticio inventado por Cervantes en el
Quijote, a quien atribuye haber escrito la historia que él transcribe de
unos cartapacios arábigos.

[2] *dél:* de él.

[3] *incomportable:* insoportable, no llevadero.

Capitán cautivo, que están como separadas de la historia, puesto que las demás que allí se cuentan son casos sucedidos al mismo don Quijote, que no podían dejar de escribirse. También pensó, como él dice, que muchos, llevados de la atención que piden las hazañas de don Quijote, no la darían a las novelas, y pasarían por ellas, o con priesa, [4] o con enfado, sin advertir la gala y artificio que en sí contienen, el cual se mostrara bien al descubierto, cuando por sí solas, sin arrimarse a las locuras de don Quijote, ni a las sandeces de Sancho, salieran a luz; y así, en esta segunda parte no quiso injerir novelas sueltas ni pegadizas, sino algunos episodios que lo pareciesen, nacidos de los mesmos [5] sucesos que la verdad ofrece, y aun éstos, limitadamente y con solas las palabras que bastan a declararlos; y pues se contiene y cierra en los estrechos límites de la narración, teniendo habilidad, suficiencia y entendimiento para tratar del universo todo, pide no se desprecie su trabajo, y se le den alabanzas, no por lo que escribe, sino por lo que ha dejado de escribir.

> Miguel de Cervantes: *El ingenioso hidalgo Don Quijote de la Mancha,* ed. F. Rodríguez Marín, Madrid, Atlas, 1948, t. VI, pp. 267-268.

6.   *Lope de Vega, en 1621, publicó* La Filomena, *libro en que se incluía una novela, titulada* Las fortunas de Diana, *prologando la cual dedica estas líneas al arte de escribir este nuevo género narrativo, donde obligadamente ha de reconocer el enorme mérito cervantino, aunque no sin dejar entrever la antipatía personal que por él sentía.*

Mandarme que escriba una novela ha sido novedad para mí, que aunque es verdad que en *La Arcadia* [1] y *Peregrino* [2] hay

---

[4] *priesa:* prisa.
[5] *mesmos:* mismos.
[1] *La Arcadia:* novela pastoril de Lope de Vega, llena de elementos autobiográficos. Se publicó en Madrid en 1598.
[2] *Peregrino:* alude a la novela de aventuras, de corte bizantino, escrita por él mismo y titulada *El peregrino en su patria,* impresa en Sevilla en 1604.

alguna parte de este género y estilo, más usado de italianos y franceses que de españoles, con todo eso es grande la diferencia y más humilde el modo.

En tiempo menos discreto que el de ahora, aunque de hombres más sabios, llamaban a las novelas cuentos. Éstos se sabían de memoria, y nunca, que yo me acuerde, los vi escritos [...]. En España [...] también hay libros de novelas, dellas traducidas de italianos, y dellas [3] propias, en que no le faltó gracia y estilo a Miguel de Cervantes. Confieso que son libros de grande entretenimiento, y que podrían ser ejemplares, como algunas de las *Historias trágicas* del Bandello; [4] pero habían de escribir[las] los hombres científicos, o por lo menos grandes cortesanos, gente que halla en los desengaños notables sentencias y aforismos.

Lope de Vega: *La Filomena con otras diversas rimas, prosas y versos.* Madrid, Viuda de Alonso Martín, 1621, fol. 59. Hemos modernizado las grafías.

7. *He aquí la valoración entusiasta que en 1907 hacía Menéndez Pelayo de las* Novelas ejemplares *cervantinas.*

Prodigio fueron las *Novelas Ejemplares* de Cervantes, surgiendo de improviso como sol de verdad y de poesía entre tanta confusión y tanta niebla. La novela caballeresca, la novela pastoril, la novela dramática, la novela picaresca, habían nacido perfectas y adultas en el *Amadís*, en la *Diana,* en la Celestina, en el *Lazarillo de Tormes,* sus primeros y nunca superados tipos. Pero la novela corta, el género de que simultáneamente fueron precursores don Juan Manuel y Boccaccio, no había producido en nuestra literatura del siglo XVI narración alguna que pueda entrar en competencia con la más endeble de las novelas de Cervantes: con el embrollo romántico de *Las dos doncellas,* o con el empalagoso *Amante Liberal,* que no deja de llevar, sin embargo, la garra del león, no tanto en el apóstrofe retórico a las ruinas de

---

[3] *dellas ... dellas:* unas ... otras.
[4] *Bandello:* importante autor de novelas italianas, a quien mencionamos en la Introducción.

la desdichada Nicosia como en la primorosa miniatura de aquel «mancebo galán, atildado, de blancas manos y rizos cabellos, de voz meliflua y amorosas palabras, y finalmente todo hecho de ámbar y de alfeñique, guarnecido de telas y adornado de brocados». ¡Y qué abismos hay que salvar desde estas imperfectas obras hasta el encanto de *La Gitanilla,* poética idealización de la vida nómada, o la sentenciosa agudeza de *El Licenciado Vidriera,* o el brío picaresco de *La Ilustre Fregona,* o el interés dramático de *La Señora Cornelia* y de *La Fuerza de la Sangre,* o la picante malicia de *El Casamiento Engañoso,* o la profunda ironía y la sal lucianesca del *Coloquio de los Perros,* o la plenitud ardiente de vida que redime y ennoblece para el arte las truhanescas escenas de *Rinconete y Cortadillo!* Obras de regia estirpe son las novelas de Cervantes, y con razón dijo Federico Schlegel que quien no gustase de ellas y no las encontrase divinas jamás podría entender ni apreciar debidamente el *Quijote.* Una autoridad literaria más grande que la suya y que ninguna otra de los tiempos modernos, Goethe, escribiendo a Schiller en 17 de diciembre de 1795, precisamente cuando más ocupado andaba en la composición de *Wilhelm Meister,* las había ensalzado como un verdadero tesoro de deleite y de enseñanza, regocijándose de encontrar practicados en el autor español los mismos principios de arte que a él le guiaban en sus propias creaciones, con ser éstas tan laboriosas y aquéllas tan espontáneas. ¡Divina espontaneidad la del genio que al forjarse su propia estética adivina y columbra la estética del porvenir!

Marcelino Menéndez Pelayo: *Orígenes de la novela,* III, pp. 216-217, en *Edición nacional de las obras completas de Menéndez Pelayo,* tomo XV, Madrid, 1943.

8. *José Ortega y Gasset ensaya, en las líneas que a continuación transcribimos, una clasificación discutible, pero sugerente, de las novelas de Cervantes.*

Yo hallo en esta [colección de novelas] dos series muy distintas de composiciones, sin que sea decir que no interviene en la una algo del espíritu de la otra. Lo importante es que prevalezca inequívocamente una intención artística distinta en ambas series, que gravite en ellas hacia diversos centros la generación poética. ¿Cómo es posible introducir dentro de un mismo gênero *El amante liberal, La española inglesa, La fuerza de la sangre, Las dos doncellas,* de un lado, y *Rinconete* y *El celoso extremeño,* de otro? Marquemos en pocas palabras la diferencia: en la primera serie nos son referidos casos de amor y fortuna. Son hijos que, arrancados al árbol familiar, quedan sometidos a imprevistas andanzas, son mancebos que, arrebatados por un vendaval erótico, cruzan vertiginosos el horizonte como astros errantes y encendidos, son damiselas transidas y andariegas, que dan hondos suspiros en los cuartos de las ventas y hablan en compás ciceroniano de su virginidad maltrecha. A lo mejor, en una de tales ventas vienen a anudarse tres o cuatro de estos hilos incandescentes tendidos por el azar y la pasión entre otras tantas parejas de corazones: con grande estupor del ambiente venteril sobrevienen entonces las más extraordinarias anagnórisis y coincidencias. Todo lo que en estas novelas se nos cuenta es inverosímil y el interés que su lectura nos proporciona nace de su inverosimilitud misma. El *Persiles,* que es como una larga novela ejemplar de este tipo, nos garantiza que Cervantes quiso la inverosimilitud como tal inverosimilitud. Y el hecho de que cerrara con este libro su ciclo de creación nos invita a no simplificar demasiado las cosas.

Ello es que los temas referidos por Cervantes, en parte de sus novelas, son los mismos venerables temas inventados por la imaginación aria, muchos, muchos siglos hace. Tantos siglos hace, que los hallaremos preformados en los mitos originales de Grecia y del Asia occidental. ¿Creéis que debemos llamar «novela» al género literario que comprende esta primera serie cervantina? No hay inconveniente; pero haciendo constar que este género literario consiste en la narración de sucesos inverosímiles, inventados, irreales.

Cosa bien distinta parece intentada en la otra serie de que podemos hacer representante a *Rinconete y Cortadillo.* Aquí apenas si pasa nada; nuestros ánimos no se sienten solicitados por dinámicos apasionamientos ni se apresuran de un párrafo al siguiente para descubrir el sesgo que toman los asuntos. Si se avanza un paso es con el fin de tomar nuevo descanso y extender la mirada en derredor. Ahora se busca una serie de visiones estáticas y minuciosas. Los personajes y los actos de ellos andan tan lejos de ser insólitos e increíbles que ni siquiera llegar a ser interesantes. No se me diga que los mozalbetes pícaros Rincón y Cortado; que las revueltas damas Gananciosa y Cariharta; que el rufián Repolido, etc., poseen en sí mismos atractivo alguno. Al ir leyendo, con efecto, nos percatamos de que no son ellos sino la representación que el autor nos da de ellos, quien logra interesarnos. Más aún: si no nos fueran indiferentes de puro conocidos y usuales, la obra conduciría nuestra emoción estética por muy otros caminos. La insignificancia, la indiferencia, la verosimilitud de estas criaturas, son aquí esenciales.

El contraste con la intención artística que manifiesta la serie anterior no puede ser más grande. Allí eran los personajes mismos y sus andanzas mismas motivo de la fruición estética: el escritor podía reducir al mínimo su intervención. Aquí, por el contrario, sólo nos interesa el modo como el autor deja reflejarse en su retina las vulgares fisonomías de que nos habla. No faltó a Cervantes clara conciencia de esta diversidad cuando escribe en el *Coloquio de los Perros:*

«Quiérote advertir de una cosa, de la cual verás la experiencia cuando te cuente los sucesos de mi vida, y es que los cuentos, unos encierran y tienen la gracia en ellos mismos; otros, en el modo de contarlos; quiero decir, que algunos hay que, aunque se cuenten sin preámbulos y ornamentos de palabras, dan contento; otros hay que es menester vestirlos de palabras, y con demostraciones del rostro y de las manos, y con mudar la voz se hacen algo de nonada, y de flojos y desmayados se vuelven agudos y gustosos.»

José Ortega y Gasset: *Meditaciones del Quijote,* ed. Julián Marías, Madrid, Cátedra, 1984, «Letras Hispánicas», núm. 206, pp. 185-188.

9.   *Américo Castro explicó la ejemplaridad de las novelas cervantinas desde la consideración del momento vital en que su autor las dio a luz. Ese momento aparece muy bien delineado en el siguiente párrafo.*

Las *Novejas ejemplares* son el primer libro publicado después del gran éxito del *Quijote* y de haber comenzado a paladear, por fin, las dulzuras de sentirse reconocido por príncipes de la Iglesia y por grandes de España. El nombre de Cervantes corría por el mundo hispano y trascendía a otros países; se desvanecía en un ingrato pasado el recuerdo del paria frecuentador de cárceles, que una y otra vez había lanzado visibles dardos contra Felipe II y su incapacidad política. El escritor, al fin glorioso, se juzga, se siente dentro, no fuera, del círculo moral de los más altos y significativos personajes en la España de entonces. En esta nueva etapa de su vida, el escritor procede con conciencia de ser miembro responsable de una comunidad en la cual él significa algo.

> Américo Castro: «La ejemplaridad de las novelas cervantinas», en *Hacia Cervantes,* Madrid, Taurus, 1957, pp. 337-339.

Orientaciones para el estudio de *Rinconete y Cortadillo,* *La española inglesa* y *El licenciado Vidriera*

«RINCONETE Y CORTADILLO»

LA NOVELA Y EL GÉNERO A QUE PERTENECE

Es opinión unánime, y acertada, que *Rinconete y Cortadillo* constituye una de las más magistrales realizaciones narrativas cervantinas. Formalmente, fuera de su extensión, el paradigma del relato nada tiene ya que ver con las *novelas* italianas, y en él se sintetizan y acumulan todos los recursos narrativos que caracterizan la originalidad de Cervantes. Temáticamente se inscribe dentro del mundo de la picaresca, ambiente que atrajo siempre la atención cervantina de modo poderoso y que nuestro autor recreó, además, en *La ilustre fregona,* en *La Gitanilla,* en *El coloquio de los perros,* en algunos pasajes del *Quijote,* en sus comedias *El rufián dichoso* y *Pedro de Urdemalas,* así como en varios de sus graciosísimos entremeses, entre los cuales destaca, por su curiosa afinidad con *Rinconete y Cortadillo,* el de *El rufián viudo;* sin embargo, la visión cervantina de ese ambiente es gozosa y divertida, mucho más atenta a deleitar al lector con el humor que destilan las situaciones planteadas que preocupada en denunciar una situación social en donde los valores morales se hallan invertidos, como ocurre en las genuinas obras picarescas (el *Lazarillo* o el *Guzmán de Alfarache*). Frente a los autores picarescos propiamente dichos, Cervantes no trasciende, por tanto, el plano puramente formal o superficial del género, y despoja sus producciones del tinte oscuro y pesimista que domina en las obras de aquéllos, atento solamente al efecto gozoso que puedan provocar las pintorescas costumbres y modo chusco de hablar de sus protagonistas, por lo que resuelve sus planteamientos más bien dentro del esbozo de un cuadro costumbrista de ambiente apicarado, ajeno a la intencionalidad crítica del paradigma que define el género picaresco.

— Teniendo en cuenta que el *pícaro* no elige, sino que se ve inmerso en un ambiente marginal como consecuencia de su nacimiento y filiación familiar, márquense las diferencias que existen entre tal prototipo literario y los protagonistas de *Rinconete y Cortadillo*.

— El *pícaro* desarrolla sus peripecias buscando hallar un mejor acomodo y bienestar social o, simplemente, sobrevivir en un medio hostil; sabido esto, analícense y compárense los móviles que han llevado a Rinconete y Cortadillo a vivir como viven.

ESTRUCTURA, TÉCNICAS NARRATIVAS, TEMAS, ARGUMENTO

La novela está construida mediante la adición de una serie de episodios diferentes, que tienen unidad compositiva gracias a la presencia permanente en ellos —bien como protagonistas de los mismos, bien como espectadores—

de los personajes principales, Rincón y Cortado. Precisamente en función del papel que desempeñan los dos a lo largo del relato, pueden observarse dos partes claramente diferenciadas en su estructura: la primera, que denominamos *Rinconete y Cortadillo, pícaros,* en que protagonizan activamente los episodios, y la segunda, denominada *Patio de Monipodio,* en que ambos pasan a ser observadores regocijados de la acción que ante sus ojos se desarrolla, marcando su distancia de tales aconteceres mediante sus críticas y burlas a la barbarie de los delincuentes sevillanos asociados en la cofradía.

1. Rinconete y Cortadillo, pícaros

1.1. *Presentación*

El autor, en tercera persona, sitúa el escenario y describe minuciosamente la apariencia física de los dos muchachos. Debe notarse que tanto el tono desenfadado empleado por Cervantes como la propia indumentaria descrita tienen un valor caracteriológico que indica al lector la filiación de lo narrado con el mundo de lo picaresco. Inmediatamente después, el autor cede la palabra a sus personajes para que sean ellos mismos, con sus dichos y hechos, quienes completen su retrato y muestren su condición y psicología, lo que desarrollan mediante un salto atrás narrativo en que cada uno hace al otro un resumen de su vida anterior. Cumplido esto, y hecha firme promesa de amistad entre ambos, comienza la acción narrativa propiamente dicha.

— Valórese la efectividad de que sean los dos jóvenes quienes relaten sus vidas y coméntese la ventaja o desventaja de tal recurso sobre la tercera persona narrativa.

— En la definición de la edad de ambos jóvenes existe imprecisión; enjuíciese por qué Cervantes usa este recurso y señálense efectos similares en el resto de la obra.

1.2. *Episodio del arriero*

Constituye el primer suceso que ocurre en la novela. En él quedan patentes la habilidad, picardía y valor de ambos protagonistas. Viene a ser una puesta en práctica de la teoría antes comentada por ellos respecto de las trampas en los juegos de naipes. En cuanto a su carácter de episodio autónomo, Cervantes tiene especial interés en dejarlo como elemento narrativo concluso, lo cual justifica el cierre completo por medio de las explicaciones de la ventera.

— Pese a tratarse de una estafa, es evidente la simpatía que despiertan los dos jóvenes durante el pasaje; ¿a qué se debe este efecto paradójico? Señálense los recursos cervantinos utilizados para conseguirlo.

1.3. *Episodio de los viajeros*

Sin duda es el menos simpático de todos los que constituyen la novela y el más próximo al ambiente sórdido de los auténticos relatos picarescos.

— Señálese por qué la picardía de Rincón y Cortado se separa en esta ocasión de la línea que informa el resto del relato.

1.4. *Episodio del sacristán*

Constituye el suceso más regocijante de esta primera parte y es, al tiempo, enlace con la segunda. En él, el autor se vale de técnicas teatrales, propias del género del entremés, para reforzar la comicidad de la acción relatada. Especialmente efectivo es el recurso de poner en boca de Cortado la larga serie de refranes y dichos disparatados que confunden aún más al ya confuso sacristán y que permiten al pícaro muchacho robarle por segunda vez. Los elementos cómicos son tan intensos, que consiguen que el acto de robar, reprobable en sí mismo, pase a un segundo plano en la percepción del lector, atento sólo a la picardía y gracia del ladronzuelo.

— Señálense los efectos teatrales insertos en el pasaje.

— Señálese mediante qué técnica consigue Cervantes los efectos cómicos emanados de los refranes y dichos populares de este episodio.

---

2. Patio de Monipodio

En esta segunda parte de la novela, Rincón y Cortado pasan a ser espectadores de la acción que en el patio se desarrolla, como ha quedado dicho. Ello supone una mayor amplitud de perspectiva de autor en Cervantes, quien desdobla ahora su visión de autor-espectador que narra y enjuicia la acción, en la figura del narrador propiamente dicho y en la de los dos personajes que contemplan lo ocurrido en el patio y también emiten juicios y chanzas sobre lo que observan.

— A la vista de lo que antecede, señálese el enrique-
cimiento del relato por efecto de la pluralidad de pers-
pectivas, anotando y valorando cada variante que se
produzca en esta segunda parte.

Este segundo núcleo de la novela potencia e intensifica
los recursos aparecidos en la anterior, tales como el des-
criptivismo minucioso de los escenarios, el dramatismo o
escenificación teatral de lo narrado, la chispeante comicidad de los episodios, etc. El paso de Rincón y Cortado a
una actitud de observadores debe explicarse como consecuencia del descenso en la escala social que supone la cofradía de los delincuentes sevillanos respecto a la escala de
valores de ambos jóvenes. Ellos, movidos por la vitalidad
de la juventud, han optado por la vida apicarada, llevados
del atractivo de la vida libre y la travesura, pero en ningún
momento han dejado de distinguir entre el bien y el mal.
Sus picardías no han pasado del nivel de travesuras de
muchachos, y ello posibilita su vuelta a la buena vida en
cualquier momento, mecanismo que late a lo largo de la
narración y que gana para ellos la simpatía del lector. Precisamente por ello, al situarse frente a la verdadera condición delictiva que representan los cofrades de Monipodio,
se inhiben y critican divertidos cuanto ven, como si sus
voces fuesen ecos del propio pensamiento de Cervantes.
Debe observarse que la comicidad del relato en la primera
parte dependía de la propia acción y travesura de los muchachos y emanaba de la simpleza de sus víctimas; ahora,
por el contrario, como ellos mismos resaltarán con sus comentarios, lo divertido procede de la barbarie de los píca-
ros-delincuentes de la cofradía, y es independiente de la
voluntad de éstos y consecuencia de su ignorancia y de su
incapacidad de distinguir entre lo esencialmente bueno y
lo naturalmente malo. La superioridad moral de Rincón y

Cortado se hace clara frente a Monipodio y sus gentes, sobre todo, por medio del lenguaje correcto y el ortodoxo entendimiento de la religión, quedando claro que si se unen ocasionalmente a los ladrones, es sólo para conocer nuevas experiencias, pero no con afán de integrarse en su mundo de modo definitivo.

— Analícense los pasajes relativos a la religión y valórese la función cómica que desempeñan en los cofrades de Monipodio. Obsérvese asimismo si la comicidad emana de aspectos fundamentales de la fe católica o si, por el contrario, se centra en aspectos puramente formales que no atañen al dogma.

— Valórese la comicidad de las expresiones incorrectas que utilizan los cofrades de Monipodio y búsquense incorrecciones en el habla de Rincón y Cortado a lo largo de la primera parte, para deducir si ha habido o no modificación por parte de Cervantes en la caracterización cultural de ambos protagonistas al pasar de un núcleo narrativo a otro.

2.1. *Descripción del patio de Monipodio*

Acoge diversas peripecias y acciones distintas, cuya unidad viene determinada por transcurrir todas ellas en el mismo escenario, por la continuada presencia protagonista de Monipodio y por la postura observadora y crítica de Rincón y Cortado. A continuación las tratamos pormenorizadamente:

2.1.1. *El camino*

Confuso y nuevamente desvalijado queda el sacristán cuando Rincón y Cortado son interpelados por un esporti-

llero que ha observado su picardía. Les habla en lengua
de jerga, que naturalmente no entienden. Esa incomuni-
cación que se produce cumple una función simbólica, la
de mostrar la distancia enorme que va de la travesura picaresca al mundo delictivo propiamente dicho. (Tal simbo-
logía se corresponde con el largo camino que han de reco-
rrer por la ciudad para llegar a la casa de los ladrones.)
Sin embargo, pese a lo diferente de ambos mundos, es
breve el salto que el pícaro ha de dar para hallarse delincuente consumado; basta que uno de los ya iniciados en
esa vida los invite hábilmente a integrarse en ella. En esta
novela sólo lo impedirá la superior condición moral de los
jóvenes, ya apuntada anteriormente. (A este respecto, debe también tenerse en cuenta que Cervantes llamará *Gan-*
chuelo al esportillero que introduce a los protagonistas en
el círculo de Monipodio, y *gancho* era vocablo que, como
hoy, en la lengua germanesca, definía a quien atraía incautos para estafarles y, por extensión, a quien captaba a
alguien para involucrarle en algo no conveniente.)

Estructuralmente es recurso interesante que Cervantes
aproveche la charla de los tres jóvenes por el camino para
introducirnos y presentarnos los modos de vida y cosmovi-
sión de la cofradía. Haciéndolo a través de ellos, evita la
quietud de una enojosa parada descriptiva, en beneficio
de la agilidad de la acción. El tono cómico se sustenta
sobre todo en el lenguaje de los ladrones, en su supersti-
ciosa visión de lo religioso, alejada totalmente del dogma,
y, en general, en la absoluta inversión de valores morales
que ponen de relieve las palabras de Ganchuelo. Ante tal
parodia, involuntaria, de las instituciones sociales serias,
los protagonistas se sienten superiores y deciden observar
de cerca ese submundo sevillano marginal; sus comentarios e ironía acerca de lo que oyen y ven no cesarán hasta
el final del relato, y en ellos podemos ver, como antes se
indicó, un desdoblamiento cervantino.

— Quedan manifiestos los recursos generadores de comicidad en el pasaje. ¿Cuáles son los que impiden que el lector fije su atención en lo repulsivo de una conducta delincuente, hecho que iría en detrimento de lo humorístico? ¿Son los mismos que aparecían en la primera parte?

— ¿Existe una actitud moralizante en el pasaje? Señálense las razones en que se apoya la respuesta.

— Se ha explicado el juego conceptual nominalista encerrado en el término *Ganchuelo*. Búsquense otros similares a lo largo del relato.

2.1.2. *Monipodio y sus gentes; técnicas de presentación*

Los elementos teatrales, y concretamente entremesísticos, que señalábamos antes como presentes en la técnica compositiva de la novela, se intensifican ahora de forma notable y duran hasta el final del relato. La minuciosa descripción del lugar y de la disposición de los personajes es prácticamente una larga acotación escénica. Igualmente, la sucesiva y gradual aparición de los diversos tipos que se concentran en el patio, con ademanes, gestos y actuaciones mudas, reproducen el movimiento y mímica de los actores en una representación teatral. El diálogo movido y suelto que entre Monipodio y los jóvenes sucede a la descripción citada y a la relación sintética de los movimientos de quienes ocupan el escenario, parece sacado de uno de los entremeses del propio Cervantes; muy especialmente debe ser tenido en cuenta, a tal efecto, el monólogo de Monipodio en que se rebautiza a los protagonistas con sus *alias,* pues en él hallamos un modelo de lenguaje disparatado que refleja la técnica de los *graciosos* de las comedias y entremeses del siglo XVII, con los habituales equívocos de índole religiosa, con los errores léxicos causados por la ignorancia del hablante y con la no expresa, pero evidente, abundancia de gestos aparatosos en que el simple debía apuntalar su graciosa verborrea. Precisamente este apoyo en la técnica dramática justifica que Cervantes se incline en el relato por lo cómico en detrimento de lo moral, ya que los personajes cómicos de la escena, en virtud de su aparente simpleza o locura, tenían permitido, y aun el público lo exigía, decir y hacer cuanto en otro género o circunstancia hubiese resultado inconveniente, obsceno e inmoral. En cuanto al tema del novelado entremés que esbozan estas páginas, cabe decir que se trata, sencillamente, de la actividad que en un día cualquiera desarrollan los cofrades reunidos en su guarida.

Debe observarse también que los diversos tipos congregados en el patio de la casa van mostrando, por su apariencia y vestimenta, lo variado de las *ocupaciones* que abarca el ejercicio de la cofradía en que se integran. Este tema de la variedad de trabajos delictivos se va ampliando paulatinamente a lo largo del relato y tiene su intenso colofón en la lectura del libro de memoria de Monipodio, en que se mencionan los encargos pendientes de cumplimiento.

— Señálense posibles ademanes que ilustren los pasajes hablados y aclaren las segundas intenciones de las frases, tales como *mete tres y saca cinco*. Reflexiónese acerca de la preeminencia o no de lo escénico sobre lo narrativo.

— Caracteriología basada en la indumentaria y gesticulación de los personajes. Estratificación social interna de la cofradía; indíquese cuáles sean los derechos o preeminencias de cada estamento sobre los inferiores.

— El humor expresado a través de los gestos.

2.1.3. *Desenlace del episodio*
del sacristán

Estructuralmente supone el cierre de un episodio anterior, aspecto a que presta especial atención Cervantes en
este relato, como prueba la intervención de la ventera al
fin de la burla que Rinconete y Cortadillo hacían al arriero (véase 1.2.).

También manifiesta la corrupción de los bajos estamentos de la justicia sevillana, aspecto que hace posible la
propia existencia de la cofradía de ladrones.

En este pasaje, además, Cervantes introduce un nuevo
elemento, la cobardía de los delincuentes, a cuyo sosiego
ha de apelar Monipodio, señalando, para tranquilizarlos,
que el alguacil es amigo suyo. Este tema de la cobardía se
amplía poco después y es mecanismo productor de hilari-
dad por el contraste de fanfarronería y temor.

En su desarrollo queda patente la superioridad de Rinconete y Cortadillo sobre Monipodio. Si Cortado había
eludido devolver la bolsa al sacristán, robándole de añadidura un pañuelo, el padre de los ladrones de Sevilla se ve
obligado a restituir la presa, pese a que Ganchuelo dijo a
los jóvenes que tal evento lo registraban los estatutos de la
hermandad como imposible.

2.1.4. *La comida en el patio*

Este tema se inicia con la entrada de las dos prostitutas.
Con su llegada se completa la presentación de los diversos
tipos que integran la cofradía. El hecho de ser ellas quienes aportan la comida indica algo que luego se explicará
en el episodio de Cariharta y Repolido, pasaje que pone
en evidencia que los valentones ejercen de rufianes con
esta clase de mujeres.

Cuanto se ha dicho en 2.1.2. de los recursos entremesísticos es completamente válido en este apartado.

Durante la comida en el patio tienen lugar dos nuevos episodios: el de Pipota y el de Cariharta y Repolido.

2.1.4.1. La vieja Pipota

El personaje ha sido presentado anteriormente, pero ahora toma la palabra. Conocíamos su condición de vieja beata; ahora sabremos que su ocupación en la cofradía es la de encubridora.

> — Valórense los recursos cómicos que extrae Cervantes de este tipo folklórico a partir de su doble vertiente delictiva y beata.
> — Véase la funcionalidad cómica del nombre que recibe la vieja y señálese la efectividad de tipo teatral que produce su conocimiento después de haber bebido el vino.
> — Hállense afinidades entre ella y la protagonista de *La Celestina* a partir de su exhortación final a todos, remedando el tema del *carpe diem*.

2.1.4.2. Episodio de Cariharta y Repolido

Básicamente se trata de una historia de amor en parodia. La inversión de valores que caracteriza a los cofrades tiene aquí su representación en lo peculiar de la relación amorosa entre prostitutas y rufianes. Si las parejas de amantes manifiestan sus sentimientos por medio de caricias y ternezas, en el peculiar código amoroso de estas gentes se afirmará la pasión por medio de los golpes y malos tratos.

El tema de la fanfarronería de los valentones cobra aquí su mayor altura, lo cual sirve como excelente contrapunto a la cobardía de que hacen gala al fin del episodio ante la proximidad de la justicia, cuando, por cierto, los únicos que no huyen asustados son Rinconete y Cortadillo, nueva manera de mostrar su superioridad sobre el estamento de los delincuentes de la cofradía.

El lenguaje hampesco y desvergonzado agiliza la acción y la libera, en beneficio de lo cómico, de posibles profundizaciones morales.

Como queda dicho, el ritmo dramático de entremés es el que marca la construcción de este pasaje; tal técnica se intensifica en la escena de las coplas y el baile, con la sabrosísima del desafío formal de los tres valentones (que en ningún momento piensan llevarlo a cabo) y con las excelentes tensiones de Repolido fuera de la escena y Cariharta dentro o viceversa.

— Véase la condición de acotaciones escénicas que tienen los pasajes puestos en boca del narrador y señálense especialmente los que atienden al tono de voz y gestos realizados por los personajes que hablan.

— Atiéndase a la condición escénica de los diálogos y pondérese su posible preeminencia teatral sobre lo narrativo.

— Analícese la condición paródica del léxico empleado y valórense los efectos cómicos del mismo.

— Obsérvese el peculiar código de signos amorosos que establece el diálogo entre las prostitutas y valórese su posible realismo y el grado de hipérbole cómica en el que mantienen Repolido y Cariharta. Reflexiónese acerca de la efectividad técnica del contrapunto entre fanfarronería y miedo, señalando los momentos en que ambos elementos hacen su presencia en este episodio.

2.1.5. *El caballero y la cuchillada:*
    delitos por encargo

El pasaje nos muestra otra de las actividades que lleva a cabo el sindicato de delincuentes que regenta Monipodio: el de la valentía por encargo. Nuevamente resalta en él el absurdo proceder de los cofrades, que hieren a un criado del que en realidad debía recibir la afrenta. Tanto el hecho en sí como la dialéctica con que justifican su proceder reafirman la prioridad de lo cómico sobre lo moralizante en el relato, y obedecen a la ya repetidas veces señalada técnica entremesística que Cervantes aplica a esta segunda parte de la novela.

En este episodio vuelve a aparecer el subtema jocoso de la fanfarronería de los valentones, cuya comicidad intensifica su huida vergonzosa inmediatamente anterior.

Este pasaje da lugar a una sintética relación de las restantes actividades que la cofradía efectúa por encargo de terceros, relación que conocemos por medio de la lectura del libro de memoria de Monipodio. Estructuralmente el pasaje tiene una función similar a la relación anterior que Monipodio mismo hizo a Rinconete de las ocupaciones de los diversos tipos reunidos en el patio, y que se produjo en el tiempo transcurrido entre el fin de la comida y la llegada de Repolido. La línea que preside la enumeración de los trabajos delictivos pendientes es también cómica, y por ello, como en los anteriores casos, Cervantes despoja de gravedad tales actividades, cargando los tintes jocosos y eludiendo planteamientos morales.

Con la dispersión de los reunidos concluye la novela propiamente dicha. Lo sucedido en el patio de Monipodio es un fresco de las actividades de la cofradía en un día cualquiera, como queda dicho en 2.1.2. Sólo resta, como epílogo, una recapitulación y enumeración de lo allí observado, que Cervantes pone en el pensamiento de Rinconete, quien resalta los aspectos cómicos de tal vida y tales gentes, e incluye una leve crítica moralizante, acorde con la intencionalidad ejemplificadora de la colección de novelas en que ésta se edita; en ella se culpa no sólo a los cofrades, sino a la permisividad de la justicia sevillana, que es la responsable de que tal sindicato exista.

— Véase si el pasaje del caballero critica a la clase social a que pertenece o si alude a la pérdida de valor en los componentes de la misma. Analícese si tal personaje adquiere, por tanto, valor de prototipo social o si se trata solamente de un pretexto cervantino para esbozar otra peripecia cómica más en la acción.

— Analícense los datos que revelen la incultura léxica de las gentes de Monipodio y señálese la coherencia o no de que tales desajustes puedan ser percibidos con regocijo por Rinconete al final.

— Atiéndase al peculiar y caracteriológico lenguaje de los valentones y señálese el grado de efectividad cómica que de este aspecto obtiene el autor.

— Enumérense y valórense los recursos escénicos presentes en este pasaje. Discútase la preeminencia de lo teatral sobre lo narrativo o viceversa.

— ¿Tuvo Cervantes en el relato intención cierta de moralizar además de entretener? Discútase y razónese este aspecto.

«LA ESPAÑOLA INGLESA»

LA NOVELA Y EL GÉNERO A
QUE PERTENECE

Esta novela se halla construida de acuedo con el paradigma del relato bizantino de aventuras. Supone, por tanto, un esbozo genérico y temático de lo que Cervantes realizará de forma plena en el *Persiles*. Como tal, es heredera técnicamente de la tradición narrativa que representan de modo óptimo los griegos Heliodoro y Aquiles Tacio. Su argumento es el habitual en dicho tipo de obras: dos jóvenes enamorados que para conseguir la realización de su honesto amor, mediante el matrimonio, han de superar una serie de duras pruebas, las cuales actúan como obstáculos para su propósito y retardan el imprescindible final feliz de la historia. Temáticamente el género exaltaba el triunfo último de la virtud sobre las asechanzas de los vicios y de los diversos tipos de maldad humana; formalmente, los viajes, el azar, la sorpresa y la intriga constituyen la armazón imprescindible de tal modalidad narrativa. Cervantes suaviza la condición negativa de los antagonistas, excepción hecha de la Camarera Mayor de la reina inglesa y de su hijo, pero usa abundantemente de los diversos recursos formales antes citados, tales como viajes marítimos, relatos dentro del relato, anagnórisis, etc.

— Véase si las condiciones intrínsecas del género de novela bizantina de aventuras se adecuaban a la intención que presidía la colección de *Novelas ejemplares* y que Cervantes exponía en el prólogo a las mismas.
— Sopésese y analícese la presencia y distribución en *La española inglesa* del doble componente constitui-

do por el entretenimiento y la formación intelectual y espiritual del lector.

ESTRUCTURA, TÉCNICAS NARRATIVAS, TEMAS, ARGUMENTO

Estructuralmente, la novela se desarrolla conforme a la tradicional fórmula de un planteamiento escueto, un prolongado nudo en que se suceden los episodios que van impidiendo la unión matrimonial de ambos jóvenes y, por fin, un rápido desenlace feliz con la definitiva reunión de Isabela y Ricaredo.

El discurrir general de la acción es lineal, contrariamente al inicio habitual del género que solía producirse *in medias res*. Este procedimiento queda compensado en la novela por medio de dos retrocesos narrativos actualizadores. Uno lo constituye la relación de la personal peripecia biográfica del padre de Isabela cuando es liberado del poder de los turcos por Ricaredo; el otro es el pasaje final del reencuentro de los amantes, en que el propio Ricaredo relata cuanto le ha sucedido desde su salida de Inglaterra.

Asimismo, consideramos de interés señalar que la acción novelesca se hace posible por un hecho que rompe el orden natural: el rapto de Isabela por Clotaldo. El regreso de aquélla a sus padres y a su patria reestablece el orden roto, y es entonces cuando ambos jóvenes alcanzan la felicidad, logrando su ansiada boda, lo que constituye el desenlace de la acción. Este equilibrio estructural de principio y fin del relato, que se ajusta a la reposición última de un orden natural quebrado inicialmente, se intensifica si observamos que la ausencia de su país y familia a que se ve forzada Isabela tiene claro correlato en la que voluntariamente asume Ricaredo, referida a idénticos aspectos, cuando determina salir de Inglaterra para casarse y vivir en España con su amada.

1. Planteamiento

La novela comienza con lo que podríamos considerar antecedentes remotos: el rapto de Isabela por Clotaldo.

El presagio triste que tal hecho constituye queda pronto anulado —inesperadamente— por el ambiente favorable que encuentra la niña en casa de su raptor. Es interesante el cambio, pues pasa de esclava a hija adoptiva.

El inicio propiamente dicho del relato comienza con el enamoramiento de Ricaredo.

El primero de los obstáculos a la realización de dicho amor lo constituye la existencia de la doncella escocesa a que le habían prometido sus padres. Este tema vuelve a aparecer más adelante, cuando Isabela convalece del envenenamiento. Puede decirse que, aunque pálidamente, dicha mujer actúa como antagonista de Isabela.

La enfermedad de Ricaredo constituye un tópico narrativo (en la época se aceptaba la convención de que los personajes enfermasen y aun muriesen de amor), pero, además, actúa como elemento que refuerza la verosimilitud de la fácil aceptación por los padres de su boda con Isabela; ambos restan importancia al compromiso anterior, satisfechos de la recuperación de la salud de su hijo. Con ello los amantes salvan el primer obstáculo a su amor.

— Véase la coherencia del rapto de Isabela. Este hecho era necesario para que la historia fuese posible, pero ¿se corresponde la acción con el carácter de Clotaldo? Cervantes dice que el raptor se había aficionado a ella, «aunque cristianamente». ¿Qué significación tiene este matiz en el relato?

— Confróntese el estilo de lo narrado en tercera persona con el de las intervenciones directas de los personajes. Discútase la posible retoricidad excesiva de estas últimas.

2. Nudo

2.1. *Intervención de la reina de Inglaterra*

La reina constituye el primer obstáculo directo al amor de los jóvenes. No llega, pese a ello, a alcanzar la condición de antagonista, pues, por el contrario, los toma bajo su protección. Incluso, más adelante, se opondrá a la verdadera antagonista, su Camarera Mayor. En la reina sintetiza Cervantes las cualidades que deben adornar a un buen soberano. Al exigir que Ricaredo haga méritos para ser digno de Isabela, sitúa a éste en el plano de los héroes de las novelas de caballería, quienes habían de pasar duras pruebas para merecer el amor de sus damas. La antítesis *blandura/dureza* que adorna al caballero se manifiesta en el joven por las lágrimas que derrama ante la separación y por el ofrecimiento generoso de servir con las armas a su soberana.

— El tema de la catolicidad de Isabela y su familia adoptiva actúa como elemento fomentador de la intriga. Véase en qué ocasiones y con qué efectividad narrativa.

— Confróntense los pasajes dialogados ante la reina con los anteriores, y extráiganse consecuencias respecto al estilo.

— Véase si la técnica descriptiva del vestido de Isabela se corresponde con la de los pintores de retratos de corte de la época.

— «Pero no me contenta el traje» es expresión de contenido humorístico; pero ¿puede también considerarse como hiperbólica alabanza de la hermosura de la joven? Discútase este rasgo estilístico.

2.1.1. *La expedición naval de Ricaredo*

Este episodio es el desarrollo de la prueba a que Ricaredo es sometido para merecer el amor de Isabela. Constituye la primera separación de los amantes y se efectúa por medio de un viaje, lo cual era elemento técnico habitual en los relatos bizantinos de aventuras. Cervantes prescinde de escenarios exóticos y lo sitúa en una geografía familiar, como modo de potenciar la verosimilitud del relato y de incluir elementos que pertenecían a su personal experiencia.

El azar, recurso propio de la narración bizantina, convierte a Ricaredo en general de las dos naves. Ello tiene dos efectos beneficiosos para el héroe: el primero, que la totalidad de la gloria de la acción recae sobre su persona; el segundo, que puede ser liberal con los católicos sin levantar graves sospechas. Igualmente es el azar el que permite que entre los cautivos liberados se hallen los padres de Isabela. Con la aparición de éstos se produce la primera de las anagnórisis del relato. Que el joven no manifieste su secreto a los mismos facilitará la segunda y más emotiva, la del reconocimiento de su hija ante la reina de Inglaterra. Debe señalarse que este recurso era, asimismo, obligado en los relatos bizantinos. La identificación del padre de la protagonista se realiza por medio de su monólogo, el cual supone un salto atrás actualizador de la materia narrativa. Debe observarse que el estilo directo queda truncado bruscamente en la última frase.

La vuelta a puerto nos muestra transformado al héroe. Si hasta entonces le conocíamos como hijo y enamorado, ahora le observamos maduro e hijo de sus obras. Como tal se manifiesta prudente, cortés y gallardo. Consecuentemente, Cervantes elige este momento para retratarle, describiendo minucioso su apariencia física y sus galas, igual que lo hiciera con Isabela.

El ambiente cortesano y costumbrista se refleja morosamente y contribuye a resaltar la figura del caballero recibido como triunfador, incluso reseñando las envidias que despierta. En tal punto se desarrolla oportunamente el reconocimiento de Isabela y sus padres, tema que totaliza la felicidad de los protagonistas y ensalza la grandeza de Ricaredo, quien con su hazaña borra el dolor provocado años atrás por su propio padre. Restablecido el orden roto, el matrimonio de ambos jóvenes ya seguro, parece que la acción alcanzará un final feliz inminente. Ello es, sin embargo, un recurso narrativo que potencia el efecto de las desgracias subsiguientes.

— Verosimilitud y autobiografismo se funden en la descripción del viaje naval y especialmente en la batalla contra los turcos. Deslíndense y coméntense ambos aspectos, atendiendo con minuciosidad al léxico empleado.

— Véase si la descripción de la indumentria militar de Ricaredo se corresponde con los retratos realizados por pintores de la época.

— Atiéndase y coméntese la correlación envidia-ironía en los comentarios de los murmuradores cortesanos.

— Obsérvese si el estilo del monólogo de Ricaredo relatando a la reina su hazaña y la respuesta de ésta tienen correlato con pasajes similares de las novelas de caballería. Póngase esto en relación con el hecho de que el joven haya superado la prueba impuesta por la soberana.

2.2. Los antagonistas

Evidentemente, este papel lo desarrollan la Camarera Mayor y su hijo. Ambos constituyen el obstáculo más grave que han de salvar los protagonistas para realizar su amor. Arnesto está a punto de matar a Ricaredo, lo cual sabremos al fin del relato; su madre casi consigue envenenar a Isabela. Frente a ellos y a sus malas artes crece la talla de la reina, quien se erige en protectora incondicional de los jóvenes amantes.

Es interesante la contraposición de caracteres establecida entre Arnesto, antihéroe, y Ricaredo, héroe, igual que la que se da entre la Camarera Mayor, apoyo de aquél, y la soberana, apoyo de los protagonistas.

La rivalidad amorosa de héroe y antihéroe no constituye un simple triángulo amoroso, sino la oposición entre dos tipos de amor, el amor-pasión y el amor que trasciende lo físico y se eleva a lo espiritual. Ello quedará puesto de relieve cuando la horrible fealdad de Isabela estimule y reafirme en su decisión de desposarla a Ricaredo.

2.2.1. Aparición de los antagonistas

Supone una sucesiva serie de amenazas a la unión de los protagonistas. La primera es la petición de la Camarera a la reina, en que solicita a Isabela para su hijo. La segunda es el desafío de Arnesto a Ricaredo, impedido por la soberana. La tercera es la petición de la Camarera, nuevamente a la reina, solicitando que envíe a Isabela a España hasta que todo se sosiegue, y delatándola como católica. La cuarta es el envenenamiento de Isabela por la Camarera. La quinta, el intento de asesinato cometido por Arnesto en la persona de Ricaredo, del cual tendremos noticia al fin de la novela.

Puede observarse que los atentados contra Isabela corren

a cargo de la Camarera y que los dirigidos a Ricaredo los protagoniza Arnesto. Debe notarse que se han dispuesto de modo gradual y que los dos últimos están a punto de ser irremediables.

La reacción de la soberana al saber que Isabela es católica es tan convencional como efectiva; de otra parte, en esa actitud bien podría acrisolar Cervantes su idea de cómo ha de ser liberal y justo un monarca, tema que le era harto grato.

> — Señálense las diferencias entre los síntomas de amor de Arnesto y Ricaredo. Véase en ellos la oposición entre protagonista y antagonista.
> — Analícese la evolución del carácter de la Camarera Mayor a lo largo del relato. Véase si es coherente.
> — El diálogo entre Arnesto y Ricaredo está lleno de elementos propios de la novela de caballería. Atiéndase a su léxico peculiar y señálese la adecuación o no del pasaje al relato. Confróntese la diversidad de los caracteres de ambos, atendiendo a las razones que entre ellos se cruzan.

2.2.1.1. El envenenamiento y fealdad de Isabela

Por su incidencia, este pasaje merece especial desarrollo. En él se halla la mayor prueba a que ve sometido Ricaredo su amor. Al superarla, muestra su fina concepción de amador y cómo sus sentimientos no estaban inspirados en el soporte corporal de la belleza de Isabela. La bondad del protagonista perdonando a la envenenadora contrasta efectivamente con la pertinacia de ésta al justificar su crimen en móviles religiosos. De otra parte, la imprevista desgracia y la salvación milagrosa de la muerte son también recursos propios de la novela bizantina de aventuras.

Debe notarse que la hermosura de Isabela hizo que la reina la apartase de Ricaredo (véase 2.1.) y que su fealdad permite ahora que la soberana se la restituya. Igualmente es interesante observar que con motivo de la enfermedad del joven (véase 1.) sus padres acceden gustosos a casarle con la protagonista como medio de asegurar su salud. Contrariamente, ahora le previenen la antigua novia, desatentos y poco piadosos hacia su protegida. Podemos hallar en este hecho un sutil matiz de caracteres que diferencia la simple bondad y el amor de padres. Igualmente es un contraste que exalta la superior condición de Ricaredo, quien no duda un instante en su amor. Esta nueva elevación del protagonista sobre sus progenitores intensifica el ya mencionado hecho de haber reunido a padres e hija raptada, compensando el daño producido inconscientemente por Clotaldo (véase 2.1.1.). La reaparición del tema de la escocesa cumple una función narrativa similar a la que ya desempeñó al principio (véase 1.). Que Ricaredo no se oponga abiertamente a sus padres se justifica tanto en su devoción filial como en la buena intención que guía a aquéllos, quienes consideran a Isabela como irrecuperable.

Tras la confirmación del amor de Ricaredo en la desgracia, se incluye en el relato el recurso folklórico de los dos años que ha de esperar la esposa el regreso del esposo, medio que dará lugar a que el protagonista eluda la boda con la escocesa y pueda efectuar una nueva peregrinación, propia de la técnica narrativa bizantina, la cual constituirá, con sus avatares diversos, la última prueba para el amor de ambos.

— Obsérvese el retoricismo del diálogo sostenido entre Ricaredo e Isabela, y compárese, marcando las diferencias, con los otros tipos de diálogo del relato.
— Valórese, en relación con la importancia que el

personaje tenga para el relato, que no conozcamos hasta ahora el nombre de la doncella escocesa.

2.3. *Isabela y sus padres se instalan en España*

Esta nueva separación de los amantes constituye la última prueba que ha de pasar su amor para realizarse felizmente. Supone la transición del nudo al desenlace. El tema de los antagonistas había cobrado ramificaciones argumentales extensas, cuyo desarrollo podía perjudicar la unidad de acción de la novela; por medio del viaje se cierran con gran economía narrativa. Cervantes nos habla del destino de la Camarera Mayor y del destierro de Arnesto, cuya salida de Inglaterra hará posible su atentado contra Ricaredo, el cual conoceremos fuera del tiempo del relato, mediante el último salto atrás, puesto en boca del protagonista en el momento del desenlace. Los padres de Ricaredo pagan su egoísmo con la pérdida definitiva de su hijo, al que tan inútilmente como ellos esperará la doncella escocesa que le habían destinado como esposa. Existe una compensación y equilibrio narrativo en este suceso (véanse 2.1.1. y 2.2.1.1.), pues ahora se verán en la misma situación de ausencia que los padres de Isabela padecieron tras su rapto. Respecto de la peregrinación de Ricaredo, que va a Roma antes de dirigirse a España para reunirse con su amada, debe señalarse que constituye un capricho del autor, no demasiado justificado en la acción del relato. Ello le permite, sin embargo, mostrar sus conocimientos de dicho itinerario e incluir los pasajes de la traición de Arnesto y del cautiverio del joven entre los turcos, de clara proyección autobiográfica, así como elevar la intriga de la novela, propiciando el desenlace en el mismo momento en que la definitiva separación de los amantes parecía irremediable, recurso muy del gusto de las historias de corte bizantino. Los largos pasajes referidos al comercio y operaciones bancarias entre Inglaterra y España, efectuados de modo indirecto por causa de la guerra, son asimismo fruto del deseo cervantino de manifestar su conocimiento de los usos mercantiles y bancarios de la época, adquiridos como recaudador de impuestos. La completa recuperación de Isabela y su vuelta a la hermosura original propician el final feliz y ponen de relieve su virtud, tanto por rechazar, ignorándolas, las amatorias solicitudes de los sevillanos, como por su dedicación a las devociones religiosas que facilitan el inesperado desenlace, cuando se halla a punto de profesar como monja. La falsa noticia de la muerte de Ricaredo actúa como elemento intensificador de la intriga y permite que Isabela decida su profesión como religiosa.

— Si bien en 2.2.1.1. Clotaldo renueva el enlace de Ricaredo y la escocesa, creyendo irrecuperable a Isabela, ahora, viéndola mejorar, la envía a España y persiste en su intención de casar a su hijo con aquélla. Valórese este hecho y complétese el carácter y psicología de Clotaldo.

— Enfréntese la probada generosidad y cariño de la reina por Isabela y el hecho de no contestar aquélla a las cartas de su protegida. Véase la funcionalidad o inconveniencia narrativa de este último hecho.

— Reflexiónese sobre cómo apoya la minuciosa descripción de lo mercantil y bancario la verosimilitud del relato. Véase si la extensa presencia de este tema hace pasar inadvertido al lector algún pasaje narrativo caprichoso o poco verosímil. Valórese, de ser así, su función de contrapeso en la novela.

3. Desenlace

Supone la definitiva reunión de ambos amantes y el cese de cuantas pruebas adversas ha debido superar su amor. Se produce en el punto de culminación de la intriga, cuando Isabela está a punto de profesar como monja, habiéndose cumplido el plazo de dos años marcado por Ricaredo como límite para su ausencia y creyendo ella que su enamorado había muerto. La aparición de éste a la puerta misma del templo es efecto y sorpresa propios del género bizantino de aventuras, como lo serán también el relato retrospectivo del mismo, lo asombroso de las peripecias en él relatadas y la anagnórisis gradativa en que Ricaredo es reconocido por Isabela, sus padres y uno de los testigos que había sido liberado por él cuando conquistó la nave a los turcos.

3.1. *La relación de lo ocurrido a Ricaredo desde su salida de Inglaterra*

Viene precedida de una breve síntesis de toda la novela, que Isabela relata a los personajes que han concurrido a su casa para conocer el extraordinario suceso que ha impedido su ingreso en el convento. Cervantes extracta dicha intervención y la transmite en estilo indirecto. Ello es necesario para la verosimilitud del relato, aunque no para el lector, pues de otro modo los espectadores no hubiesen comprendido la renuncia de la muchacha.

Con la relación, en estilo directo, de Ricaredo se actualiza la acción y se explican los puntos oscuros, especialmente el de la noticia de la muerte del joven. Este salto atrás narrativo constituye, como queda dicho, una de las técnicas preferidas del género bizantino, y varios de los temas caros a Cervantes se incluyen en el pasaje: el de su descripción del itinerario italiano, el del sistema de los pagarés, el del viaje naval, el del cuativerio a manos de los turcos, etc.

3.2. *Ejemplaridad del relato*

La última frase de la novela: «sabe el cielo sacar de las mayores adversidades nuestras, nuestros mayores provechos», es pie forzado moralizante, que bien podría justificarse como un intento cervantino de adaptar el relato a la «ejemplaridad» que pretendía para sus novelas. En cuanto al contenido del resto del último párrafo, debe decirse que es una alabanza y un canto al poder de la hermosura y la virtud sobre las asechanzas de las fuerzas del mal, que siempre quedan derrotadas, opinión que se sustenta de modo genérico en toda novela bizantina de aventuras.

— Ricaredo afirma que Isabela no puede profesar como monja mientras él viva. ¿Es cierto? ¿Se apoya en trinitarios y trasladado a España, quedándose en lugar suyo, como rehén, uno de los frailes, hasta que se completase el pago del rescate. Reflexiónese sobre el autobiografismo de esta situación y rastréense nuevos aspectos de la memoria cervantina en la novela.

— Ricaredo afirma que Isabela no puede profesar como monja mientras él viva. ¿Es cierto? ¿Se apoya en simple lógica de enamorado o lo asegura basándose en la validez del juramento de matrimonio efectuado por ambos cuando ella yacía gravemente enferma en el lecho? Discútase la validez en la época de tales juramentos.

«EL LICENCIADO VIDRIERA»

LA NOVELA Y EL GÉNERO
A QUE PERTENECE

Al enfrentarnos a la lectura de este relato, lo primero que llama nuestra atención es su evidente bipolaridad genérica, ya que la novela está constituida por la relación de la biografía de su protagonista y por la suma de apotegmas y dichos sentenciosos puestos en boca de Vidriera durante el período de su extraña locura. Aunque ambos núcleos se ensamblan argumentalmente, lo diverso de su manera narrativa pone en evidencia la precaria condición de la unidad de dichos elementos. En efecto, la mencionada locura de Vidriera constituye un episodio de la vida de Tomás Rodaja y como tal se integraría sin problemas en la unidad narrativa de la novela, de no ser por lo extenso de la peripecia y por la intensidad sentenciosa y crítica del pasaje. Estas características son tan acusadas y contrastan tanto con el esquematismo y economía narrativa de la relación de la etapa anterior de la vida del estudiante que provocan en el lector la sensación de hallarse ante dos historias diferentes, marcada la una por la vertiginosa sucesión sintética de los aconteceres y caracterizada la otra por el estatismo y la reflexión crítica y jocosa del loco-cuerdo. La presencia de Cervantes se proyecta en ambas por medio de recursos cualitativamente diversos: en la primera parte vuelca, como es habitual en él, recuerdos y experiencias personales, que atribuye a Tomás Rodaja; en la segunda, ironiza y critica el panorama todo de la sociedad en que vive, a través de los apotegmas que pone en boca de Vidriera.

— Tanto en la relación biográfica de Rodaja como en la de las locuras de Vidriera hay paralelismos y antagonismos respecto de los recursos narrativos de la pica-

> resca. Establezca el lector afinidades y contradicciones entre la novela cervantina y el género picaresco. Señale, además, la voluntariedad del autor, si ello es perceptible, en oponerse a determinadas constantes del género inaugurado por el *Lazarillo de Tormes*.

ESTRUCTURA, TÉCNICAS NARRATIVAS, TEMAS, ARGUMENTO

Debe observarse en la composición del relato la bipolaridad estructural y argumental ya señaladas. La primera parte narra la vida de Tomás Rodaja, la segunda muestra los desvaríos de Vidriera.

1. Vida de Tomás Rodaja

La relación de la misma está presidida por la máxima economía narrativa, manifiesta en un esquematismo biográfico que se despoja de toda suerte de peripecias. La localización del comienzo junto al Tormes parece apuntar la oposición de Cervantes hacia la ideología pesimista de la picaresca y enfrentar a su protagonista con el del *Lazarillo*. (Rodaja sólo tendrá unos amos, en extremo buenos y generosos, y procurará honrar con sus hechos y estudios a sus antepasados. Este tema, tan renacentista, del hombre como hijo de sus obras era muy caro a nuestro autor, para quien el honor no era simplemente la consecuencia de haber nacido en el seno de una familia aristocrática, sino la emanación de un comportamiento ejemplar a lo largo de la vida.)

> — Analizar los aspectos costumbristas del texto, especialmente los referidos al ambiente universitario salmantino.

1.2. *El encuentro con la milicia*

El largo periplo que Rodaja hace con el capitán viene justificado por la necesidad del estudiante de ampliar sus conocimientos librescos con la experiencia directa que los viajes aportan. (Esta idea se halla plenamente vigente entre los intelectuales de nuestro Siglo de Oro.) Cervantes proyecta en el pasaje su experiencia de viajero y de soldado viejo, además de su entusiasmo por cuantas cosas encerraba Italia. El hecho de que viajen juntos un hombre de letras y un militar, hermanados por amistad sincera y estrecha, sugiere la idea de que el autor unifica sus dos vidas, la de soldado y la de escritor, en esta pareja de personajes. Los recuerdos personales cervantinos se multiplican en la narración y hacen evidente un atropellado entusiasmo por la materia que trata. La trepidación del ritmo en la relación del viaje contrasta con la morosidad de la descripción de las diversas ciudades italianas, que Rodaja contempla por medio de la evocación de Cervantes. La muy sucinta alusión a las ciudades flamencas que visita el protagonista y la nula presencia de evocaciones de sus ambientes y maravillas contrastan con la prolijidad de lo italiano y ponen de manifiesto la técnica narrativa de Cervantes en cuanto a los escenarios, que sólo cobran interés en sus novelas si los ha visitado y vibrado personalmente en ellos. Con la vuelta a Salamanca de Rodaja, el relato queda preparado para que comience la segunda parte y la segunda personalidad del protagonista.

— Señálese sobre un mapa la ruta de Rodaja desde Málaga a Salamanca y establézcase lo verosímil del itinerario, de acuerdo con el camino que en la época seguían los tercios españoles.
— Analícense los comentarios de Cervantes acerca de la vida de los soldados. Valórese la alabanza de la

misma y pondérese cuanto de reproche aparece en tales ocasiones.

— Enumérense los aspectos autobiográficos cervantinos hallados en estas páginas. Véase cómo actúan o no en apoyo de la verosimilitud de la novela.

— Respecto del periplo marítimo y de las condiciones de vida marinera de los soldados, además de señalar su posible autobiografismo, contrástese con los aspectos similares presentes en *La española inglesa*.

— Analícese la devoción religiosa que se manifiesta en las visitas de Rodaja a los santuarios; véase si puede dudarse de la sinceridad cervantina en dichas situaciones o si hay presencia de ironía en ellas.

— Pondérese el hecho de que Rodaja y Valdivia mantengan su amistad tras separarse y analícese este aspecto argumental como técnica narrativa que permite el desenlace final de la novela.

1.3. *Envenenamiento y locura*

Como se dice en **59,** constituye este pasaje un breve enredo o nudo del relato, cuya única función es dar paso a la serie de apotegmas que Cervantes pone en boca de Vidriera. Tanto el enamoramiento de la cortesana como el recurso del hechizo son convencionalismos tópicos de la narrativa del Renacimiento. Muy sugerente es, sin embargo, el choque entre la virtud estudiosa de Rodaja y la pasión carnal de la concupiscente dama.

El tipo de locura en que desenlaza el suceso puede considerarse como esquizofrenia paranoide. Cervantes parece haberse inspirado en determinados casos de locos célebres que dieron en el desvarío de creerse de vidrio. Lo verdaderamente interesante, y acorde con el diagnóstico clínico del cuadro mental de Vidriera, es el hecho de que el des-

dichado joven muestre un ingenio e inteligencia agudísi-
mos en todos los aspectos que no toquen a su peculiar
monomanía. Ello le sitúa en un plano paralelo al del protagonista del *Quijote,* quien se manifiesta muy cuerdo en
cuantos razonamientos hace, si no es en lo que atañe a la
obsesión caballeresca. En ambos la locura no sólo permite
la clarividencia del raciocinio, sino que estimula la sinceridad crítica de la desinhibición del irresponsable. Y es que
la enajenación de dichos personajes sirve a Cervantes como coartada para proyectar su sarcasmo y repulsa hacia
tipos y situaciones sociales que le parecen inaceptables
por injustos o por ridículos.

> — Obsérvense y analícense los elementos costum-
> bristas presentes en el pasaje y, junto con ellos, los jui-
> cios escépticos de Cervantes hacia los bebedizos o he-
> chizos. Valórese su función narrativa y véase si sirven
> como contrapunto al convencional enamoramiento de
> la dama y al efecto de la locura de Rodaja, haciendo a
> éstos más aceptables o verosímiles.

2. Las locuras de Vidriera

Como ya se ha dicho, el largo pasaje de la enajenación
de Vidriera constituye el núcleo central de la novela cervantina. En él el autor inserta una serie de apotegmas entre sentenciosos y de pura agudeza chistosa, con los que
manifiesta la vena satírica y sarcástica que tantas veces
reprime en sus restantes obras. Posiblemente, la serie de
dichos emitidos por el desgraciado estudiante habría sido
compuesta con anterioridad a la redacción de la novela y
se aprovecharía ésta para injertarlos y darlos a la prensa
como un conjunto orgánico y armónico. A ellos, desde

luego, parece aludir un personaje del *Persiles* (libro IV, capítulo 1), de clara proyección autobiográfica, cuando afirma tener escritos numerosos aforismos que no quiere publicar con su nombre, requisito que habría obviado nuestro autor al ponerlos en boca del protagonista de la novela que comentamos. Fuese así o de otra forma, la larga serie de apotegmas que fluye del hablar de nuestro singular loco encierra cáusticos ataques para los diversos estamentos sociales y para los diferentes oficios existentes en la época. El hecho de ser los escenarios Salamanca y Valladolid, esta última sede de la Corte, hace posible que las críticas se sucedan con naturalidad, pues quien las emite se limita a comentar y glosar cuantos elementos y personas se ponen ante sus ojos, siendo la gran diversidad de ellos muestra verosímil del abigarramiento vital de ambas ciudades. En el repaso de las acciones y sujetos sobre los que se ironiza podemos señalar la presencia de esposas infieles, prostitutas, maridos abandonados, cristianos nuevos, alcahuetas, palaciegos, poetastros, pintores, libreros, ladrones, mozos de mulas, arrieros, marineros, boticarios, médicos, jueces, falsos bachilleres, sastres, zapateros, genoveses, tenderos, muchachas feas, pasteleros, titiriteros, comediantes, valentones, matrimonios desiguales en la edad, dueñas, escribanos, alguaciles, músicos, correos, murmuradores, frailes, tahúres, las ciudades de Madrid y Valladolid, los coches, etc.

— Diferénciense los apotegmas de contenido doctrinal y los de simple intencionalidad cómica. Véase tras dicha selección qué interés predomina en Cervantes al realizarlos, si la crítica de costumbres o la simple intención de entretener y buscar la risa del lector.
— Discútase la posible presencia de ironía en su alabanza de los escribanos y alguaciles.

— ¿Responde Cervantes, cuando ataca a los poetas-tros, a algunos de los ataques por él recibidos? Való-rense las afirmaciones por las que los pinta condenando lo que no entienden.

— La presencia de citas latinas, rara en el resto de su obra, ¿es intento de mostrar cultura humanística o parodia de los autores que las prodigaban en sus libros? Analícese esta posibilidad, teniendo en cuenta que quien las pronuncia es un loco, aunque sus desvaríos no inciden en lo razonable de cuanto predica.

3. Desenlace y epílogo

Breve y convencional es la solución dada a la extraña locura del personaje, que es curado por un piadoso fraile jerónimo. Frente a lo prolijo de los detalles y síntomas que acompañaron la aparición de la enfermedad, el autor nada explica del tratamiento seguido para sanarle. (Es sugerente señalar cómo la virtud caritativa del religioso repone el orden inicial, al volverle a la cordura, orden que había roto la inconsciencia del vicio concupiscente de la cortesana.) Tras ello, sólo quedaba señalar en un conciso epílogo que el restablecido orden no podía ser total por causa de la estrechez mental de las gentes, que no asumen que quien fue loco pueda luego ser cuerdo. Tal situación hace inútil el esfuerzo de los estudios de Tomás Rodaja, quien no hallará otro remedio que marchar con su viejo amigo el capitán Valdivia para ganarse la vida como soldado, ocupación en que completó la fama que con su ingenio se había reputado cuando estudiante y como loco. (Esta doble vertiente de la fama adquirida por las letras y por las armas reproduce, aunque de modo inverso, la que Cervantes requería para sí en sus facetas de soldado y escritor, tema que ya ha sido señalado anteriormente.)

— Júzguese la verosimilitud y oportunidad del desenlace de *El licenciado Vidriera*. Compárese con el del *Quijote*.

— La gloria de las armas y la de las letras: recapitulación de la presencia de este tema en la vida y la obra de Cervantes.